SUSANNE KRONENBERG

Mord im Kloster Eberbach

IM FALSCHEN FILM Das Rheingauer Kloster Eberbach, berühmt für seinen Weinbau, ist seit den 1980er-Jahren weltbekannt als einzigartiger Schauplatz des Kinoerfolgs »Der Name der Rose«. Bei einer Vorführung des Mittelalter-Thrillers in der Eberbacher Basilika trifft die Wiesbadener Privatdetektivin Norma Tann auf Ecki Winterstein. Der Regisseur will einen Abschnitt der wechselvollen Klostergeschichte in einem Dokudrama aufleben lassen: Im 19. Jahrhundert diente die ehemalige Zisterzienserabtei als Heil- und Pflegeanstalt für psychisch Kranke. Doch während der Filmaufnahmen rüttelt ein Mord das Drehteam auf. Normas ehemalige Kollegen, die Kommissare Milano und Wolfert, verfolgen die Spuren der Verdächtigen. Als Ecki Winterstein Norma um Unterstützung bittet, stößt sie auf ein mysteriöses Ereignis. Im Winter 1985, während der Dreharbeiten zu »Der Name der Rose«, verschwand eine junge Frau aus dem Kloster. Tage später wurde sie gefunden. Sie schien unverletzt, ihre Sprache jedoch hatte sie für immer verloren …

© Fotostudio Marlies, Bad Camberg

Susanne Kronenberg, in Hameln geboren und im Taunus heimisch, findet die Inspiration für ihre Romane in ihrer Wahlheimat. In ihrem neusten Kriminalroman führt sie ihre Wiesbadener Privatdetektivin Norma Tann in das berühmte Kloster Eberbach im Rheingau, der mit seiner anheimelnden Landschaft und historischen Bedeutung eine wunderbare Heimat für diesen Krimi bildet. Neben Kriminalromanen veröffentlichte die Autorin zahlreiche Kurzgeschichten in verschiedenen Anthologien sowie Jugendbücher, Fachbücher und Bücher zu regionalen Themen. Als Dozentin für Kreatives Schreiben gibt sie Kurse und Workshops. Sie ist Mitglied des »Syndikats« und Mitgründerin der Wiesbadener Autorengruppe »Dostojewskis Erben«.

SUSANNE KRONENBERG

Mord im Kloster Eberbach

Norma Tanns neunter Fall

GMEINER

Immer informiert

NEWSLETTER

Spannung pur – mit unserem Newsletter informieren wir Sie
regelmäßig über Wissenswertes aus unserer Bücherwelt.

Gefällt mir!

Facebook: @Gmeiner.Verlag
Instagram: @gmeinerverlag
Twitter: @GmeinerVerlag

FSC
www.fsc.org
MIX
Papier aus verantwortungsvollen Quellen
FSC® C083411

Besuchen Sie uns im Internet:
www.gmeiner-verlag.de

Im Ehnried 5, 88605 Meßkirch
Telefon 07575/2095-0
info@gmeiner-verlag.de

1. Auflage 2021

Lektorat: Katja Ernst
Herstellung: Mirjam Hecht
Umschlaggestaltung: U.O.R.G. Lutz Eberle, Stuttgart
unter Verwendung eines Fotos von: © Jareck / stock.adobe.com
Druck: CPI books GmbH, Leck
Printed in Germany
ISBN 978-3-8392-2843-2

Personen und Handlung sind frei erfunden.
Ähnlichkeiten mit lebenden oder toten Personen
sind rein zufällig und nicht beabsichtigt.

1

Kloster Eberbach
Mittwoch, der 15. September

»Ist jemand gestorben? Ihr zieht Gesichter wie auf einer Beerdigung!«

Für einen Moment wandten sich alle Blicke dem Neuankömmling zu, der sich lächelnd umsah und die Aufmerksamkeit aufzusaugen schien. Auch Norma ließ sich in seinen Bann ziehen. Bisher kannte sie Sören I. Wahler nur aus den Abendprogrammen des Fernsehens, in denen er bevorzugt als Koryphäe der Wissenschaften oder Chefarzt zu erleben war. Aalglatte Manager und abgebrühte Rechtsanwälte verkörperte er ebenso überzeugend. Erfolgsverwöhnte Männer, die sich nicht mit Selbstzweifeln belasteten, schienen ihm auf den Leib geschrieben zu sein.

Mit seiner flapsigen Bemerkung hatte der Schauspieler die trübe Stimmung auf den Punkt gebracht. Tuschelnd und mit bedrückten Mienen standen die Gäste in Grüppchen beieinander, obwohl der Grund ihres Zusammentreffens alles andere als Anlass zu Trübsinn gab. Ecki Winterstein, ein renommierter Fernsehregisseur, hatte zum Empfang nach Eberbach eingeladen – ins Mönchsrefektorium des Klosters – und würdigte damit stilsicher den Start der Dreharbeiten für sein jüngstes Projekt. Unter der mit barockem Zierwerk üppig bestückten Stuckdecke, die den einstigen Speisesaal der Zisterzienser überspannte, schienen sich die zwei Dutzend Personen zu verlieren. Wie Sören I. Wahler mochten es vor allem Schauspieler und Schauspielerinnen, aber auch andere Mitwirkende im Drehteam sowie Freunde und Geschäftspartner des Regisseurs sein, vermutete Norma. Alle waren ihr fremd bis auf Timon und Lutz, in deren Begleitung sie gekommen war. Seit Lutz Tann im Ruhestand war und seinen Verlag eher als Liebhaberei denn als Geschäft betrieb, gönnte er sich den Luxus, auch Bücher mit unpopulären Themen herauszugeben. Das Manuskript, das ihm Ecki Winterstein ans Herz gelegt hatte, fiel in diese Kategorie. Der Regisseur hatte sich ausgiebig mit der Historie der Psychiatrie beschäftigt, um darüber ein Dokudrama für das Fernsehen zu drehen. In einer Kombination von dokumentarischen Elementen und Spielszenen sollte eine außergewöhnliche Ära Eberbachs im 19. Jahrhundert lebendig werden: bahnbrechende Jahrzehnte, in denen das säkularisierte Kloster als »Irrenanstalt« und später als Heilanstalt Psychiatriegeschichte geschrieben hatte. Das »Buch zum Film«, die Biografie des ersten Direktors der Eberbacher Heil- und Pflegeanstalt, sollte das Projekt vervollkommnen. Mit der Einladung zu diesem Empfang wollte Winterstein seinem Verleger danken.

Als Norma sich umschaute, entdeckte sie Timon und Lutz beim Studium der Weinflaschen, die auf einem Tisch zum Ausschank bereitstanden. Das intensive Betrachten der Etiketten sollte den Männern wohl die Zeit vertreiben. Bisher waren alle Gläser leer geblieben, und kein Gast traute sich, Hand an die Häppchen auf dem Buffet zu legen. Norma konnte niemanden entdecken, der Anstalten gemacht hätte, das Wort zu ergreifen und den Empfang offiziell zu eröffnen. Alle schienen angespannt auf den Regisseur zu warten. Sie bemerkte eine Frau, die nervös an der Fensterreihe entlangstrich und dabei abwechselnd auf ihr Mobiltelefon sah oder erwartungsvoll zum angrenzenden Klosterhof hinausstarrte.

Die Frau, eine sportliche Erscheinung Ende 50 oder darüber, taxierte Norma mit intensivem Blick. »Mein Name ist Nelly Nebelsiek. Sie sind Frau Tann, nicht wahr?«

»Wir kennen uns?«, wunderte sich Norma.

»Nicht persönlich, aber wer sollten Sie sonst sein?«, meinte Nelly Nebelsiek lächelnd. »Sie und Ihre beiden Begleiter sind die einzigen Personen in diesem Raum, deren Gesichter ich zum ersten Mal sehe. Ihre Namen sind mir bekannt, weil ich die Einladungen verschickt habe. Der heutige Abend sollte ein wunderbarer Auftakt für unsere Zeit in Eberbach werden. Und nun diese Katastrophe!«

»Was ist denn passiert?«

»Unser Hauptdarsteller fällt aus! Er hatte gestern einen Unfall«, entgegnete Nelly Nebelsiek unverblümt. »Ecki telefoniert sich die Finger wund. Er ist auf 180. Wo findet man von heute auf morgen einen passablen Ersatz?« Sie brach mit einem schicksalsergebenen Seufzer ab.

»Darf ich fragen, was Ihre Aufgabe in der Filmproduktion ist?«

»Oh, ich fungiere je nach Bedarf als Sekretärin, Laufbursche und Seelentrösterin. Ecki nennt mich die ›Mutter der Kompanie‹, und das triff den Nagel auf den Kopf. Vor allem bin ich als ›Wilhelmine‹ engagiert. Ich bin Schauspielerin.« Wieder fühlte Norma sich aufmerksam gemustert. »Ich werde oft fürs Fernsehen besetzt. Vielleicht haben Sie mich gelegentlich in einer Familienserie gesehen?«

Es hatte nebensächlich klingen sollen, aber der Stolz war klar herauszuhören gewesen. Nelly nannte mehrere Titel, mit denen Norma nichts anfangen konnte. Falls ihr die Darstellerin jemals auf dem Bildschirm begegnet sein sollte, hatte dieser Auftritt keinen bleibenden Eindruck hinterlassen. Im Gegensatz zu der jungen Frau, die mit baumelnden Beinen auf einem Tisch hockte. Ihr Anblick erschien Norma in all seiner Lässigkeit bezaubernd. Die Schauspielerin wirkte im echten Leben ebenso hinreißend wie in den beiden Kinofilmen, denen Marielle Dyckerborn ihren Ruf als Talent mit großartiger Zukunft zu verdanken hatte. Nach dem Hype, der einige Jahre zurücklag, war die Nachwuchskünstlerin allerdings von den Medien vergessen worden. Norma dachte mit Begeisterung an die Filme zurück und hätte Marielle liebend gern angesprochen. Ob das gelingen würde? Zwei Männer und eine Frau mittleren Alters, deren Gesichter in Norma keinerlei Fernsehszenen-Erinnerung weckten, bildeten wie heimliche Verschwörer einen Halbkreis um die Schauspielerin. Waren sie Fans? Oder gehörten sie zu den Leuten des Drehteams, die im Hintergrund agierten? Für Kamera, Licht und Ton oder weitere Aufgaben, die eine Filmproduktion neben Schauspiel und Regie bereithielt?

Nelly entschuldigte sich, um erneut ihr Handy zu checken. Der Regisseur blieb abgetaucht. Mittlerweile hatten die Gäste die Geduld verloren und machten sich eigenmächtig und ohne eine offizielle Eröffnung über Getränke und Snacks her. Norma fing Timons Blick auf. Er stand am Fenster und unterhielt sich mit dem Schauspieler Sören I. Wahler. Norma füllte sich ein Glas mit einem Eberbach Riesling und schlenderte zu den Männern hinüber.

»Darf ich?«, fragte Timon und nippte an Normas Wein. Sie hakte sich bei ihm ein.

Erstaunlich, wie hager der Schauspieler von Angesicht zu Angesicht wirkte. Von einem Künstler seines Formats hätte Norma entschieden mehr körperliche Präsenz erwartet. Eine frappierende Diskrepanz zwischen Bildschirmpersönlichkeit und tatsächlicher Erscheinung.

»Ich kenne Sie aus dem Fernsehen, Herr Wahler«, sagte Norma. »Was ist Ihre Rolle im geplanten Film?«

»Ich spiele einen Arzt. Und eure Jobs im Drehteam?«

Norma wehrte ab. »Oh, nein! Das ist ein Missverständnis. Mit dem Filmgeschäft haben wir beide nichts am Hut. Lutz Tann hat uns hierher mitgenommen. Er ist Verleger und wird ein Buch von Ecki Winterstein herausgeben.« Sie deutete mit einem Nicken hinüber zu Lutz, der in ein Gespräch mit Nelly Nebelsiek vertieft war.

»Nachher gehen wir zur Filmvorführung in die Basilika«, ergänzte Timon. Norma ahnte, dass er vor allem deswegen mitgekommen war. Auf Small Talk mit Promis legte er eher weniger Wert. »›Der Name der Rose‹ am Originalschauplatz! Das wollte ich schon lange erleben.«

Sören I. Wahler warf einen Blick auf seine Armbanduhr, die klobig wirkte und für Normas Geschmack mit viel zu viel Gold ausgestattet war. »Etwas Zeit bleibt uns noch. Um 18 Uhr fängt es an. Ich bin ein großer Fan und kann den Film immer wieder sehen. Hätte ich nur als mittelalterlicher Mönch mitspielen können!«

»Wohl eher als mittelalterliches Kind«, bemerkte Norma schmunzelnd. »Es ist fast 40 Jahre her, dass Umberto Ecos Roman hier in Eberbach verfilmt wurde.«

Der Kinohit war bereits ein Klassiker gewesen, als sie ihn vor langer Zeit zum ersten Mal gesehen hatte. Trotzdem erinnerte sie sich genau an die mönchische Detektivgeschichte, die der Regisseur Jean-Jacques Annaud detailgetreu und beklemmend ins Bild gesetzt hatte. Der Roman selbst war ihr allerdings als weitaus vielschichtiger erschienen als der Film.

»Mit dem genialen Sean Connery als franziskanischer Meisterdetektiv«, schwärmte der Schauspieler. »Was für ein Typ!«

»Wofür steht das ›I‹ in Ihrem Namen?«, fragte Timon unvermittelt.

»Wie bitte? Ach so. Immanuel«, antwortete er zerstreut, als wäre er mit seinen Gedanken woanders. »Ob Ecki sich beruhigt hat?«

»Ich habe gehört, der Hauptdarsteller ist ausgefallen«, sagte Norma.

»Präzise formuliert: runtergefallen. Vom Gaul!« Sören schien sich über sein Wortspiel zu amüsieren.

»Ist der Mann schwer verletzt?«

Er winkte beruhigend ab. »Halb so wild. Wolfgang Bastiani hat sich den Ellenbogen gebrochen.«

»Der Name sagt mir nichts«, räumte Norma offen ein. Auch Timon konnte nichts mit ihm anfangen.

»Ihr kennt ihn, sofern ihr Liebesromanzen mögt«, vermutete Sören. »So wird Bastiani von den Sendern am liebsten besetzt. Im Grunde ist er ein beachtlicher Bühnenschauspieler. Sonst hätte Ecki ihn nicht engagiert. Aber mit Gipsarm am Set? Undenkbar. Jeder Tag ohne Dreh kostet unseren Regisseur ein kleines Vermögen, denn er ist zugleich der Produzent. Die Stimmung ist am Boden, weil Eckis Laune im Keller ist. Kennt ihr Ecki?« Bei aller Freundlichkeit hatte sein Blick etwas Lauerndes. Norma wusste nicht recht, was sie von Sören I. Wahler halten sollte.

Als sie und Timon verneinten, fügte er mit einem listigen Grinsen hinzu: »Stellt euch einen Mann vor, der wie im Wahn ausrastet. Habt ihr? Dann verdoppelt eure Vorstellung. Ecki ist ein Choleriker, wie er im Buche steht.«

»Die Leute haben Angst vor seinen Tobsuchtsanfällen«, schloss Norma aus seinen Worten.

»Oder vor Ecki persönlich«, meinte Sören knapp. »Sucht euch was aus.«

Glaubte man seinem dominanten Lächeln, schien Sören I. Wahler weder Tod noch Teufel zu fürchten.

2

Als Ecki Winterstein endlich eintraf, wiesen die Platten des Buffets großräumige Lücken auf. Die Anspannung der Gäste hatte sich gelöst, was Norma den süffigen Eberbacher Sekten und Weinen zugutehielt. Unruhige Blicke wurden in der Sorge gewechselt, den Start des Films zu versäumen. Die Vorführungen des Meisterwerks zählten auch deswegen zu den besonderen Anlässen, weil sie nur an wenigen Terminen im September stattfanden. Sie gehörten zu den Highlights im Jahresprogramm des Klosters. Wo sonst könnten ein realer Ort und der cineastische Schauplatz so miteinander verschmelzen wie in der Eberbacher Basilika, die damals Drehort gewesen war und sich an diesem Abend in einen Kinosaal verwandelte?

Ob sich Wintersteins Empfang und die derzeitige Filmvorführung zufällig oder gezielt ineinanderfügten, könnte nur der Regisseur erklären. Kein Zweifel bestand daran, dass ihn die Absage seines Hauptdarstellers am Nachmittag in einen furiosen Wutausbruch getrieben hatte, wie Norma aus den Gesprächen im Mönchsrefektorium heraushörte. Aufgrund dieser Vorbereitung sorgte Wintersteins Erscheinen auch bei ihr für eine misstrauische Habachtstellung. Norma war auf einen explosiven Hitzkopf gefasst, einen wahren Wüterich. Stattdessen gab sich der Regisseur unerwartet gelassen, wenn nicht sogar heiter, als er den pompösen Barockschrank ansteuerte, der die Stirnseite des Saals beherrschte. Winterstein war von schmaler Gestalt und scheute sich offensichtlich nicht, mittels der durchgängig schwarzen Kleidung – Jeans, Hemd, Schuhe –, den tiefdunklen Haaren, die ihm gekringelt in den Nacken fielen, sowie einer schwarzen Hornbrille bis ins Detail das Klischee des intellektuellen Künstlers zu verkörpern. Mit charmanten Worten bat er um Aufmerksamkeit und dankte den Anwesenden für ihr geduldiges Ausharren.

»Gibt sich sanft wie ein Lämmchen, aber Achtung. Der liebe Ecki ist und bleibt unberechenbar«, warnte Sören flüsternd.

Nach einem Intermezzo mit den Kollegen war er zu Norma und Timon zurückgekehrt. Auch Lutz hatte sich von Nelly Nebelsiek losgeeist und war zu ihnen gestoßen.

Um Aufmerksamkeit heischend, hob Winterstein die Arme wie ein Prediger. »Kinder, ich will mich kurzhalten, damit wir die Filmvorführung nicht verpassen. Ich muss euch nicht erklären, wie glücklich ich bin, an diesem außergewöhnlichen Ort drehen zu dürfen. Und ich wünschte, ich hätte das Kloster viel früher kennengelernt und nicht erst im Rahmen meiner Recherchen zur Psychiatrie. Nun zu dem Problem, das mich den gesamten Tag in Atem gehalten hat. Weil Wolfgang Bastiani die gesamte Produktion gefährdet und uns im Stich gelassen hat …«

»Es war ein Unfall und bestimmt keine Absicht!«

Auf Sörens empörten Einwurf folgte lediglich ein Stirnrunzeln des Regisseurs. In scheinbar unbeirrbarer Gelassenheit wiederholte er: »Weil Bastiani uns im Stich gelassen hat, blieb mir nichts anderes übrig, als mich ans Telefon zu hängen und zu quatschen, als ginge es um mein Leben. Was glaubt ihr, wen konnte ich engagieren?« In die Frage hatte er eine enthusiastische Begeisterung gelegt. Schweigend ließ er die Arme sinken und schaute auffordernd in die Runde.

»Nicht doch, Ecki«, flötete Marielle Dyckerborn mit kindischer Theatralik. »Sag bloß, du hast einen Ersatz aufgetrieben?«

»Wer ist es? Raus mit der Sprache, Ecki!« Die rauchige Stimme in ihrem Rücken gehörte Nelly Nebelsiek, erkannte Norma, ohne sich umzusehen.

»Kinder«, schnurrte Winterstein entzückt und klatschte in die Hände, als applaudierte er sich selbst. »Der Fisch, den ich an Land gezogen habe, gehört zu den richtig fetten Hechten.«

»Nun sag schon, Ecki«, bat die Frau, die Marielle bisher nicht von der Seite gewichen war. Sie mochte um die 40 sein, war von kompakter Statur und hatte die hellbraunen Locken zu einem wirren Knoten zusammengerafft.

Winterstein warf ihr eine Kusshand zu. »Vor allem du darfst dich freuen, meine liebe Wenke. Deine Kamera wird eines der bedeutendsten Bühnengesichter Deutschlands und Frankreichs einfangen.«

»Du nimmst mich auf den Arm«, entgegnete Wenke misstrauisch, als wäre sie von ihrem Regisseur allerhand nervige Spielchen gewöhnt.

Winterstein schaute lachend in die Runde. »Kinder, es ist unglaublich, aber wahr: Die Rolle des Direktor Lindpaintner wird gespielt von …« Er legte eine Kunstpause ein. »Roman Bonheur!«

Wenke schüttelte stumm den Lockenkopf. Marielle kreischte auf wie ein Teenager. Bravorufe wurden laut. Norma stimmte in den begeisterten Applaus ein. Endlich ein Name, der auch sie aufhorchen ließ. Was für ein Coup!

Roman Bonheur, der gefeierte Bühnenstar, gab dem Kloster Eberbach die Ehre.

3

Die freudige Aufregung hielt an, bis es höchste Zeit wurde für den gemeinsamen Aufbruch. Norma folgte Timon und Lutz aus dem Mönchsrefektorium in den Großen Klosterhof. Timon trug die geräumige Reisetasche, auf deren Mitnahme Lutz bei der Abfahrt bestanden hatte, ohne ein Wort über den Inhalt zu verlieren. Neugierig fragte sich

Norma, was ihr ehemaliger Schwiegervater darin verstaut haben mochte. Lutz hatte schelmisch gelächelt und sehr geheimnisvoll getan.

An die tausend Sitzplätze bot die ehemalige Klosterkirche. Einer der vier Eingänge in die Basilika führte durch die Klostergasse, deren Zugang im Klosterhof lag. Unter einem Torbogen befand sich die Kartenkontrolle. Das fröhliche Plaudern der Menschen in der Schlange ließ eine entspannte Vorfreude erkennen. Noch bewahrten die Mauern des Cabinetkellers, der eine Seite des Klosterhofs schloss, die Wärme des hochsommerlichen Septembertages. Die Abendsonne ließ den roten Sandstein der Fensterlaibungen leuchten. Mit der Dämmerung würde die Kälte der frühen Herbstnacht heranziehen, weshalb die meisten Besucherinnen und Besucher mit winterlicher Kleidung ausgestattet waren. Nicht wenige hatten eine Wolldecke mitgebracht. Norma hatte ebenfalls vorgesorgt, sich für Jeans, einen leichten Pullover und eine Jacke entschieden, die sie bislang über dem Arm trug.

Lutz eilte voran. Norma und Timon blieben an seiner Seite. Am Ende der Warteschlange stießen sie auf Ecki Winterstein.

Er habe auf Lutz gewartet, meinte der Regisseur, und bat um Verzeihung, weil er nicht früher die Zeit für seinen Verleger und dessen Begleitung gefunden habe. »Schade, dass wir vorhin nicht miteinander reden konnten. Wie gesagt, ich musste mich um die Umbesetzung kümmern.«

Lutz äußerte Verständnis für die besonderen Umstände. »Dafür haben Sie Roman Bonheur für Ihr Projekt gewonnen. Meinen Glückwunsch!«

»Was für eine Erleichterung und Freude«, begeisterte sich Winterstein. »Roman kennt meine bisherigen Dokudramen. Man sieht sie ja auf verschiedenen Sendern. Er ist ein großer Bewunderer meiner Arbeit.« Das Entzücken ließ seine Stimme beben.

Umsichtig, wie es seine Art war, machte Lutz den Regisseur mit seiner Begleitung bekannt. »Norma Tann, Privatdetektivin aus Biebrich, und ihr Lebensgefährte Dr. Timon Frywaldt.«

»Offen gesagt, Sie sind die erste Privatdetektivin, der ich persönlich begegne«, räumte Winterstein ein und fragte, an Timon gewandt: »Und Ihre Profession, Dr. Frywaldt?«

»Ich bin auch eine Art Ermittler«, entgegnete Timon vergnügt.

»Wo sind die anderen Mitglieder Ihres Teams?«, fragte Norma, die weder Sören I. Wahler noch Nelly Nebelsiek oder Marielle Dyckerborn in der Menge entdecken konnte.

Seine Crew würde durch das Mönchsdormitorium in die Kirche geschleust, erklärte Winterstein. »Dort gibt es eine Treppe, von der aus man direkt in die Kirche gelangt, damals der kürzeste Weg für die Zisterzienser zu ihrem nächtlichen Gebet. Was glauben Sie, was hier los wäre, wenn die Leute Marielle oder Sören entdecken würden? Vor lauter Selfies mit den Stars gäbe es kein Durchkommen.«

Die Bedenken konnte Norma nachvollziehen. »Wann erwarten Sie Roman Bonheur in Eberbach?«

Wintersteins Mundwinkel zogen sich erneut zu einem breiten Lächeln auseinander. »Roman ist bereits auf dem Weg in den Rheingau. Ich habe ihn auf seinem französischen Landgut erreicht. Wir können den Dreh wie geplant starten.«

»Vielen Dank für die Karten, Herr Winterstein«, sagte Lutz und fasste in die Innenseite seines Sakkos.

Er zog drei Tickets heraus, von denen er zwei an Norma und Timon weiterreichte. Schritt für Schritt rückten sie an den doppelbögigen Durchgang heran. Lutz machte eine launige Bemerkung darüber, dass Winterstein sich das Gedränge ersparen und wie seine Leute den Zugang über den Schlafsaal hätte nehmen können, wäre er nicht so höflich gewesen, seinen Verleger zu begrüßen. Winterstein schaute zerknirscht, als triebe ihn derselbe Gedanke um.

Endlich gelangten sie durch ein Eisentor in den länglichen Innenhof, der auf das Seitenschiff der Basilika zuführte. Gemächlich ging es im Menschenstrom voran, was Lutz die Gelegenheit gab, sein Wissen über die angrenzenden Gebäude an Norma und Timon weiterzugeben. Historisch interessiert, wie er war, hielt er sich häufig im Kloster auf und lud Geschäftspartner und auswärtige Gäste liebend gern zu Rundgängen ein. Von früheren Besichtigungen kannte auch Norma den hohen Steinbau, der sich rechter Hand erstreckte. Sie erinnerte sich an die riesigen historischen Weinkeltern, die im ehemaligen Laienrefektorium, dem Speisesaal der Laienbrüder, ausgestellt waren. Der Fachwerkbau auf der linken Seite hatte einst die Klosterbibliothek beherbergt. Mächtige Holzpfosten trugen den darunterliegenden Säulengang. Während Norma sich auf die Basilika zubewegte, fiel ihr ein dunkles Blatt Papier auf, das an einem dieser Pfeiler hing. Was darauf abgebildet war, ließ sich aus ihrer Position nicht deuten. Sie ging dicht hinter Winterstein und hatte Timon und Lutz aus den Augen verloren. Die Menschen rundherum zeigten sich bestens gelaunt und erwartungsfroh. Handys wurden gezückt und zum Fotografieren hoch über die Köpfe gehalten. Angeregt tauschte man Erinnerungen über denkwürdige Filmszenen aus. Der tote Mönch im von Schweineblut überquellenden Bottich. Die Folterqualen des Ketzers Salvatore. Die unverwechselbaren, wenn nicht sogar entstellten Gesichter der Klosterbrüder. Und natürlich Sean Connery als unvergleichlicher William von Baskerville!

Die wenigsten Zuschauer schienen »Der Name der Rose« erstmals zu sehen. Normas Vorfreude wuchs mit jedem Trippelschritt, der sie näher an die Kirchenfassade heranführte. Auch der großgewachsene Mann vor ihr, dessen kahler Hinterkopf über die Menge hinwegragte, schien es kaum erwarten zu können. Ungeduldig reckte er den Hals, der dürr war wie der eines gerupften Huhns und im überweiten Kragen seines Karohemds steckte. Der Mann schaute hin und her, als könnte sich an den Seiten ein schnellerer Weg auftun. Dabei wurde sein Blick von irgendetwas gefesselt, denn er stoppte jäh in seiner Bewegung. Angespannt hielt er den kahlen Schädel nach links gewandt. Interessierte ihn der ans Holz gespickte Zettel? Norma war weit genug aufgerückt, um darauf eine Kohlezeichnung zu erkennen: mit reichlich Schwarz und offensichtlich von geübter Hand aufs Papier gebracht. Auch Winterstein schien die Zeichnung bemerkt zu haben. Oder warum sonst sollte er so abrupt stehen bleiben, dass Norma ihm in die Hacken trat. Ihre Entschuldigung schien er nicht einmal wahrzunehmen. Auf Zehenspitzen linste er über die Köpfe hinweg zum Säulengang hinüber.

»He, ihr da vorn! Weitergehen!«, beschwerte sich eine Frau.

Etliche Aufforderungen, den Weg freizugeben, wurden laut. Der Kahlkopf setzte sich in Bewegung. Norma wurde gegen Winterstein geschoben, was diesen zwang, dem großgewachsenen Mann zu folgen. Vor ihnen tauchte die Glatze im Menschenstrom nach unten ab, denn der Eingang in die

Basilika lag einige Treppenstufen unterhalb des Niveaus der Klostergasse. In der monumentalen Halle verteilte sich die Menge. Winterstein eilte auf der Suche nach seiner Truppe davon. Norma hob den Kopf und betrachtete die himmelwärts strebenden Pfeiler und die anmutigen Bögen zwischen den Deckengewölben. Bei jedem Besuch fühlte sie sich aufs Neue innig berührt von der schlichten Erhabenheit des dreischiffigen Kirchenbaus. Ein steinerner Altar, eine Reihe verwitterter Grabplatten, ein gotisches Wandrelief: Es gab nur wenige Details, die das Auge von der vollendeten Symmetrie der Säulenreihen hätten ablenken können. Seit die Abtei Eberbach zu Beginn des 19. Jahrhunderts säkularisiert worden war, fanden in der ehemaligen Klosterkirche nur zu besonderen Anlässen Gottesdienste statt. Stattdessen folgten die Menschen häufiger ihrem Ruf als einzigartige Spielstätte für klassische Konzerte und besondere Events wie an diesem Abend.

»Denk nur, vor 800 Jahren hat es hier kaum anders ausgesehen«, raunte Timon in Normas Ohr.

Rasch füllten sich die langen Stuhlreihen. Jacken wurden angezogen und Wolldecken über den Knien ausgebreitet. Lutz steuerte drei freie Plätze an. Kaum hatte Norma sich zwischen ihm und Timon niedergelassen, spürte sie die Kälte, die ihr die Hosenbeine hinaufkroch. Das würde ein frostiger Abend werden. Oder doch nicht? Mit einem wissenden Lächeln lüftete Lutz das Geheimnis der Reisetasche und brachte drei bunte Plaids zum Vorschein. Die ersten Takte der Filmmusik setzten ein. Das Gemurmel ringsum ebbte ab.

Das Filmvergnügen begann.

4

Der Film endete mit einer bombastischen Feuersbrunst. Da Norma, Lutz und Timon in einer der hinteren Reihen gesessen hatten, gehörten sie nun zu den Ersten, die in die Klostergasse zurückkehrten. Sie waren noch nicht an der Treppe angelangt, als ihnen Hilferufe entgegenschallten. Endlich erreichten sie die oberen Stufen. Die Aufregung draußen schien enorm zu sein.

»Hilfe, hierher! Helfen Sie dem Mann!«

»Schnell, das ist ein Notfall!«

Laute Stimmen tönten aus dem Säulengang. Zwischen den Holzpfosten drängten sich die Menschen zusammen. Timon schlängelte sich, nachdrücklich um Durchlass bittend, zwischen den Umstehenden hindurch. Norma folgte ihm auf dem Fuß, bis sich beide durchgezwängt hatten. Mehrere Personen hatten die hilfreiche Idee, den Bereich mit ihren Handytaschenlampen auszuleuchten. Auf den Steinplatten zwischen ihnen befand sich ein Mann. Er war von kräftiger Statur und lag mit seitlich ausgestreckten Armen auf dem Rücken. Auf den zweiten Blick wurde Norma klar, dass sie ihn kannte. Das nackte Haupt, das karierte Hemd. Unwillkürlich spähte sie zu der Holzsäule hinüber, konnte aus ihrer Perspektive leider nicht feststellen, ob die Zeichnung, die den Kahlköpfigen augenscheinlich gefesselt hatte, noch an ihrem Platz hing. Außerdem gab es jetzt Wichtigeres zu tun, als sich Gedanken über ein Stück Papier zu machen. Der Mann verharrte regungslos auf dem Pflaster. Vor seinem Kopf kniete eine Frau. Sie schien kaum älter als 30 und strahlte eine professionelle

Nervenstärke aus, die darauf schließen ließ, dass sie keine Angehörige war. Die Handgriffe, mit denen sie sich am Hals des Liegenden zu schaffen machte, wirkten ebenso geübt wie umsichtig. Timon ging neben dem Mann in die Hocke. Norma kauerte sich auf die andere Seite. Im Zwielicht schimmerte das Gesicht des Fremden ungesund bläulich, und den Augen fehlte jeder Glanz.

»Ich bin Mediziner«, erklärte Timon, an die Frau gewandt. »Ich fürchte, wir sind zu spät?«

»Exitus«, bestätigte sie leise. »Ich war unter den Ersten hier draußen. Obwohl ich Notfallärztin bin, konnte ich nichts tun. Eine Reanimation war nicht möglich.«

»Ich habe ihn im Publikum gesehen«, sagte Norma und ergänzte auf Timons fragenden Blick: »Er war vor mir, bis wir in die Basilika hineingegangen sind.«

Timon beugte sich vor. »Frau Kollegin, was meinen Sie, woran …?«

»Überzeugen Sie sich selbst.«

Nun nahm auch Timon sein Smartphone hervor, aktivierte die Lampenfunktion und lenkte den Lichtschein auf die Kehle des Toten. Auf den Knien robbte Norma ein Stück vor. Um den dürren Vogelhals zog sich eine scharfe Linie, eine eingeschnittene Furche: blutrot, sehr tief. Dies war ein Tatort! Die Erkenntnis traf sie wie ein Blitz. Der plötzliche Tod des Mannes war keinesfalls die Folge eines Herzinfarkts oder einer Erkrankung. Jemand hatte den Kahlköpfigen erdrosselt! Mit den bizarren und schauerlichen Bildern des Mönchskrimis im Kopf erschien ihr die Situation surreal.

Die junge Ärztin zog denselben Schluss. »Das war Mord«, hauchte sie. »In meinem Beruf bekomme ich viel Schlimmes zu sehen. Verstümmelungen, Verbrennungen,

Unfallopfer. Aber bisher niemanden, der aufs Brutalste stranguliert wurde.«

Früher waren verstörende Anblicke für Norma beinahe alltäglich gewesen. Über Jahre hatte sie als Kriminalhauptkommissarin in der Wiesbadener Mordkommission gearbeitet. Und auch danach, als Privatdetektivin, war ihr die Konfrontation mit Kapitalverbrechen nicht erspart geblieben. Ob man nicht abstumpfte mit der Zeit, wurde sie des Öfteren gefragt. Dabei war es genau umgekehrt, spürte Norma beim Anblick des Getöteten. Es wurde mit jedem Mordopfer schwerer.

Mit leichter Hand strich Timon der Ärztin über den Arm. »Kommen Sie, alles Weitere ist Sache der Polizei.«

Alle drei erhoben sich. Die junge Frau zog ihre Jacke aus und machte Anstalten, sie dem Toten über das Gesicht zu legen. Norma hielt sie zurück.

»Besser nicht«, warnte sie. »Der Täter hat möglicherweise Spuren auf der Haut und an der Kleidung hinterlassen. Die winzigste Faser könnte wichtig sein.«

»Sie haben recht«, antwortete die Ärztin. »Ich weiß, ich müsste hierbleiben, aber meine Kinder warten.«

»Gehen Sie nur«, sagte Norma. »Ich werde Ihre Adresse an die Polizei weiterleiten. Man kennt mich dort.«

Die Ärztin überließ ihr eine Visitenkarte und verabschiedete sich eilig. Der Tote sorgte für Aufsehen. Dass die Menschen einen angemessenen Abstand respektierten, war Lutz zu verdanken. Mit der ihm eigenen beharrlichen Höflichkeit hielt er die Neugier der Umstehenden im Zaum, bis vier Männer vom Veranstalterteam erschienen und diese Aufgabe übernahmen.

Die Ordnungskräfte waren in Begleitung einer Frau erschienen: eine Mitarbeiterin der Klosterstiftung, wie dem

Namensschild an ihrem Blazer zu entnehmen war. Konzentriert lauschte sie in ihr Telefon hinein, um dann laut und deutlich zu antworten. »Ein Mann, soweit ich weiß, er liegt in der Klostergasse. Wie bitte? Ja, die Klostergasse, das ist ein Innenhof. Sie fahren über den Parkplatz geradeaus und an der Vinothek vorbei … Am besten, ich schicke Ihnen jemanden entgegen.«

Sie gab einem der Männer einen Wink, und er eilte davon. Danach wandte sie sich an Timon und Norma, die dem Toten nicht von der Seite gewichen waren.

»Der Krankenwagen ist auf dem Weg. Mein Name ist Katalin Schatzer«, erklärte sie und warf einen erschrockenen Blick auf den Fremden am Boden. »Was ist mit ihm? Er wird doch nicht … Er ist doch nicht … Um Himmels willen, ist er verstorben?«

»Ihm war nicht mehr zu helfen«, erklärte Timon mit ruhiger Stimme.

Katalin Schatzer griff sich bestürzt an den Kopf, fasste sich aber umgehend und forderte ihre Mitarbeiter auf, so rasch wie möglich Stellwände und Handleuchten herbeizuschaffen und den Säulengang abzuschirmen. Während sich die Angestellte den Vorfall von Timon beschreiben ließ, nahm Norma ihr Handy hervor und wählte eine Wiesbadener Telefonnummer: die Verbindung ins Polizeipräsidium Westhessen, der direkte Draht zu ihrem ehemaligen Arbeitsplatz. Als sie nach den Hauptkommissaren Dirk Wolfert und Luigi Milano fragte, hatte sie Glück. Ihre Ex-Kollegen waren für den Spätdienst zuständig. Kurz darauf dröhnte Milanos brummiger Bass in ihr Ohr.

»Wo brennt es?«, fragte er in gewohnter Knurrigkeit. »Habe ich unsere Verabredung verschwitzt? Dann beklage dich bei Dirk. Er koordiniert die Termine und hat mir nichts gesagt.« Seit sie nicht mehr im Polizeidienst war, trafen sie sich gelegentlich zum Abendessen. Die Tischbestellung lag in den Händen des peniblen Dirk Wolfert.

»Ich bin bei einem Filmabend im Kloster Eberbach«, erklärte Norma hastig. »Vor der Basilika wurde ein Mann umgebracht!«

»Bei Anruf Mord? Verdammt, Norma! Kannst du nicht einfach einen Diebstahl melden?«

Eilig fasste sie das Geschehen zusammen.

»Timon ist auch vor Ort?«, staunte Milano. »Die Privatdetektivin und der Tatortexperte des LKA Hessen stolpern über ein Mordopfer? Ich glaube, mich laust der Affe.« Seine Stimme nahm einen sachlichen Ton an. »Ihr haltet die Leute vom Tatort fern, ich schicke eine Streife voraus. Du sorgst dafür, dass nicht alles auseinanderläuft. Lass niemanden gehen! Dirk und ich brauchen 20 Minuten bis Eberbach.«

Norma wusste nur zu gut, wie entscheidend die ersten Schritte waren. Sie bat Katalin Schatzer um Unterstützung und machte sich gemeinsam mit Timon daran, Milanos Auftrag in die Tat umzusetzen.

5

Die gewaltige Gewölbehalle des Laienrefektoriums wurde zum Wartesaal jener Zuschauerinnen und Zuschauer, die Norma und Timon mithilfe des Ordnungspersonals hatten aufhalten können. Allerdings war damit nur knapp ein Viertel des Publikums zurückgeblieben. Alle Übrigen waren durch die anderen Ausgänge ins Freie gelangt und längst auf dem Heimweg. Norma mischte sich unter die Leute, die sich zwischen den gigantischen Weinpressen herumdrückten und sich in Geduld übten. Person für Person wurden Name und Adresse festgehalten. Eine Aufgabe, für die ein halbes Dutzend Schutzpolizisten der Rheingauer Polizeistationen angerückt war. Ausführliche Gespräche mit den Zeugen würden in den kommenden Tagen erfolgen und jede Menge Zeit sowie kriminalistisches Gespür erfordern, wie Norma aus eigener Erfahrung wusste. Als sie nach Ecki Winterstein und den Mitgliedern seines Teams Ausschau hielt, konnte sie keinen von ihnen entdecken. Vermutlich hatte sich der Regisseur seinen Leuten angeschlossen und die Basilika über den uralten Zugang zum Mönchsdormitorium verlassen, was aber kein Problem sein sollte. Die Mitglieder des Drehteams ließen sich leicht ermitteln.

Die Disziplin der Ausharrenden war bemerkenswert. Nörgeleien und Beschwerden blieben weitgehend aus. Im Großen und Ganzen schienen alle aufrichtig betroffen zu sein, dass ein Mensch zu Tode gekommen war, während sie sich mit dem Film vergnügt hatten. Wer über eine Wolldecke verfügte, wärmte sich damit die Schultern. Drei Mädchen in luftigen Sommerkleidern hatten dankbar die Plaids von Lutz entgegengenommen. Nun half er Katalin Schatzer und anderen Mitarbeiterinnen der Klosterstiftung dabei, die Menschen mit Kaffee und Tee zu versorgen.

Auf der Suche nach Timon verließ Norma das Laienrefektorium. Scheinwerfer tauchten die Klostergasse in helles Licht. Eine Polizeifotografin schoss eine Aufnahme nach der anderen. Weiße Kreidestriche auf den Sandsteinplatten kennzeichneten die Lage des Toten, dessen Leichnam bereits auf dem Weg in die Frankfurter Rechtsmedizin war. Rot-weiße Bänder sperrten den Bereich zwischen der Klosterkirche und dem Säulengang ab. Dahinter bewegte sich eine Schar in weiße Overalls gehüllter Gestalten: die Männer und Frauen der Wiesbadener Tatortgruppe. Ein Mann kniete am Boden und setzte ein Nummernschild neben eine Stelle, an der sich möglicherweise eine Spur befand. Der Ablauf war Norma so vertraut, dass ihr das untätige Herumstehen seltsam falsch vorkam. Doch sie hatte getan, was sie tun konnte. Im Schatten eines Pfeilers entdeckte sie Timon, der sich wie sie in die Rolle des Zaungastes fügen musste. Als Mediziner und Biologe arbeitete er an Ermittlungen mit, die in den Kompetenzbereich des hessischen Landeskriminalamts fielen. Verdächtige Todesfälle im Rheingau zu klären, gehörte zum Aufgabenbereich des Polizeipräsidiums Westhessen, das seinen Sitz in Wiesbaden hatte und dessen Einsatzgebiet über die Grenzen der Landeshauptstadt hinausreichte. Milano und Wolfert gehörten seit Jahren zum Ermittlerteam für Tötungsdelikte. Endlich fanden die Kommissare Zeit für ein ausführliches Gespräch mit Norma und Timon. Über die Verbindung zu Norma bestand zwischen den drei Männern eine gute Bekanntschaft, ja beinahe eine Freundschaft.

Milano strich sich eine Locke aus der Stirn. Lag es am Kunstlicht, oder mischten sich in die dunklen Haare, die ihm über den Kragen reichten, tatsächlich graue Strähnen? »Dein erster Eindruck, Timon. Was mag die Tatwaffe sein? Ein dünner Draht?«

»Dem würde ich zustimmen«, sagte Timon. »Die Kollegen in Frankfurt werden dazu sicher bald Genaueres sagen können.«

»Der Tote machte einen muskulösen Eindruck«, beschrieb Wolfert seine Beobachtung. »Wie jemand, der vor allem im Freien arbeitet. Kein hilfloses Opfer, wie mir scheint.«

»Der Angreifer muss ihn von hinten überwältigt und die Schlinge blitzschnell und mit aller Kraft zugezogen haben«, vermutete Timon. »Auf diese Weise hat selbst ein kräftiger Mann wenig Chancen.«

»Grundsätzlich müssen wir von einem zu allem entschlossenen Täter ausgehen«, knurrte Milano. »Und der ist längst über alle Rheingauer Berge! Wir können nur hoffen, dass jemand aus dem Publikum etwas Entscheidendes beobachtet hat.«

Wolfert wandte sich Norma zu und blinzelte angestrengt hinter seinen starken Brillengläsern. »Du hast vorhin erwähnt, dass dir der Mann vor der Filmvorführung aufgefallen war. In der Menge vor der Basilika. Was genau war da los?«

»Ich hatte eine Zeichnung entdeckt, die an einer Säule hing«, sagte Norma. »DIN-A4-Format. Viel Schwarz, wie mit Kohlestift gemalt. Auch der Glatzköpfige hat sie bemerkt – und er wirkte erschrocken.«

»Der Mann war ein Stück weit vor dir, Norma«, bemerkte Milano misstrauisch. »Wie willst du das beurteilen?«

»Er hat hinübergestarrt, und ich konnte sein Gesicht im Profil sehen. Und seine Körperhaltung. Er war wie versteinert … als wäre das Blatt Papier eine Warnung.« Dieser Gedanke hatte sich gebildet, während sie ihn aussprach.

»Eine Warnung?«, wiederholte Wolfert nachdenklich. »Wenn ja, hat er sie wohl nicht ernst genug genommen. Hast du die Zeichnung ebenfalls gesehen, Timon?«

Timon verneinte. »Leider nicht in diesem Gedränge. Was genau konntest du darauf erkennen, Norma?«

Sie rief sich den Anblick ins Gedächtnis. »Eine Reihe von Tannen, die Spitzen tanzend im Wind. Eine Hütte, davor eine Gestalt. Ein Mensch, geduckt wie ein … wie ein verängstigtes Tier. Irgendwie … gruselig.« Ihr fiel etwas ein. »Winterstein ist die Zeichnung ebenso nicht entgangen.«

»Winterstein?«, stutzte Wolfert.

»Ecki Winterstein, ein Regisseur.« Die Stimme ertönte hinter Norma. Es war Lutz, der die letzten Sätze aufgeschnappt hatte. Von dem Stück Papier habe er vorhin nichts mitbekommen, fügte er an.

Eine Schutzpolizistin näherte sich der kleinen Gruppe um Norma und wedelte mit einem Schreibblock. Sie stellte sich als Leiterin der Rheingauer Einsatzgruppe vor. »Eine Reihe von Zuschauern konnten wir bereits nach Hause schicken. Insgesamt wird es sicher noch ein, zwei Stunden dauern, bis wir von den restlichen die Daten aufgenommen haben. All die Menschen zu ermitteln, die vorher gegangen waren, wird eine Mammutaufgabe. Danke, dass Sie diese Leute aufgehalten haben«, sagte sie, an Norma und Timon gewandt.

»Konnten Sie Angehörige des Toten ausfindig machen?«, fragte Wolfert.

»Offenbar war er allein gekommen, aber wir wissen jetzt

seinen Namen«, erklärte die Schutzpolizistin zufrieden. »Ein Kollege kannte ihn, und mehrere Zeugen haben die Identifizierung anhand eines Handyfotos bestätigt. Axel Teubener, ein Rheingauer Winzer.« Sie überreichte Wolfert einen Zettel mit der Adresse.

Milano ließ ein lobendes »Benissimo!« hören. »Wir fahren sofort los. Gibt es noch etwas?«

»Nun, Axel Teubener hat keine Vorführung von ›Der Name der Rose‹ ausgelassen«, sagte die Schutzpolizistin.

»Warum auch nicht?«, meinte Wolfert. »Der Film ist schließlich einer der Filmklassiker schlechthin.«

Norma mischte sich in die Unterhaltung ein. »War er nur ein großer Fan, oder gab es einen besonderen Grund dafür?«

»Er war vor allem Fan der eigenen Schauspielkunst. Teubener hat 1985 als Statist mitgewirkt. Wussten Sie, dass es damals im Rheingau eine Menge Männer mit Tonsur gegeben hat?«, fügte die Schutzpolizistin mit einem belustigten Lächeln hinzu.

»Ich hätte mich auch als Komparse anheuern lassen«, erklärte Wolfert zu Normas Verblüffung.

Nachdem sich die Kommissare für die Informationen bedankt hatten, kehrte die Schutzpolizistin ins Laienrefektorium zurück.

»Lasst uns nach der Zeichnung suchen«, drängte Norma. »Vielleicht stammt sie vom Täter …«

»Oder ist schlicht das Werk eines Hobbymalers«, fiel ihr Milano ins Wort. »Wenn dir das Gekritzel so wichtig erscheint, dann kopiere es.«

»Ich kann nicht zeichnen«, protestierte sie.

»Das kriegst du hin«, entgegnete der Kommissar mit süffisantem Grinsen. »Auf, Dirk! Wir sollten mit den Angehörigen reden, bevor sie auf Facebook von Axel Teubeners Ableben erfahren.«

Absolut uneinsichtig erteilte er Normas Bitte, sie zum Weingut begleiten zu dürfen, eine kompromisslose Abfuhr.

6

Rheingau
Donnerstag, der 16. September

Er taucht tief ab in einen Ozean von Grün, ein vibrierendes Maigrün, wellenschlagend und leuchtend, von der Sonne durchdrungen wie auf einem Gemälde von Claude Monet. Als er die satte Farbe mit gespreizten Fingern auffächert, entdeckt er die Trauben, die prall und von Saft strotzend durch das Weinlaub schimmern. Sich wundernd über die Reife, die ins Frühjahr fällt, schaut er auf Alinas Lachen. Die blitzenden Zähne, die Grübchen, das weiche Kinn. Sie hat die Arme um ihren Bauch geschlungen und flüstert den Namen ihrer ungeborenen Tochter. Wispert und säuselt, ruft und schluchzt, doch er versteht die Worte nicht. Er hört ihre Stimme klar und warm, doch der Name lässt sich nicht fassen, verflüchtigt sich. Alina streckt ihm beide Arme entgegen, er will ihre Hände greifen, aber je näher er ihr kommt, desto schneller weicht sie zurück, wird erbarmungslos hineingezogen ins schwarze Nichts. Er fleht um Hilfe, das Telefon klingelt und klingelt …

Als er aufwachte, klebte ihm der Pyjama am Körper wie eine nasse Fischhaut. Die Bilder des Traums tanzten vor seinen Augen, und der süße Nachklang von Alinas Stimme verlor sich im schrillen Dauergedudel. Mit schwerem Arm griff er nach dem Telefon und schaute auf das Display. Er widerstand dem Impuls, den Anruf wegzudrücken. Das hätte ihm nur einen kurzen Aufschub verschafft.

Eine verunsicherte Stimme traf auf sein Ohr. »Daniel?«

»Was fragst du, Hanna?«, herrschte er seine Schwester an. »Wer sollte drangehen außer mir? Alina aus dem Totenreich? Die Grabesstimme unseres verstorbenen Vaters?«

»Bitte, Daniel, sei nicht zynisch!«

»Was erwartest du? Frohsinn und Heiterkeit eines Witwers?«

Dabei war ihm bewusst: Seine Angriffslust war ebenso ungerecht wie herzlos und grob. Ohne Hanna und Felix, seinen Schwager, wäre er nicht durch die vergangenen Monate gekommen. Seine Urne hätte längst ihren Platz neben Alinas Asche eingenommen. An jedem einzelnen Sommertag hatte er gedanklich jede vorstellbare und unvorstellbare Möglichkeit durchgespielt, um seinem Dasein durch eigene Hand ein Ende zu setzen. Dass er trotz allem am Leben war, verdankte er der ausdauernden Kontrolle und ständigen Sorge seiner älteren Schwester. Wobei ihm der Begriff »verdanken« wie ein Euphemismus erschien. Die meiste Zeit nahm er Hanna die aufdringliche Fürsorge ebenso übel wie ihr peinigendes Bestreben, ihn zurück in die Gesellschaft zu bringen, wie sie ihre Aktivitäten rechtfertigte. Hilflose und von vornherein zum Scheitern verurteilte Versuche wie der gestrige Überfall, mit dem sie und Felix ihn ins Kloster Eberbach bugsiert hatten; getrieben von der irrwitzigen Annahme, er könnte beim Betrachten eines uralten Mittelalterthrillers vergessen, warum er vor zwei Monaten nicht Vater einer Tochter geworden war.

Trotz aller aktuellen Schwierigkeiten folgten ihre Streitereien einem seit frühster Kindheit gepflegtem Drehbuch, das von Hanna verlangte, als Erste wieder für gute Stimmung zu sorgen. So entsprach sie auch jetzt ihrer Rolle und beteuerte in milderer Tonlage ihr Verständnis für seine Trauer. Er machte sich darauf gefasst, dass den tröstenden Worten ein Themenwechsel folgen würde, und sollte sich nicht täuschen.

»Daniel, warum bist du gestern so plötzlich verschwunden? Nach der Pause warst du fort ohne ein Wort. Nicht sehr höflich! Wir haben uns Sorgen gemacht.«

»Ich hatte genug und bin zu Fuß heim.«

Der Weg war nicht weit, geschätzt keine drei Kilometer. Sein Winzerhof lag inmitten der Weinberge und quasi in Alleinlage – wenn man von einem benachbarten Weingut absah. Zur Heirat hatte der Vater ihm den Betrieb überschrieben. Mit hochfliegenden Plänen, die das Familienunternehmen für kommende Zeiten wappnen sollten, überzeugte Alina ihren frisch angetrauten Ehemann und brachte sogar den skeptischen Schwiegervater auf ihre Seite. Eine Vinothek mit allem Schick, den die kultivierte Kundschaft verlangte. Eine noble Gaststube als Gutsschänke und vor allem, als Investition in eine glänzende Zukunft, die Terrasse: weitläufig, umrahmt von wogenden Rebflächen wie aus dem Urlaubskatalog und mit einem Panorama, das selbst im von herrlichen Aussichten verwöhnten Rheingau seinesgleichen suchte. Weinproben, Winzerabende, Konzerte mit Jazz und Klassik im festlichen Rahmen – Alina besaß ein Händchen für exklusive Veranstaltungen. Bald strömten die Gäste in Scharen herbei. Daniel gewöhnte sich daran, wieder durchzuschlafen, anstatt sich mit dem Grübeln über haushohe Kreditsummen durch die Nächte zu quälen. Das Weingut Lenges erlebte eine Winzer-Erfolgsstory, mit der sich Hochglanzmagazine schmückten.

Es kann der Frömmste nicht in Frieden leben, wenn es dem bösen Nachbarn nicht gefällt! Schillers Tell, oder? Daniel, der gewiss kein Freund schlauer Sprüche war, hatte sich dieser Lebensweisheit wider Willen fügen müssen. Wenn Gäste seines Weinguts ihren SUV oder die Limousine auf der Parkfläche des Weinguts Teubener abgestellt hatten, fanden sie später einen Zettel unter dem Scheibenwischer vor: Botschaften des Nachbarn, deren Tonfall sich von missmutig über aggressiv bis grob unflätig erstreckte. Als Daniel noch überlegte, wegen dieser Beleidigungen die Polizei einzuschalten, kam ihm Axel Teubener zuvor und schickte ihm selbst eine Streife auf den Hof. Ruhestörung! Der Nachbar fühlte sich von der Tanzmusik einer Hochzeitsgesellschaft belästigt. Das Brautpaar – Angehörige der wohlhabenden Gesellschaftsschicht – zeigte wenig Bereitschaft für leisere Töne. Warum auch, wenn die Feiernden im Gegenzug von nebenan mit Schlagern beschallt wurden? Das Fest endete in einem Fiasko. Da fiel es kaum noch ins Gewicht, dass Alina am Morgen danach auf der Terrasse einen Haufen erbärmlich stinkenden Hühnermists entdecken und sich – bereits hochschwanger – in einen Buchsbaumkübel übergeben musste. Alina …

Hannas tadelnde Stimme holte ihn in die Gegenwart zurück. »Deine Schlägerei mit Teubener gestern, Daniel! Musste das sein? Mitten in der Basilika? Vor allen Leuten? Ich habe mich geschämt für meinen Bruder! Warum lässt du dich von dem Ekelpaket provozieren?«

Aufs Neue sprudelte seine Wut auf wie überschäumende Hefe im jungen Wein. Sie waren früh dran gewesen, unter den ersten Zuschauern, als Teubener plötzlich aufgetaucht war. Ein Wort hatte das andere ergeben, ein Faustschlag folgte auf den anderen, bis die Ordner einschritten und das Gerangel beendeten. Hannas diplomatischem Geschick war es zu verdanken, dass man ihn nicht umgehend rausgeworfen hatte.

Daniel platzte der Kragen. »Der Schweinehund hat meine Frau und mein Kind auf dem Gewissen.«

»Es war ein Unglück! Ein Unfall, an dem auch du nicht völlig schuldlos bist.«

»Glaubst du, ich mache mir keine Vorwürfe? Aber es wäre niemals passiert, hätte uns Teubener nicht im Weinberg aufgelauert.«

Hanna seufzte nachsichtig. »Gott hat ihn gestraft.«

»Wie jetzt?«, fragte er verwirrt.

»Du weißt es also noch nicht?« Die Schwester schwenkte um in den überheblichen Tonfall, den sie in Perfektion beherrschte. »Wirf einen Blick ins Internet, Bruderherz.«

»Sag schon!«

Durch das Telefon vernahm er den tiefen Atemzug, mit dem sie sich für die Antwort wappnete. »Teubener ist tot. Ermordet! Gestern Abend, während der Film lief. Ich sage es nicht gern, aber ich an deiner Stelle würde mich auf den Besuch der Polizei vorbereiten.«

7

Sie kamen, kaum dass er sich angezogen hatte. Seine Fischhaut war aufgequollen, der Nachtschweiß pappte zäh zwischen den Schulterblättern. Trotzdem hatte er es nicht fertiggebracht, sich seelenruhig unter die Dusche zu stellen, während ein fremder Wagen gegenüber vor Teubeners Einfahrt stand. Zivilfahrzeug. Kombi. Wiesbadener Kennzeichen. Kriminalpolizei? Zwei Männer verließen das Nachbarhaus, ein Schwergewicht mit pomadiger Mafiosofrisur und ein Beamtentyp mit Schlips und Kragen. Hinter der Küchengardine erspähte Daniel die dürre Silhouette von Annegret Teubener, die ihrem Axel nur wenige Tränen nachweinen würde. Der Schlaksige eilte vorweg und nahm dabei den niedergewalzten Lattenzaun in Augenschein – Teubeners jüngste Monstertat. Obwohl die Gutsschänke seit Alinas Tod geschlossen war, hatte Teubener sich weiterhin von seinen zerstörerischen Launen treiben lassen. In manchen Wochen war nichts geschehen, dann überkam es ihn, und er zertrümmerte Daniels letzte unversehrte Blumentöpfe mit dem Vorschlaghammer. Vor drei Tagen hatte Teubener seinen Weinbergtraktor kurzerhand in den Nachbargarten hineingelenkt, ohne den Umweg über die Einfahrt zu nehmen. Daniels Bemühungen, die Fassung zu bewahren und die hinterhältigen Attacken wie einen Hagelschauer im Weinberg hinzunehmen, fruchteten nie. Das anschließende Wortgefecht war heftig ausgefallen.

Er bat die Männer ins Wohnzimmer, das halbwegs ordentlich aussah, weil Hanna regelmäßig zum Putzen kam, und kehrte in die Küche zurück, um den Kaffeeautomaten in Gang zu setzen. Auch wenn die Männer, die sich als Hauptkommissare Luigi Milano und Dirk Wolfert vorgestellt hatten, nichts trinken wollten – er brauchte Koffein, um das Gespräch durchzuhalten. Nach kurzem Zaudern kippte er einen Schuss Wodka in den schwarzen Kaffee und trug den Becher ins Wohnzimmer. Die Polizisten standen mitten im Zimmer, als hätten sie sich nicht von der Stelle gerührt. Trotzdem war er überzeugt, dass sie sich die Bilderrahmen auf dem Sideboard angeschaut hatten. Alina im Weinberg, Alina mit einem Tablett voller Gläser, Alina einfach nur als Alina: die leuchtenden Augen, das bauschige Haar um die Schultern. Sie war viel zu hübsch, um übersehen zu werden.

Sie setzten sich an den Esstisch, Daniel auf der einen, die Polizisten auf der anderen Seite.

Der Dicke, Milano, machte den Anfang. »Sie wissen, warum wir hier sind?«

Daniel nickte. »Mehr oder weniger.«

»Das heißt was?«, fragte Kommissar Wolfert, dessen Augen hinter den Brillengläsern froschartig hervortraten.

Daniel starrte auf die Tischdecke – ein Lavendelton, Alinas liebste Farbe –, um keinen Blickkontakt mit den Froschaugen zu riskieren, als er so unaufgeregt wie möglich erklärte: »Ich habe eine Vermutung, warum Sie eben mit Annegret Teubener gesprochen haben, frage mich aber, was Sie von mir wollen.«

»Wir helfen Ihnen gern auf die Sprünge, Herr Lenges«, polterte der schwergewichtige Kommissar. »Gestern Abend wurde Ihr Nachbar ermordet. Axel Teubener!«

Daniel duckte sich. Laute Männer schüchterten ihn ein. Was für ein elendiger Morgen. »Ich weiß, meine Schwester hat mich angerufen. Sie hat es in den News im Internet gelesen.«

»Kommen wir zum Punkt, Herr Lenges«, sagte der Froschäugige mit gesenkter Stimme, die nicht weniger bedrohlich klang als das laute Organ des Kollegen. »Sie hatten gestern Abend einen Streit mit Teubener, eine handgreifliche Auseinandersetzung in der Eberbacher Basilika. Dafür gibt es mehr Augenzeugen, als wir nötig hätten.«

»Der Dreckskerl hat mich provoziert«, verteidigte sich Daniel und nahm einen großen Schluck aus dem Becher. Der Kaffee war lau, dafür sickerte ihm der Alkohol prickelnd durch die Kehle. »Dieser Mann ist der Teufel in Person. Er hat mein Leben zerstört und mir die Familie genommen.«

»Sie schwitzen, Herr Lenges«, stellte der Dicke fest. »Ist Ihnen unser Besuch unangenehm?«

»Ich habe schlecht geträumt«, murmelte Daniel. Wie immer schien sich alles gegen ihn verschworen zu haben.

»Ein Alptraum von Ihrer zweiten Begegnung mit Axel Teubener gestern?«, fragte Wolfert bohrend. »Ihr Nachbar hat die Basilika vor dem Ende des Films verlassen. Haben Sie Teubener in der Klostergasse aufgelauert? Wir sind informiert darüber, dass Sie in der Pause gegangen sind. Für beides gibt es Zeugen.«

»Keine Ahnung, wo er hin ist«, widersprach Daniel heftiger als beabsichtigt. Er musste die Nerven behalten. Mit dem Ärmel wischte er sich über die schweißnasse Stirn. »Ich wollte nach Hause. Letztes Jahr habe ich ›Der Name der Rose‹ gemeinsam mit Alina gesehen. Das kam alles wieder hoch.«

»Wir sind über den Unfall Ihrer Frau im Bilde«, bemerkte Milano, nun überraschend milde klingend. Die Kommissare schienen sich darin einig zu sein, abwechselnd zu sprechen. Oder hatte sich das im Verlauf einer jahrelangen Zusammenarbeit so ergeben? »Herr Lenges, Sie waren mit Ihrer schwangeren Frau in den Weinbergen unterwegs, wo Sie mit Teubener aneinandergerieten. Ich verstehe das, Sie waren aufgewühlt, ein rabiater Streit. Danach sind Sie zu forsch angefahren. Der Traktor stürzte um, es war in einer Steillage, und begrub Ihre Frau unter sich. Dann kam der Rettungshubschrauber, brachte sie nach Wiesbaden in die HSK, wo sie leider verstarb. Und mit ihr das ungeborene Kind. Habe ich das richtig wiedergegeben?«

Daniel nickte stumm. In ihm brodelte es. Sein Kopf drohte zu zerplatzen wie ein zu stark aufgeblasener Luftballon. Sein Atem stockte. Am liebsten wäre er zum Hof hinausgestürzt. Die Sehnsucht nach der Stille der Weinberge schien übermächtig.

»Herr Lenges?« Der Schmächtige säuselte ihm ins Ohr.

Daniels Blick versank in Alinas Lieblingsblau.

Milano schnurrte: »Haben Sie Ihren Nachbarn Axel Teubener getötet?«

»Ich will einen Anwalt sprechen.« Das war der einzige Satz, den Daniel in dieser vertrackten Situation herausbrachte.

8

Wiesbaden
Donnerstag, der 16. September

Norma begann den Morgen mit dem Checken der neusten Nachrichten – im Bett und mit dem Smartphone in der Hand. Mehrere Kanäle berichteten über den Mord im Kloster Eberbach. In Details verlor sich kein Artikel, und von möglichen Verdächtigen war ebenfalls nicht die Rede. Falls es entscheidende Entwicklungen geben sollte, hatten die Ermittler sie nicht an die Presse weitergegeben. Kurz wog Norma ab, bei Wolfert oder Milano nachzufragen, entschied sich aber fürs Abwarten. Je weniger sie die Ex-Kollegen mit wissbegierigen Anrufen nervte, desto mehr würden sie später von sich aus preisgeben, hatte sie die Erfahrung gelehrt. So nutzte sie die Zeit, ihren Gedanken nachzuhängen. Seit Tagen war sie ohne Arbeit, ein Umstand, der sie früher nervös gemacht hätte. Mittlerweile war sie entspannt genug, um die freie Zeit zu genießen und darauf zu vertrauen, dass der nächste Auftrag nicht lange auf sich warten ließe. Meistens kam er in Gestalt einer eintönigen, aber profitablen Recherche; ob für eine Versicherung oder einen Geschäftsmann. An diesem Morgen fehlte ihr zur Entspannung nur noch der schnurrende Kater. Zu ihrem Bedauern ließ sich Leopold nicht wie sonst am Dachfenster blicken, um mauzend Einlass zu verlangen. Sofern er nicht über die Biebricher Dächer streifte, hatte er sich womöglich in sein eigentliches Zuhause in der mittleren Etage zurückgezogen. Dort wohnte Eva Vogtländer, der neben dem Haus auch der Kater gehörte. Freilich bestand der Besitzanspruch an dem Tier nur der Form halber. Leopold war sein eigener Herr. Als unabhängiger Geist zeigte er sich mit seinem Personal zufrieden und verteilte seine Gunst auf beide Frauen.

Schläfrig rollte sich Norma in die Bettdecke ein. Lutz und Timon waren bis spät in der Nacht bei ihr geblieben. Aufgewühlt durch das Verbrechen, hatten sie in der winzigen Küche über den Tod und das Leben philosophiert. Die Männer kannten und schätzten sich. Dennoch kam es selten zu gemeinsamen Stunden. Umso mehr hatte sie es genossen, die beiden Menschen, die ihr die liebsten waren, gleichzeitig um sich zu haben. Lutz war zuerst aufgebrochen. Wenig später hatte sich Timon verabschiedet, um vom Biebricher Rheinufer ins Zentrum zu radeln – zu seinem Heim auf Zeit. Seit Jahren führte er ein freiwilliges Nomadenleben und hütete Wohnungen, deren Besitzer für eine Weile im Ausland lebten.

Der Appetit aufs Frühstück trieb Norma schließlich aus dem Bett. Kaum saß sie am Tisch, klingelte die Türglocke.

Vor der Schwelle wartete die Hausbesitzerin. »Hast du einen Moment für mich?«

»Klar, komm rein, Eva.«

Leopold hatte sich ihr angeschlossen. Der Kartäuserkater stolzierte an Eva vorbei und trabte in die Küche voraus. Dort bediente Norma den Kaffeeautomaten. Das Verlangen ihrer Vermieterin nach Koffein war nicht weniger ausgeprägt als ihr eigenes. Mit einem Dank nahm Eva den Becher entgegen und sank auf einen Stuhl nieder.

»Musst du nicht zur Schule?«, fragte Norma und setzte sich ebenfalls. Eva unterrichtete Deutsch und Geschichte an einem Wiesbadener Gymnasium.

»Erst heute Nachmittag, vorher wollte ich etwas Wichtiges mit dir besprechen«, antwortete Eva, während sie den Becher hin und her rückte.

So angespannt kannte Norma ihre Vermieterin nicht. Sie erschrak. War jetzt der Tag gekommen? Würde sie ihr Zuhause verlieren? Seit geraumer Weile trieb sie die Sorge um, Eva könnte die Dachwohnung ihrem langjährigen Partner überlassen wollen. Bislang war er in Köln zu Hause, jedoch hatte Eva in letzter Zeit öfter erwähnt, wie gern sie tagtäglich mit ihm zusammenleben würde. Es wäre ein schmerzlicher Verlust! Norma liebte die urgemütlichen Zimmerchen mit den Schrägen und die Ausblicke auf den Rhein mit seinen vorbeituckernden Lastschiffen. Sie hatte ihre Freude an den krächzenden Schwärmen der wilden Alexandersittiche, die im nahen Schlosspark lebten. Zu den praktischen Annehmlichkeiten gehörte das Büro im Erdgeschoss. Zuvor hatte der Raum als Blumenladen gedient und eine Weile leer gestanden.

Sie bemühte sich, unbekümmert zu klingen, als sie sagte: »Verstehe. Seit Jahren verbringst du jedes Wochenende und die Ferien in Köln. Also habt ihr genug von der Wochenendbeziehung?«

»Du triffst den Nagel auf den Kopf«, bestätigte die Vermieterin.

Sie würde sich nicht querstellen, hatte Norma sich vorgenommen. »Wann soll ich die Wohnung räumen? Ach, auch das Büro?«

Mit einem dumpfen Plopp landete Evas Becher auf der Tischplatte. »Um Himmels willen! Bitte bleibe hier, solange du möchtest«, widersprach Eva entschieden. »Es verhält sich genau andersherum. Ich ziehe nach Köln.«

»Puhh«, machte Norma vor Erleichterung, um sich gleich über eine neue Misere klar zu werden. Bedrückt schaute sie zu Leopold hinüber. Ohne die geringste Vorstellung von den Plänen seines Frauchens hockte der Kater wie eine Sphinx auf dem Fensterbrett und bemühte sich, das heftig turtelnde Taubenpaar hinter der Scheibe mit Missachtung zu strafen. »Dann wird Poldis Revier auf dem Dach bald allein den Vögeln gehören.«

Eva strich sich eine Haarsträhne zurück, eine dieser dichten, roten Locken, dank deren die Lehrerin stets auf perfekte Art unfrisiert aussah. »Das ist der Grund, warum ich hier bin. Ich habe eine Bitte.«

»Raus mit der Sprache!«

»Könntest du dir vorstellen, Poldi zu übernehmen? Ich meine, wo er die meiste Zeit sowieso bei dir verbringt?«

»Keine Frage, das weißt du doch«, sagte Norma erleichtert. Den Kater zu verlieren, hätte nicht nur sie geschmerzt. Auch Timon hätte den Stubentiger vermisst. »Wird es dir nicht sehr schwerfallen, Poldi zurückzulassen?«

»Das wird nicht einfach für mich, leider geht es nicht anders. Er hat hier sein Zuhause. Außerdem leidet mein Freund unter einer schlimme Katzenhaarallergie. Das ist der Grund, warum er mich nie besucht. Bei dir weiß ich Poldi in den besten Händen.«

Eva stand auf, und auch Norma erhob sich. Ob Eva nicht ihre Schule vermissen würde, fragte Norma. Wie oft hatte Eva von ihrem Kollegium geschwärmt.

»Man muss manchmal auch etwas Neues wagen«, erklärte Eva entschlossen. »In Köln werde ich an einer Privatschule unterrichten. Darauf freue ich mich. Danke, Norma! Für den Kaffee, für alles.«

Sie verließen die Küche. Leopold blieb auf seinem Platz, blinzelte träge und rührte keine Pfote.

Im Flur wandte Eva sich um. »Eine Bitte noch. Meine

Wohnung … Ich suche einen Mieter. Falls du jemanden weißt …?« Sie wollte das Angebot diskret handhaben, um nicht von Anfragen überrollt zu werden. Sympathischen Interessenten absagen zu müssen, fiele ihr schwer.

Norma versprach, sich umzuhören. In der Küche erklang ein Signalton. »Entschuldigung, mein Handy. Bis bald, Eva!«

Das Smartphone brummte auf dem Küchentisch. Eckhard Winterstein! Ob sie Zeit für ein Gespräch hätte. Wenn möglich zeitnah im Kloster Eberbach.

Norma hatte nichts Besseres vor. Eine halbe Stunde später steuerte sie ihren kleinen Toyota durch den Rheingau.

9

Kloster Eberbach
Donnerstag, der 16. September

Eckhard Winterstein wartete vor der Vinothek, ihrem verabredeten Treffpunkt, und winkte sie auffordernd näher heran.

»Sind Sie einverstanden, wenn wir in meinem Wohnmobil reden?«, fragte er höflich. »Eigentlich könnte ich jeden

Tag hierherfahren. Ich müsste nur über den Rhein, ich lebe in Mainz. Aber ich will am Drehort bleiben, Tag und Nacht, um seine Atmosphäre in mich aufzunehmen. Eine allumfassende Inspiration, Sie verstehen doch?«

Norma folgte ihm mit dem Entschluss, das Treffen auf der Stelle abzubrechen, sollte der Regisseur seinem Ruf gerecht werden und sich ausfallend oder cholerisch benehmen. Der Weg führte sie um das ehemalige Hospital herum und am Kleinen Klosterhof entlang.

»Die Fraternei«, erklärte Winterstein und deutete wie ein Gästeführer auf das breite Gebäude, dem sie entgegenstrebten. »Darin befand sich der sogenannte Brüdersaal, in dem die Zisterzienser Bücher abgeschrieben haben und wo, in neuerer Zeit, ein berühmter Film gedreht wurde. Denken Sie an gestern: der tote Mönch im Holzbottich!«

Sie verstand, worauf er anspielte. Schummriges Licht, voluminöse Weinfässer und dazwischen ein Bottich mit Wasser, durch dessen Oberfläche der blasse, aufgedunsene Körper einer korpulenten Leiche schimmerte. »Die Szene mit dem vergifteten Mönch spielt also dort drin?«

»So ist es, der Zuber aus ›Der Name der Rose‹ stand im Cabinetkeller, wie man die Fraternei auch nennt.«

»Hätten Sie selbst gern bei dem Epos mitgewirkt?«, fragte sie neugierig.

Winterstein seufzte leicht theatralisch. »Welcher Filmschaffende träumt nicht davon? Ich war zu meinem Leidwesen nicht dabei. Kloster Eberbach habe ich letztes Jahr erstmals besucht, um für meinen neuen Film zu recherchieren. Kommen Sie!«

Hinter dem Cabinetkeller öffnete sich der Große Klosterhof. Anders als am vergangenen Abend lag der gepflasterte Platz verlassen da bis auf ein Grüppchen Männer und

Frauen, allem Anschein nach Touristen, die mit interessierten Mienen umherspazierten. Ob die Besuchergruppen von dem Mord erfahren hatten, fragte sich Norma unwillkürlich. Die zwei halbrunden Durchgänge zur Klostergasse, in der der tote Winzer gelegen hatte, waren durch Gittertore versperrt. Dahinter lag der innere Bereich des Klosters, der nur mit einer Eintrittskarte besichtigt werden konnte. Der Regisseur schritt weit aus wie jemand, der es gewohnt war, seine Arbeit schnell und zielorientiert zu erledigen. Auch Norma hielt sich für gewöhnlich ungern mit Schlendern auf. Nun jedoch ging sie absichtlich langsam. Sie wollte Zeit gewinnen und den Regisseur in ein Gespräch verwickeln, um ihn besser einschätzen zu können, sobald er auf den speziellen Grund seiner Einladung zu sprechen kam. Bisher hatte er nur erwähnt, dass es um sein Filmprojekt ginge.

»Verzeihen Sie meine Offenheit«, begann sie. »Gehen Sie mit Ihrem Dokudrama nicht ein wenig attraktives Thema an? Bei dem Wort ›Irrenanstalt‹ habe ich sofort die schlimmsten Bilder im Kopf. Menschen in Lumpen, verzweifelte Gestalten in Ketten. Was reizt Sie daran?«

Er hatte sich ihrem Schneckentempo notgedrungen gefügt. »Eben genau das ist mein Anliegen. Diese beklemmenden Assoziationen, wer hat sie nicht? Ich will eine vergessene Zeit ins Licht rücken. Mein Dokudrama erzählt die Geschichte der Psychiatrie in authentischen Bildern. Keine Frage, im 19. Jahrhundert gab es menschenverachtende Übergriffe, andererseits hatte die sogenannte Obrigkeit durchaus den aufrichtigen Willen, psychisch Kranken und geistig Behinderten zu helfen. Entscheidende Fortschritte werden wir in Spielszenen darstellen. Im Kloster Eberbach geschah Bahnbrechendes, Frau Tann!«

Hier spricht jemand, der von seinem Stoff überzeugt ist, erkannte Norma und fragte, von seiner Begeisterung mitgerissen: »Sie meinen Entwicklungen, die Persönlichkeiten wie Direktor Lindpaintner zu verdanken sind? Die Hauptrolle, für die Roman Bonheur einspringen wird?«

»Unbedingt! Philipp Heinrich Lindpaintner war 23 Jahre alt, als er in Eberbach zum Direktor berufen wurde – kein Arzt oder Psychiater, wie man vermuten würde, sondern ein Jurist. Das war 1817 und das Kloster mittlerweile säkularisiert. Lindpaintner wollte mit Humanität und Menschlichkeit wirken, ein ehrgeiziges Vorhaben für einen so jungen Mann.«

»Wurde er diesem Anspruch gerecht?«, fragte Norma mit wachsendem Interesse. Die Entwicklung der Psychiatrie war für sie ein unbekanntes Buch, und den Namen des Eberbacher Direktors hatte sie beim Empfang im Mönchsrefektorium zum ersten Mal gehört.

»Natürlich war er ein Kind seiner Zeit«, gab Winterstein zu bedenken. »Aus heutiger Sicht erscheinen uns die Methoden, die Lindpaintner zur Disziplinierung der Patienten angeordnet hat, als brutal und widersinnig. Das reicht von Schröpfkuren und Brechmitteln bis hin zum Hohlen Rad. Aber dennoch: Philipp Lindpaintner war ein Vorreiter, der auf Bildung und Beschäftigung der Patienten baute, anstatt die Kranken in Zellen zu verwahren.«

Norma hielt im Gehen innen, wandte sich um und warf einen Blick auf den dreiseitig geschlossenen Hof, der trotz seiner Pracht und beachtlichen Ausmaße einen Randbezirk bildete. »Ist es nicht ein Glückfall, dass Sie am Originalschauplatz drehen können?«

»Wie ein göttliches Geschenk, Frau Tann! Verzeihen Sie den blumigen Ausdruck. Die Atmosphäre ist wahrhaftig einzigartig. Die Gebäude aus der Zeit Lindpaintners sind alle noch da.«

»Also können Sie ohne große Umstände loslegen?«

Er lachte lauthals, was wie das Meckern einer Ziege klang. »So simpel ist es leider nicht. Wir müssen mit Kulissen nachhelfen. Zwar stehen die Gebäude noch, aber von dem mobilen Inventar ist nichts übrig geblieben. Wie Sie selbst sagen: Das Thema ›Irrenanstalt‹ weckt allenthalben deprimierende Fantasien. Deshalb hat man im 19. Jahrhundert alles entfernt, was an die ›Irren‹ erinnerte. Sogar die alten Mönchszellen im Dormitorium! Darin hatten die Patienten gehaust. Bis auf die nackten Wände wurde alles herausgerissen und fortgeschafft. Danach verfiel das Kloster in einen Dornröschenschlaf und wurde nur noch als Weingut genutzt.«

»Was geschah mit den Patienten?«

»Eberbach war zu klein geworden, zu unmodern. 1849 wurden neue Gebäude bezogen, quasi in Sichtweite, dort drüben auf dem Eichberg. Die heutigen Kliniken haben ihren Ursprung hier in Eberbach. Kommen Sie, wir sind am Ziel.«

Hinter einem von hohem Buchs gesäumten Tor, das ein Stück Bruchsteinmauer durchbrach, wurde das Heck eines Wohnmobils sichtbar. Gestutzte Buchenhecken begrenzten die Fußwege zu den Stellplätzen. Winterstein öffnete die Tür seiner fahrbaren Unterkunft und bat Norma hinein. Solange er mit einem Espressokocher hantierte, schaute sie sich unauffällig um. Neben der Psychiatriegeschichte hatte sich mit dem Wohnmobil eine weitere Wissenslücke aufgetan. So ein Gefährt hatte sie nie zuvor betreten, und es erschien ihr überraschend geräumig. Der Tisch diente Winterstein offensichtlich als Büro. Darauf verteilten sich ein

Laptop und mehrere prall gefüllte Ordner. An den Wänden und Fensterscheiben klebten Bleistiftskizzen von Frauen unter breitkrempigen Hüten und Männern mit Zylindern und langen Bärten. Angedeutete Szenen mit Bonheur und weiteren Schauspielern, wie Norma vermutete.

»Sie sind ein talentierter Zeichner«, sagte sie anerkennend und dachte an ihren stümperhaften Versuch, noch in der Nacht die Kohlezeichnung aus der Klostergasse zu kopieren. Selbst wenn sie sich genauer an die Details erinnert hätte, wäre es ihr wohl kaum besser gelungen. Winterstein war eindeutig geübter.

»Was das betrifft, bin ich vom alten Schlag«, bekannte er. »Heutzutage gehören digitale Techniken selbstverständlich dazu, auch für mich. Aber für die Entwicklung einer Szene sind mir Papier und Bleistift immer noch das Liebste. Bitte, nehmen Sie Platz. Zucker?« Ohne die Antwort abzuwarten, stellte er ein Päckchen Würfelzucker und zwei Espressotassen auf den Tisch.

Norma rutschte auf die Bank. Leder. Anthrazitfarben. Ganz schön nobel, das Domizil des Regisseurs. »Ist Ihnen gestern in der Klostergasse die Kohlezeichnung aufgefallen?«

Er hatte den Espressokocher auf die Herdplatte in der winzigen Küchenzeile gesetzt und wandte sich um. »Wovon sprechen Sie?«

»Von einer Kohlezeichnung! Sie hing an einem Pfosten in der Klostergasse. Ich hatte den Eindruck, das Blatt wäre auch Ihnen nicht entgangen.«

Würziges Kaffeearoma stieg ihr in die Nase. Winterstein trug die Kanne an den Tisch und füllte mit elegantem Schwung die Tässchen, ohne etwas zu verschütten. Dann brachte er die Kanne zurück und setzte sich in den einzigen Sessel. Mit Daumen und Zeigefinger schnappte er sich ein Zuckerstück aus der Packung und ließ es in den Kaffee fallen.

Erst jetzt reagierte er auf ihre Bemerkung. »Mir ist gar nichts aufgefallen. Wie kommen Sie darauf?«

»Weil Sie so angestrengt hinübergeschaut haben.«

»Unsinn«, wehrte er ab. »Vergessen Sie Ihren Kaffee nicht.«

Sie schnupperte an der Tasse, aus der es verführerisch duftete. Sie nippte. Espresso kochen konnte er. »Kannten Sie Axel Teubener?«

»Den Ermordeten?« Er schüttelte heftig den Kopf. »Er war ein Winzer aus der Gegend, wie ich gehört habe. Meinen Wein kaufe ich mal in Rheinhessen, mal im Rheingau und auf unterschiedlichen Weingütern. Einem Axel Teubener bin ich meines Wissens nie begegnet.«

»Auch gestern Abend nicht?«

Er lachte sein Ziegenmeckern. »Ist das die Frage nach meinem Alibi? Ich habe bis zum Ende des Films zwischen Nelly und Marielle gesessen und war auch während der Pause mit den Damen zusammen. Zufrieden?« Falls er verärgert war, überspielte er dies geschickt.

»Bitte verzeihen Sie die Neugier einer ehemaligen Mordermittlerin. Ist eine Berufskrankheit.« Sie stellte die Tasse ab. »Kommen wir zur Sache. Also, warum wollten Sie mich treffen?«

»Mein Sicherheitsmann hat mich im Stich gelassen«, erklärte er in sachlichem Ton. »Nicht mit Absicht, er musste kurzfristig zu seiner Familie ins Ausland. Nun brauche ich jemanden, der ein Auge auf das Geschehen am Set hat. Absperrungen aufstellen, Schaulustige auf Abstand halten, so was in der Art.«

»Aha! Und zum Spannen der Flatterbänder brauchen Sie eine Privatdetektivin?«, gab sie zweifelnd zurück.

Auffordernd beugte er sich vor. »Hören Sie, ich habe bedeutende Geldsummen in dieses Filmprojekt gesteckt. Ich bin Regisseur und Produzent in Personalunion und muss Verträge erfüllen, mit dem Sender, mit meinen Mitarbeitern. Ängste und Verunsicherung meiner Leute kann ich mir nicht leisten, nicht einmal, wenn quasi vor den Augen der Mannschaft ein Mord geschah. Das verstehen Sie doch?«

Die berechnende Bemerkung über sein Team hatte ihn Sympathiepunkte gekostet. Andererseits musste der Druck, den ihm das Filmvorhaben bereitete, erheblich sein. Was zudem den Tobsuchtsanfall erklärte, zu dem ihn der Verlust seines Hauptdarstellers getrieben hatte.

»Verzeihen Sie, ich habe Erkundigungen über Sie eingezogen, Frau Tann«, fuhr er fort, als Norma schwieg. »Sie waren eine hoch geschätzte Hauptkommissarin und sind aus freien Stücken aus dem Dienst geschieden. Die Mordkommission habe nur ungern auf Ihre Fähigkeiten verzichtet, hat man mir versichert. Auch Ihre Reputation als Privatdetektivin kann sich sehen lassen.«

Bei wem mochte er nachgefragt haben? Bei seinem Verleger? Vermutlich. Lutz würde ein unverbindliches Lob geäußert haben, ohne sich in Einzelheiten zu verlieren. Diskretion war einer seiner wesentlichen Charakterzüge. Solange Norma mit seinem Sohn Arthur, einem renommierten Wiesbadener Kunsthändler, verheiratet gewesen war, hatte sie ein wohlwollendes, aber distanziertes Verhältnis zu ihrem Schwiegervater. Nähergekommen waren sie sich durch die Trauer um Arthur und die aufwühlenden Erlebnisse, die seinen Tod begleitet hatten. Nach und nach hatte sich ihre Beziehung zu einer tiefen und vertrauensvollen Freundschaft entwickelt. Auch Milano und Wolfert waren ihre Freunde. Wenn es darauf ankam, konnte sie sich auf beide gleichermaßen verlassen. Einem Fremden gegenüber würden sie nichts über ihre Vergangenheit im Polizeipräsidium ausplaudern. Für andere Ex-Kollegen wollte sie nicht die Hand ins Feuer legen. Bis zu ihrer Kündigung hatten Klatsch und unverhohlene Häme die Runde gemacht. Eine Kommissarin, die sich wie eine naive Touristin von südamerikanischen Rebellen entführen lässt! Als ob sie diese Vorwürfe nicht selbst bis aufs Blut gequält hätten. Wo waren ihre Instinkte geblieben, als Arthur sich von einem Künstler zu einer Fahrt in die kolumbianischen Berge hatte überreden lassen? Arthur vertraute dem Maler, dessen Werke er in seiner Wiesbadener Galerie ausstellte. Was für ein Irrtum! Lange Tage saßen Arthur und Norma im Dschungel fest, bedroht und bewacht von einer Horde schwerbewaffneter Männer, die sich als Guerillakämpfer ausgaben und nichts anderes waren als Koka kauende Ganoven. Die Entführung durch angebliche FARC-Terroristen zog weite Kreise durch das Außenministerium, das BKA, das hessische LKA, bis hinein ins Wiesbadener Kollegium. Nach ihrer Befreiung hatte Norma allen Halt verloren und sich unfähig gefühlt, ihre Arbeit zu tun. Wenn also jemand aus dem früheren Umkreis so freundlich Auskunft über sie gegeben hatte, musste er ihr wohlgesonnen sein.

Winterstein hatte sich zurückgelehnt. Mit verschränkten Fingern erwartete er ihre Antwort.

Bedächtig stellte sie das leere Tässchen zurück, bevor sie sagte: »Sie sprechen von Ängsten und Unsicherheit in Ihrem Team, was verständlich ist. Allerdings liegt die Mordermittlung in den Händen der Polizei.«

»Keine Frage«, pflichtete er ihr bei. »Meine Bitte ist: Sie, Frau Tann, halten sich am Set auf und vermitteln dem Team Ruhe und Sicherheit.«

»Also vermitteln, nicht ermitteln?«, entgegnete Norma schmunzelnd. Eindringlich fragte sie: »Fühlen Sie sich persönlich bedroht?«

Er hob abwehrend die Hände. »Gott bewahre! Ich habe Neider und bin so manchem auf die Füße getreten. Aber warum sollte mir jemand nach dem Leben trachten?«

»Sie wollen mich demnach als Sicherheitsbeauftragte engagieren, verstehe ich das richtig?«

»Unterstützt von einer erfahrenen Polizistin wie Ihnen«, sagte er mit breitem Lächeln, »werden wir mit der erforderlichen Gelassenheit und Konzentration arbeiten können.«

»Ex-Polizistin«, stellte sie klar.

Nach kurzer Diskussion stimmte er ihren Honorarforderungen zu. »Meinetwegen, aber unter einer Bedingung: Sie wohnen hier auf dem Gelände. Ich habe vorsorglich ein Zimmer im Hotel Kloster Eberbach gebucht. Sie können heute Mittag einziehen.«

Über den Befehlston ließ sich Norma vom ausgehandelten Verdienst hinwegtrösten. Sämtliche Übereinkünfte tippte Winterstein akribisch in seinen Laptop. Offenkundig verließ sich ihr Auftraggeber nicht auf mündliche Vereinbarungen.

Nachdem sie den Vertrag in zwei Ausführungen unterzeichnet hatten, streckte Winterstein ihr die Hand hin. »Ab jetzt bin ich ›Ecki‹ für dich. Willkommen im Drehteam, Norma!«

So vernuschelt, wie er das Wort aussprach, klang es in ihren Ohren wie »Dreamteam«.

10

Wiesbaden
Donnerstag, der 16. September

Nach dem Gespräch mit Ecki Winterstein fuhr Norma nach Hause, um eine Reisetasche zu packen. Während sie einige Kleidungsstücke zusammensuchte, dachte sie über den Auftrag nach. Hatte sie unüberlegt eingewilligt? Sicherheitsbeauftragte für eine Filmcrew, eine Bezeichnung, die alles und nichts bedeuten konnte. Reizvoll war daran vor allem die Aussicht, die kommenden Tage im Umkreis eines Tatorts zu verbringen. Tief in ihrer Brust schlug nun einmal das Herz einer passionierten Mordermittlerin. Zumal sie dem Opfer im wahrsten Sinn des Worts hautnah gekommen war. Ein Mann in den besten Jahren hatte auf grausame Weise sterben müssen. Was verrieten die Umstände, die es in den Tod befördert hatten, über das Opfer? Was sagte die Tötungsart über den Täter aus? Dass er kräftig sein musste zum Beispiel und kaltblütig genug, um einen Mann – nur durch eine Kirchenmauer von knapp 1.000 Menschen getrennt – zu strangulieren. War der Kahlköpfige ein Zufallsopfer? Oder hatte der Mörder ihm gezielt aufgelauert? In diesem Fall hatte er den Winzer womöglich aus der Basilika zur Klostergasse hinausgelockt.

Sie stellte die gepackte Tasche aufs Bett, hockte sich daneben und nahm ihr Smartphone zur Hand. Das digitale Presseportal des Polizeipräsidiums Westhessen verkündete im »Mordfall Winzer« keine Neuigkeiten, was nichts bedeuten musste. Norma konnte ihre Ungeduld nicht länger beherrschen. Wolfert oder Milano, überlegte sie. Der schwergewichtige Kommissar gefiel sich in der Rolle des Wissenden und ließ sich interne Informationen mit Schmeicheleien entlocken. Im Gegenzug würde sie sich seine rauen Pöbeleien anhören müssen. Bei Wolfert hatte sie einen dicken Stein im Brett, was ihn jedes Mal aufs Neue in die Bredouille brachte, wenn er zwischen Freundschaft und der Verschwiegenheit des korrekten Beamten abwägen musste. Welche Seite gewinnen mochte, ließ sich nicht vorhersagen. Ein flinkes Tippen und Wolfert war am Telefon. Nach der erfreuten Begrüßung schlich sich eine hörbare Anspannung in die Stimme. Er stecke mitten in den Vorbereitungen für eine Vernehmung.

»Ihr habt schon einen Verdächtigen?«

»Allerdings, und die Meldung geht heute noch an die Öffentlichkeit. Die Leute warten ungeduldig auf erste Ergebnisse. Bis dahin behalte es für dich.«

»Dirk, du weißt, ich kann schweigen wie ein Grab. Also?«

»Was also?«, fragte er unwillig.

»Wer A sagt, muss auch B sagen«, versuchte sie, ihm Informationen zu entlocken. »Bitte, spann mich nicht auf die Folter. Wen habt ihr im Visier?«

Das unwillige Murren hätte von Milano stammen können. Auf eigenartige Weise schienen sich die Kommissare mehr und mehr anzugleichen.

Widerstrebend gab Wolfert ein weiteres Detail preis. »Der Verdächtige ist ein Weinbauer, er wohnt in der Nähe des Klosters. Über Jahre lag er im Clinch mit seinem Nachbarn.«

»Was du nicht sagst! Und dieser streitbare Nachbar war unser Toter? Axel Teubener?«

»Korrekt. Teubener hat die Leute nebenan, ein Winzerpaar, aufs Übelste schikaniert. Er terrorisierte regelrecht deren Kundschaft, das ging an die berufliche Existenz. Zu allem Unglück kam die Frau unseres Verdächtigen ums Leben, unmittelbar nach einer Auseinandersetzung mit Teubener, was er diesem anlastet. Die Frau erwartete ein Kind! Wen wundert's, wenn so jemand rotsieht?«

»Hört sich furchtbar an. Was habt Ihr Handfestes gegen ihn?«

»Norma!«

»Ach, komm schon!«

»Also gut, so viel darf ich dir verraten: Teubener wurde mit einem Stück Weinbergdraht zum Tode befördert.«

»Hmm, so ein Draht ist vermutlich in jedem Weingut zu finden.«

Sein Seufzer hörte sich enttäuscht an. »Unser Pech. Ein absolut übliches Produkt. Wir haben die Schlinge in der Klostergasse gefunden.«

»DNA? Fingerabdrücke?«

»Negativ«, brummte Wolfert. »Der Täter war vorsichtig.«

»Was sagt euer Mann?«

»Daniel Lenges verweigert jede Aussage.«

»Danke für den Namen«, erwiderte sie verblüfft.

Wolferts leises Lachen drang an ihr Ohr. »Den Namen hättest du mit einem Klick selbst herausgefunden. Du muss im Netz nur nach ›Winzerquerelen im Rheingau‹ suchen.«

Genau das tat Norma, nachdem sie sich von Wolfert verabschiedet hatte. Sie wechselte vom Bett an den Küchentisch und ging, von frisch gebrühtem Espresso belebt, die lange Ergebnisliste zum Winzerstreit durch. Die seriösen Quellen begnügten sich damit, die Kontrahenten als

»Axel T.« und »Daniel L.« zu bezeichnen. Andere Medien scheuten nicht davor zurück, die vollständigen Namen zu nennen. Die Weingüter Teubener und Lenges lagen zentral zwischen den Winzerstädtchen Hallgarten, Hattenheim und Kiedrich, wie Norma anhand der Onlinekarte sehen konnte: in nachbarschaftlicher Alleinlage inmitten von Rebhängen und nur wenige Kilometer Luftlinie entfernt vom Kloster Eberbach. Als Auslöser des Streits, so stand es in den Onlineberichten einhellig zu lesen, galt die schicke Neugestaltung der Gutsschänke im Weingut Lenges. Mit der »extravaganten Edel-Vinothek mit Traumausblicken auf Rheintal und Rebstöcke«, wie ein Journalist euphorisch berichtete, habe die Straußwirtschaft des Nachbarhofs nicht mithalten können. Eine Einschätzung, die Norma nach einem Blick auf die Webseiten der Weingüter nur teilen konnte. Anstatt sich wie bei Lenges zwischen gediegenen Bruchsteinwänden, schimmerndem Holz und edlem Leder mit einem Schoppen niederzulassen, musste man sich nebenan im abgewirtschafteten Gastraum zwischen Gelsenkirchener Barock, schmiedeeisernen Deckenlampen und geblümten Gardinen zuprosten. Während sich das Winzerpaar Lenges vor Buchungen kaum habe retten können, sei die Bude nebenan leer geblieben, vermeldete ein Artikel im Netz. Der schöne Schein war nicht alles gewesen. Zwischen den Zeilen ließ der Verfasser durchblicken, dass Winzermeister Teubener selbst seine treusten Gäste mit schlechter Laune vergrätzt und regelrecht zu den Nachbarn hinübergetrieben habe.

Weitere Berichte beschrieben den Unfall, der Daniels Ehefrau das Leben gekostet hatte. In Steillage war ein Traktor umgestürzt und hatte Alina Lenges unter sich begraben. Die schwangere 26-Jährige verstarb kurz darauf im

Krankenhaus. Der Fahrer des Traktors war ihr eigener Ehemann gewesen. Hatte Wolfert nicht gesagt, dass Lenges den Tod seiner Frau dem zänkischen Nachbarn anlastete? Bevor Norma herausfinden konnte, inwieweit Axel Teubener in das Unglück verwickelte war, unterbrach ein Anruf ihre Nachforschungen. Es war Winterstein, der sie zum Mittagsessen einlud. Bei der Gelegenheit wollte er sie dem Team als neue Kollegin vorstellen. Norma versprach, sich in Kürze auf den Weg zu machen. Sie spülte die Tasse ab, verstaute das Tablet in der Reisetasche und drehte eine Runde durch die Wohnung, um nachzusehen, ob alle Fenster geschlossen waren. Auf dem Dachfenster im Schlafzimmer zeichnete sich ein dicker, dunkler Kloß ab: Kater Leopold im Gegenlicht. Mit einem gnädigen Maunzen sprang er ihr in die Arme, nachdem sie ihm geöffnet hatte. Mit dem gewichtigen Kartäuser über der Schulter schloss sie das Fenster wieder, nahm die Reisetasche auf und verließ die Wohnung.

Eine Etage tiefer, im mittleren Stockwerk, klingelte sie bei Eva und überreichte ihr den Kater mit der Erklärung, sie habe einen Auftrag und wohne deswegen für eine Weile im Rheingau. Dabei fiel ihr ein, dass sie nicht darüber gesprochen hatten, wann Eva ausziehen wollte.

»Frühestens im Oktober«, antwortete Eva.

Norma kraulte den Kater zum Abschied zwischen den Ohren, wünschte Eva einen schönen Tag und machte sich auf den Weg nach Eberbach – mit gespannter Erwartung, was der Job als Sicherheitsbeauftragte bereithalten würde.

11

Heilanstalt Eberbach
Montag, der 9. Juli 1832

Philipp Lindpaintner schwingt den Spazierstock, schreitet mit wippendem Gehrock weit aus und schlägt einen Bogen um zwei Frauen, die vor dem Hospital in eifriger Geschäftigkeit die Hofbesen zum Einsatz bringen. Die Ältere, deren aufgerollter Zopf sich in grauen Strähnen verliert, hält inne und schaut schüchtern zu ihm auf. Die Jüngere rafft eilig Rock und Schürze zusammen und sinkt zu einem Knicks nieder. Gerührt von der Ehrerbietung schenkt der Direktor den fleißigen Patientinnen ein gütiges Nicken. Mit einer aufmunternden Bemerkung erwidert er die scheuen Grüße dreier Männer, die damit beschäftigt sind, die Mauern eines Stalltrakts mit Kalk zu weißen. Der weitere Weg führt ihn durch die Gärten und Obstwiesen hinauf zum stattlichen Barockportal, das in spielerischer Verschwendung auf den Ursprung des Klosters hinweist. Präzise herausgearbeitet aus dem roten Sandstein, lassen sich im Giebel ein Bach mit zwei prächtigen Fischen sowie der Eber ausmachen, denen das Kloster seinen Namen verdankt. Der Direktor war nicht gekommen, um in aller Muße die lateinische Inschrift zu studieren. Mehrmals zieht er eine goldene Taschenuhr aus der Westentasche und schaut ungeduldig umher, bis ein Geräusch seinen Blick auf eine Reihe schmaler Steinstufen lenkt. Die Treppe führt den Abhang neben dem Tor nach oben und in den Wald hinauf. Hinter den Bäumen sind Schritte zu hören, gleich darauf steigt ein Mann die Stufen herab. Der Fußgänger wirkt derangiert, als hätten ihm die sommerlichen Temperaturen zugesetzt. Auf der grauen Weste, die den Bauch mit zu wenig Stoff überspannt, zeichnen sich Schweißflecken ab. Heller Staub bedeckt den schwarzen Frack, und auch die hochgeschnürten Beinkleider sind verschmutzt. Um ein Haar wäre der Mann ins Stolpern geraten.

»Dr. Windt!«, ruft Lindpaintner ihm zu. »Sind Sie wieder einmal den ganzen Weg von Eltville gelaufen?«

Erschöpft bewältigt Windt die letzten Stufen. Im Näherkommen hebt er grüßend den Zylinder an. »Hätten Sie Ihrem Anstaltsarzt nur einen Wagen geschickt! Warum wollten Sie mich sprechen? Es gibt hoffentlich keinen Notfall unter unseren Irrsinnigen?«

»Keine Sorge, Doktor«, beruhigt ihn Lindpaintner. »Die Patienten befinden sich alle wohlbehalten an der frischen Luft. Ein jeder geht der ihm zugewiesenen Beschäftigung nach.«

»Ihr Verdienst, mein Freund, Ihr Verdienst! Ohne Ihre Beharrlichkeit und Weitsicht würden die bedauernswerten Geschöpfe wie in den Jahrzehnten zuvor in Ketten und in Kerkern schmoren.«

»Ein Irrenhaus darf kein Gefängnis sein«, erklärt Lindpaintner nicht ohne Pathos. »Das war mein Ansinnen, als ich meine Stellung vor 15 Jahren antrat. Ich wollte nicht, dass der Ausblick ins Freie an ein Verlies erinnert.«

»Eine menschliche Entscheidung«, bemerkt der Doktor mit leichtem Lächeln. »Auch Ihre anderen Neuerungen sollten Schule machen. Dass Sie unsere kranken Schützlinge nicht mehr mit gemeinen Straftätern zusammensperren wie andernorts, hat Ihnen auf jeden Fall meine persönliche Anerkennung eingebracht.«

Lindpaintner bedankt sich für das Lob. »Allerdings bedurfte es keiner besonderen Maßnahmen, nur einer Zwischenwand in der früheren Abtei. So wurden Gefängnis und Anstalt getrennt, und Patienten wie Korrektionäre bleiben unter sich.«

Wieder lupft der Doktor den Zylinder, um ihn dieses Mal nach intensivem Kratzen des grauen Haarschopfs zurück an seinen Platz zu drücken, ohne dafür die andere Hand in Anspruch zu nehmen. »Erlauben Sie mir ein persönliches Geständnis, mein lieber Lindpaintner. Ich habe meinen Dienst in der Anstalt ein Jahr später als Sie angetreten und muss demütig einräumen, damals plagten mich ernste Zweifel, ob ein Bursche von 23 Jahren und zudem nicht Arzt, sondern Jurist, der richtige Mann für deren Leitung wäre. Aber, Gott zum Lob, Ihre Schaffenskraft hat mich vom Gegenteil überzeugt.«

»Danke, danke«, erwidert Lindpaintner sichtlich geschmeichelt. »Unser durchlauchtigster Fürst bot mir anno 1817 die großherzige Gelegenheit, meine dürftigen Talente in diese wichtige Aufgabe einzubringen.«

»Nur keine falsche Bescheidenheit«, gibt Windt entschieden zurück. »Ohne Ihr pädagogisches Prozedere würde ein alter Quacksalber wie meine Wenigkeit in schwierigen Fällen wohl weiterhin vor allem auf Brenneisen, Schröpfkuren und Narrenkappen setzen. Womit ich nicht sagen möchte, dass man, bei aller gebotenen Menschlichkeit, grundsätzlich auf Zwangsmittel aller Art verzichten könnte.« Dabei schüttelt er mit gespielter Drohung den Zeigefinger und zwinkert Lindpaintner schelmisch zu.

»Ganz im Sinne und zum Wohl des Kranken, sofern er sich nicht uneinsichtig zeigt«, pflichtet Lindpaintner dem

Mediziner bei. »Ungehorsam ist bei keinem Geisteskranken zu dulden. Ohne Strafe keine Heilung, nicht wahr?«

Windt lockert den bis zum Kinn aufragenden Vatermörder etwas, um sich Luft zu verschaffen. »Was für eine Hitze. Erhielten Sie Nachrichten aus dem Fürstenhaus?«

Ein Strahlen erfasst das Gesicht des Direktors. »Deswegen ließ ich nach Ihnen schicken! Endlich ist die Depesche der Fürstin Marie zu Wied eingetroffen. Die durchlauchtigste Familie hat unserem Angebot entsprochen.«

»Donnerwetter«, entfährt es dem Doktor. »Das heißt, die Schwiegermutter der Fürstin Marie wird tatsächlich nach Eberbach übersiedeln. Wo wird die Dame residieren? Hat die fürstliche Familie ihre Wahl getroffen?«

»Fürstin Marie zu Wied ließ mir mitteilen, man habe sich für den Gaisgarten als Wohnsitz der Schwiegermutter entschieden. Ein guter Ort, denke ich. Nahe genug gelegen, um die Patientin mit allem Nötigen zu versorgen, und zugleich weit genug entfernt von allen anderen Insassen. Fürstin Sophie wird mit einer Gesellschafterin ins Obergeschoss einziehen, unten wohnt ein Dienerpaar. Diese Leute habe ich bereits eingestellt.«

»Und wann dürfen wir die Verwirrte erwarten?«

»Heute in einer Woche, am 16. Juli. Fürstin Sophie wird direkt aus Siegburg anreisen.«

»Weil die Kollegen der dortigen Anstalt ihr unheilbaren Wahnsinn diagnostizierten, wurde sie als Patientin aufgegeben«, bedauert Windt verständnislos. »Nun, bei Ihnen und mir wird die Fürstin in den besten Händen sein. Wir kümmern uns schließlich auch um solche Kranken, die in ihrem Wahn gefangen sind, gleichwohl aber weiterhin betreut werden müssen. Das Finanzielle ist ebenso geregelt?« Sein begieriger Blick streift den Direktor.

»Es wird weder zu Ihrem Nachteil noch zum Schaden der Anstalt sein, wenn wir eine so hochgeborene Patientin beherbergen«, lautet Lindpaintners zufriedene Antwort. »Die Schwiegertochter hat keinen Zweifel daran gelassen, wie sehr ihr am Wohlergehen der Fürstin gelegen ist. Das Salär ist, sagen wir, mehr als angemessen.«

»Fürstin Marie muss sich nicht sorgen«, verspricht Dr. Windt zuversichtlich. »Ich werde Fürstin Sophie wöchentlich mit meiner Visite beehren und jederzeit zusätzlich, wenn es gewünscht oder notwendig ist. Für die einzige Eberbacher Privatpatientin lasse ich alles stehen und liegen.« Zufrieden lächelt er in sich hinein, als überschlage er im Stillen seine Honorarforderungen.

Lindpaintner nickt zustimmend. »Eins noch, Dr. Windt. Die ehrwürdige Dame wird inkognito bei uns leben. Die Fürstenfamilie bittet darum, die Patientin als ›Frau Sophia von Roth‹ zu führen.«

12

Kloster Eberbach
Donnerstag, der 16. September

Lindpaintner und Dr. Windt im Dialog unter dem Barocktor. Vor seinem inneren Auge ließ Ecki den Direktor und seinen Anstaltsarzt weiterparlieren. Die historischen Figuren seines Filmprojekts waren ihm ans Herz gewachsen, seit er sie in seiner Fantasie auferstehen ließ. Genau so müsste das Gespräch ablaufen. Genau so wäre die Szene perfekt!

Ecki hatte es sich im Wohnwagen auf der Schlafcouch bequem gemacht und genoss das wohlige Glücksgefühl, das der imaginierte Ablauf in ihm hinterlassen hatte. Er hatte keine Vorstellung davon, wie andere Regisseure bei der Umsetzung ihrer Projekte vorgehen mochten, und es war ihm sowieso komplett egal. Was kümmerten ihn die Methoden der Konkurrenz? Lieber verließ er sich auf die eigene Inspiration. Bis ins Detail erarbeitete er sich jede Szene in seiner Vorstellungskraft. Ein ebenso erfüllender wie anstrengender Schaffensprozess, während dem er tagelang an den Einzelheiten feilte, bis jedes Wort, jede Geste, jeder Blick mit seinen ästhetischen und logischen Ansprüchen übereinstimmte – und nur noch von den Schauspielern umgesetzt und nachgespielt werden musste.

Doch in diesem »nur noch« lag der Hund begraben. Die vorkonzipierten Abläufe quasi aus seinem Kopf heraus in die der Schauspieler hineinzutransportieren, kostete Nerven. Darsteller zu sein, das bedeutete nichts anderes, als eine Leinwand zu sein: willfährige Marionetten im Dienst der Kunst. Zu seinem Leidwesen begriffen viele Darsteller diese simplen Zusammenhänge nicht. Nicht hinter jedem schönen Gesicht verbarg sich ein heller Verstand. Vor allem bei Marielle Dyckerborn – seiner irrsinnigen Sophia von Roth – machte er sich auf reichlich Schatten im Denkapparat gefasst. Er hatte sie zum ersten Mal engagiert. Was Ecki außerdem nicht ertrug, waren Akteure mit eigenen Einfällen und womöglich sogar Vorschlägen. Wer mit ihm arbeiten wollte, hatte sich seinen Anweisungen ohne Wenn und Aber zu fügen!

Der Durst trieb ihn auf die Beine. Während er den Wasserkocher auffüllte und sich an der Teekanne zu schaffen machte, sinnierte er über seine männlichen Hauptdarsteller nach. Sören I. Wahler würde es auf Anhieb gelingen, dem Anstaltsarzt Windt einen liebenswürdigen Zynismus zu verleihen. Daran zweifelte Ecki nicht. Bedauerlicherweise neigte ausgerechnet er zum Diskutieren und Zerreden. Sören hatte sich jedoch bei früheren Produktionen durch gezielte Wutausbrüche einschüchtern lassen. Und Roman Bonheur? Würde sich der Bühnenstar bereitwillig unterordnen und Philipp Lindpaintners ebenso menschenfreundliche wie pedantische Charakterzüge glaubhaft herausarbeiten? Oder käme Bonheur daher wie eine preisgekrönte Theatergröße? Auftrumpfend und besserwisserisch?

Eckis Enthusiasmus angesichts der Aussicht, mit einer solchen Berühmtheit zu arbeiten, begann zu schwinden. Wolfgang Bastiani fehlte ihm! In der Rolle des Direktor Lindpaintner wäre er grundsolide und ohne künstlerische Sperenzien aufgegangen. Zwar lag sein schauspielerischer Ruf vom Renommee eines Kalibers wie Bonheur so weit entfernt wie die Erde vom Mars. Doch er war den Fernsehzuschauern dank seiner permanenten Präsenz auf dem Bildschirm vertraut wie ein guter Nachbar. Eine Popularität, die vor allem den zahlreichen Wiederholungen geschuldet war, aber in jedem Fall dem Dokudrama zugutegekommen wäre. Damals auf der Schauspielschule – einem sündhaft teuren, privaten Institut, das sie vor Jahrzehnten gemeinsam besucht hatten – war Bastiani mit Charme und Spiellust als ein Schwan unter Enten aufgetreten. Ecki hatte zweifellos zu den Enten gehört. Als ihnen das Schulgeld ausging, bot man Bastiani ein Stipendium an, und Ecki wechselte zur Filmhochschule: dank der goldrichtigen Erkenntnis, dass seine Talente hinter der Kamera zu finden waren. Während seiner letzten Produktion war Ecki aufgefallen, dass Bastiani nicht mehr mit vollem Herzen bei der Sache war. Er gefiel sich besser in der Rolle des Cowboys, der seiner Squaw das Lagerfeuer warmhielt. Wobei zu seinem unbeschwerten Leben der Umstand beitragen mochte, dass die Ehefrau als erfolgreiche Unternehmensberaterin das Bankkonto füllte. Der Rolle des Anstaltsdirektors hatte Bastiani vor allem aus Bequemlichkeit zugestimmt. Er hätte nicht einmal ins Hotel ziehen müsste. Sein Ponyhof lag keine halbe Autostunde vom Kloster Eberbach entfernt. Hätte der Cowboy nur nicht beim Rodeo versagt!

Mit dem aufgebrühten Tee in der Hand setzte Ecki sich an den Tisch und schaffte mit wenigen Handgriffen zwischen Notizzetteln und Skizzen Platz für Kanne und Becher. Liebte er nicht die Herausforderung? Mit Bonheur würde er schon fertigwerden, auch wenn es krachen könnte. Waren die Szenen erst einmal im Kasten, hatten sich alle wieder lieb. So war es immer. Während er den heißen Kräutersud schlürfte, drehten sich seine Gedanken um die Privatdetektivin. Eine abgehalfterte Hauptkommissarin, psychisch am Ende nach einer Entführungsgeschichte in Südamerika: Diese Einschätzung hatte sich ein Polizist aus dem Wiesbadener Präsidium aus der Nase ziehen lassen. Wollte man dagegen dem Verleger Lutz Tann Glauben schenken, gehörte Norma Tann zu den hellsten Kerzen auf der Torte. Ecki beschloss, die Ex-Polizistin irgendwo dazwischen einzuordnen. Um die Bedenken der Crew zu entkräften, sollten ihre Fähigkeiten hoffentlich ausreichen. Und wie stand es um seine eigene Sicherheit? Darum müsste er sich selbst kümmern.

Eiskalt schlich sich die Angst in sein Herz.

13

Kloster Eberbach
Freitag, der 17. September

Rund um das stattliche Barockportal, das gemeinsam mit dem Pfortenhaus den südlichen Zugang zum Klostergelände bildete, herrschte eine konzentrierte Geschäftigkeit. Paul Gerdes und Tom Kowalski, die Spezialisten für Licht und Ton, gingen ihrer Arbeit nach. Wenke Brinks, die Frau mit den wilden Locken, hielt die Kamera in Position. Unter dem hohen Sandsteinbogen verharrte – im warmen Licht der Herbstsonne – der Bühnenstar Roman Bonheur. In seiner Rolle als Anstaltsdirektor Lindpaintner fischte er zum wiederholten Mal eine goldene Taschenuhr aus der Westentasche, um darauf zu stieren, bis Eckis schneidende Bemerkung »Danke, bitte noch einmal!« erklang. Norma konnte beim besten Willen keinerlei Unterschiede ausmachen. Bonheur fügte sich den Anweisungen seines Regisseurs mit einer Engelsgeduld, bis er endlich ein knappes »Okay so!« zu hören bekam. Eckis nächster Befehl galt Sören I. Wahler, der im schattigen Wald auf einer Treppe, die linker Hand des Sandsteintors den Hang hinaufführte, auf seinen Einsatz als Anstaltsarzt Dr. Windt gewartet hatte. Mit schleppenden Schritten, als schmerzten ihm nach anstrengendem Anmarsch die Füße, trottete er die ausgetretenen Steinstufen hinunter. Ausgestattet mit hohem Zylinder, einem gestärkten Hemd und einer hellen Weste unter dem dunklen Frack wirkte er, ebenso wie sein Kollege, wie aus der Zeit gefallen.

Norma war erleichtert, für den Augenblick einfach zuschauen zu dürfen, nachdem der Drehtag turbulent gestartet war. Am Tag zuvor hatte der Regisseur sie dem gesamten Team als die neue »Sicherheitsbeauftragte« vorgestellt. Mit ihrer Vergangenheit bei der Wiesbadener Mordkommission war er hausieren gegangen, als könnte allein ihre Berufserfahrung die Besorgnis wegen des unheimlichen Mörders zerstreuen. Sein Plan schien aufzugehen. Die Teammitglieder waren sichtlich erleichtert – auch, weil das Filmprojekt fortgesetzt wurde. Es gehörte zu Normas Aufgaben, den Kontakt zum Wiesbadener Kommissariat zu halten und sicherzustellen, dass die Dreharbeiten nicht mit den polizeilichen Ermittlungen zusammenstießen. Gleich am frühen Morgen hatte sie sich bewähren müssen, wenn auch aufgrund eines eher harmlosen Vorfalls. Ein Auto hatte sich im Sichtfeld der Kamera befunden und Ecki zu dem Aufschrei getrieben, so könne er unmöglich arbeiten! Das störende Gefährt parkte herrenlos vor dem opulenten Kinderspielplatz, der sich über mehrere Terrassen auf dem Steilhang hinter dem Portal erstreckte. Vom Fahrer keine Spur. Wo sollte Norma auf dem unübersichtlichen Klostergelände mit der Suche beginnen? Zum Glück kam ihr Katalin Schatzer zu Hilfe. Die Mitarbeiterin des Klosters hatte wiederum nach Norma Ausschau gehalten, um ihr für die Unterstützung am Mittwochabend zu danken. Nun konnte sie Norma selbst einen Gefallen tun. Es kostete sie eine Reihe von Telefonaten, dann hatte Katalin Schatzer den Autobesitzer ausfindig gemacht. Während das Team gewartet hatte, war der Regisseur angespannt unter dem Barockportal hin und her marschiert und hatte Bonheur und Sören mit Anweisungen bombardiert. Der legendäre Wutanfall war jedoch ausgeblieben.

Seitdem war sie vor allem damit beschäftigt, vorbeistrebende Wandergruppen und Besucher, die das Klostergelände verlassen wollten, vor dem Portal aufzuhalten und freundlich zu bitten, sich zum zweiten Ausgang bei den Parkplätzen zu begeben. Die Passanten reagierten mit Verständnis und freundlicher Gelassenheit. Einige nutzten die Gelegenheit, um dem Treiben für einen Weile zuzusehen.

Zwei Frauen näherten sich dem abgesperrten Bereich. »Dürfen wir hier wegen dem Mord nicht durch?«, fragte die Ältere erschrocken.

»Nicht doch, Mama«, antwortete ihre Begleiterin beruhigend. »Siehst du das nicht? Die Leute drehen einen Film!«

Geduldig gab Norma ihnen wie zuvor vielen anderen Auskunft. Als sie sich wieder dem Filmgeschehen zuwandte, bemerkte sie einen Mann, der ein Stück abseits über die provisorische Barriere gestiegen war. Das fing ja gut an. Eine tolle Sicherheitsbeauftragte war sie. Wenigstens hatte der Regisseur nichts davon mitbekommen. Der Eindringling schien zu wissen, wie man sich am Set zu benehmen hatte, und hielt den gebotenen Abstand.

Norma ging zu ihm hinüber und sprach ihn leise an. »Herr Bastiani? Sie sind doch Wolfgang Bastiani?«

»Oh, hallo, sehr erfreut«, antwortete er halblaut. Seinem Lächeln nach zu urteilen, fühlte er sich geschmeichelt. »Ich werde oft erkannt, aber die wenigsten Leute wissen, wie ich heiße.«

In Wirklichkeit war Norma dieses attraktive und trotz seiner strengen Linien freundliche Gesicht bislang völlig unbekannt gewesen. Falls ihr der Schauspieler jemals auf dem Bildschirm begegnet war, so schaute sie viel zu selten fern, um sich daran zu erinnern. Was ihr die Identifizierung leicht gemacht hatte, war der dick eingegipste Ellenbogen des Mannes. Im 90-Grad-Winkel und in waagerechter Haltung trug Bastiani seinen rechten Arm wie einen Schild vor sich her. Unterdessen hatte auch Nelly Nebelsiek den verhinderten Hauptdarsteller entdeckt und begrüßte ihn mit überschwänglichem Winken. Mit beiden Händen wirbelte sie über dem Kopf herum, als müsste sie einen Intercity-Express zum Stoppen bringen. Dabei hielt sie sich in Eckis Rücken auf. Der Regisseur blieb derweil mit allen Sinnen auf die Abläufe vor seinen Augen konzentriert. Bastiani erwiderte Nellys gestenreiche Begrüßung mit einem lässigen Heben des gesunden Arms.

Auf Normas Bitte hin folgte er ihr auf die andere Seite des Flatterbands. Norma spürte seinen taxierenden Blick auf sich ruhen.

»Sind Sie Eckis neue Assistentin?«, fragte er.

»Ecki braucht keine extra Hilfskraft«, entgegnete sie zurückhaltend.

»Stimmt, dafür hat er Nelly, sein Mädchen für alles, wenn sie nicht gerade selbst mitspielt.« Norma konnte nicht sagen, ob seine Bemerkung anerkennend oder mitleidig gemeint war.

»Und Sie? Auch Schauspielerin?«, fragte er neugierig.

»Nein, ich bin für die Sicherheit zuständig.«

Er verkniff sich sichtlich das Lachen. »Ich bin vor Ihrer Nase durch den Zaun geschlüpft. Na, mit Ihnen hat Ecki ja die perfekte Fachkraft engagiert!«

Zweifellos gefiel es ihm, den Finger in die Wunde zu legen. Norma beschloss, gute Miene zum bösen Spiel zu machen. »Wenn Sie mich nicht verraten, darf ich vielleicht noch ein bisschen weiterüben.«

Er schmunzelte belustigt. »Ich werde schweigen wie ein Grab, wenn Sie mir einen Kaffee spendieren.«

»Wenn Sie mir vorher erklären, was Sie am Set wollen.«

»Alte Freunde treffen! Die meisten Leute hier kenne ich von anderen Engagements. Was ist mit dem Kaffee? Ich bin dummerweise recht unbeweglich.« Zur Verdeutlichung wackelte er mit dem Gipsarm.

»Ich kann nicht weg, wie Sie wissen.«

»In zwei Minuten ist der Dreh zu Ende«, beteuerte er forsch. »Das sehe ich meinem Spezi Winterstein an der Nasenspitze an.«

Tatsächlich gab Ecki kurz darauf den erfolgreichen Abschluss der Szene bekannt. Der Regisseur wirkte zufrieden, zumindest war er nicht ausfallend geworden. Wenke packte die Kamera ein. Nelly stürmte auf Bastiani zu. Beide tauschten Anekdoten über frühere Dreharbeiten aus, und Norma fühlte sich überflüssig. Sie entfernte erst die Absperrbänder, dann half sie Tom und Paul, das Material für Ton und Beleuchtung zusammenzutragen. Während die Techniker ihr Equipment einpackten, besprachen sie ihren bevorstehenden Einsatz. Die nächste Szene sollte das Eintreffen der Sophia von Roth in Eberbach schildern. Die adlige Dame, die sich im Verlauf ihres jahrzehntelangen Aufenthalts in der Heilanstalt zu deren prominentester Bewohnerin entwickeln sollte, war im realen Leben eine Fürstin zu Wied gewesen, wusste Norma aus dem Drehplan, den sie von Ecki erhalten hatte. Die Rolle wurde von Marielle Dyckerborn verkörpert, die kurz am Set vorbeigeschaut hatte und umgehend wieder verschwunden war. Als weitere Darstellerin war Nelly vorgesehen. Außerdem hatten Sören und Bonheur in dieser Episode ihren zweiten gemeinsamen Auftritt.

»Marielle feilt bis zuletzt an ihrer Rolle, um nicht beim ersten Dreh von Ecki massakriert zu werden«, vermutete Paul, ein Gemütsmensch mit sächsischem Akzent.

»Das Schauspiel wird mir entgehen«, sagte Norma ohne größere Enttäuschung. Der Vormittag war anstrengend gewesen, sie freute sich auf eine Pause. Für die Szene mit der Fürstin war das Mönchsrefektorium vorgesehen, ein Ort, den Ecki als sicher genug einschätzte, um ihr freizugeben. Vor allem, um an ihrem Honorar zu sparen, wie sie vermutete. Sie hatten eine pauschale Arbeitszeit pro Tag vereinbart. Was darüber hinausging, wurde extra berechnet. Für heute war ihr Soll erfüllt.

Nelly verabschiedete sich mit der Erklärung, sie müsse in die Maske, um sich in Wilhelmine Schmidt – Sophia von Roths bürgerliche Gesellschafterin – zu verwandeln. Bonheur und Sören alias Lindpaintner und Dr. Windt wollten die Zwischenzeit für eine Stärkung nutzen. Bastiani und Norma schlossen sich ihnen an. Auf einer Grünfläche vor der Basilika hatte Ecki ein Zelt aufstellen lassen. Es mochte dem Regisseur zwar an Umgangsformen fehlen, doch das leibliche Wohl seiner Leute lag ihm am Herzen. Und so ließ er das Buffet für sie von der Klosterschänke bestücken. Der Weg zum Zelt führte abwärts über eine lange Treppe. Als Zisterzienser das Kloster im Jahr 1136 gegründet hatten, war am Grund des Tals noch ausreichend Platz gewesen. Im Lauf der Jahrhunderte war es auf der Fläche eng geworden, sodass weitere Gebäude hangaufwärts errichtet werden mussten. Deswegen lagen das Barockportal sowie jene altehrwürdigen Gemäuer, die mittlerweile das Hotel und die Klosterschänke beherbergten, auf einem deutlich höheren Niveau als die Keimzelle des Klosters. Der bis zu acht Meter tiefe Klostergraben trennte die beiden Areale voneinander.

Eine urwüchsige Zeder beschattete den provisorischen Sitzplatz vor dem Zelt, in dem Norma zwei Kaffeebecher auffüllte und sich ein Käsebrötchen schnappte. Sie brachte die Getränke ins Freie zu einem Tisch, an dem Bastiani bereits Platz genommen hatte. Der Schauspieler nahm den Kaffee erfreut entgegen. Seit Tagen behauptete sich das Septemberwetter mit einem konstanten Hoch und spendete spätsommerliche Wärme. Bonheur gesellte sich dazu und legte Zylinder, Frack und Weste ab. Norma musste an sich halten, um ihn nicht anzustarren. Er strahlte eine Verbindung von körperlicher Präsenz und spürbarer Sensibilität und Verletzlichkeit aus, die ihn sehr attraktiv machte. Dazu kam seine angenehme Zurückhaltung. Roman Bonheur war niemand, der sich mit seinen Erfolgen brüstete. Bald darauf erschien Sören, der sich weitere Wege ersparen wollte und das Tablett mit belegten Brötchen und eine Kaffeekanne kurzerhand mitbrachte. Am Tisch tat er es Bonheur gleich und befreite sich, so weit möglich, von der Montur eines Anstaltsarztes des 19. Jahrhunderts. Er öffnete den steifen Hemdkragen und rollte die Ärmel bis zu den Ellenbogen hoch, bevor er sich eine verbale Rangelei mit Bastiani lieferte. Beide Schauspieler kannten sich von Dreharbeiten für frühere Winterstein-Projekte und nahmen sich genüsslich gegenseitig aufs Korn. Ihre treffsicheren Sticheleien erinnerten Norma an die Foppereien zwischen Milano und Wolfert. Bonheur blieb wortkarg und wirkte in seiner Zurückhaltung beinahe schüchtern.

»Ecki kann froh sein über meinen Unfall«, sagte Bastiani, an Bonheur gewandt. »Jetzt hat er eine Berühmtheit wie dich im Team.«

»Spare dir das Tiefstapeln, Wolfgang«, antwortete Bonheur gelassen. »Seit unserem gemeinsamen Drehen weiß ich, was du als Schauspieler draufhast.«

Bastiani lächelte verzückt.

»War das auch ein Dokudrama von Winterstein?«, fragte Norma.

»Oh nein, etwas ganz anderes, ein Kostümfilm fürs Kino mit Degen und Schwert«, stellte Bastiani richtig. »Ich war der blutrünstige Haudegen, dem Roman als edler Ritter das Handwerk legen durfte. Was reizt dich an Philipp Lindpaintner, Roman?«

Mit unverhohlener Neugier verwickelte er seinen Kollegen in eine Diskussion über die Frage, wie die Rolle des

Direktors zu entwickeln wäre. Während Sören sich munter einmischte, hörte Norma dem Disput aufmerksam zu. Bonheurs unterschwelliger französischer Akzent verstärkte, unterstützt von seiner besonnenen Sprechweise, seine Anziehungskraft. Von Nelly, der Plaudertasche im Kollegenkreis, hatte Norma erfahren, dass er in Wiesbaden aufgewachsen und nach dem frühen Tod der Eltern von der Verwandtschaft in Frankreich aufgenommen worden war. Bonheur nahm sich ein Salamibrötchen. Die anderen Männer griffen ebenfalls beherzt zu.

Überraschend richtete Bonheur das Wort an Norma. »Du kennst dich mit Polizeiarbeit aus, hast sogar Mörder gejagt! Ein Winzer wurde verhaftet. Kannst du uns mehr darüber erzählen? Hat er gestanden?« Er duzte sie, wie es im Team üblich war.

Sie war es gewohnt, Informationen mit Bedacht weiterzugeben. Nun durfte sie offen alles sagen, was sie wusste: Es war nicht mehr als das, was sowieso in den Medien zu lesen war. »Bisher schweigt Daniel Lenges eisern. Aber es gibt Indizien, die den Verdacht gegen ihn untermauern. Und er hat ein Motiv!«

»Wenn du damit auf diesen sogenannten ›Winzerstreit‹ anspielst: Seit dem Mord wird dieses Thema im Netz rauf und runter diskutiert«, sagte Sören und bewies damit, wie gut er im Bilde war.

Auch Bastiani zeigte sich bestens informiert. »Axel Teubener hat Daniel und Alina Lenges das Leben zur Hölle gemacht. Ich habe es selbst miterleben müssen.«

»Sie kennen die Leute?«, erkundigte sich Norma.

»Meine Frau und ich sind gern im Weingut Lenges eingekehrt. In der Vinothek war alles vom Feinsten. Leckeres Essen, fantastische Weine! Allerdings stank es bei unserem letzten Besuch zum Himmel. Hühnermist, ich sage es euch!« Demonstrativ griff sich Bastiani an die Nase.

Sören verzog das Gesicht. »Bestialisch, wem sagst du das. An den Gestank erinnere ich mich aus meiner Zeit in einer Land-WG. Hat das der tote Winzer getan?«

»Und ob, beim Mistabkippen war der Mann quicklebendig«, erklärte Bastiani mit einem Grinsen über Sörens verunglückte Fragestellung. »Die müffelnde Fracht hatte Teubener sich bei seinem Schwager aus dem Taunus geholt. Und das war nicht die einzige Schikane.«

»Wart ihr danach noch weiterhin im Weingut Lenges zum Essen?«, fragte Sören.

Sichtlich beschämt stützte Bastiani das Kinn auf die linke Hand. »Ehrlich gesagt, nein. Es gibt viele herrliche Weingüter im Rheingau. Lenges hatte ich abgeschrieben. Nicht sehr fair, muss ich zugeben. Vor einigen Wochen habe ich gehört, dass Alina tödlich verunglückt ist, Daniels Frau, sie war schwanger. Armer Kerl, der Daniel.«

»Sie scheinen Daniel Lenges gut zu kennen«, warf Norma ein.

Bastiani zuckte mit der Schulter. »Man ist schnell auf Du und Du in der Weinstube, was bedeutet das schon? Befreundet sind wir nicht.«

»Trauen Sie ihm den Mord an Teubener zu?«

»Daniel ist ein sanfter Typ«, antwortete Bastiani ausweichend. »Fest steht: Der Streit mit ihm hat ihn zermürbt.«

»Und Teubener?«

»Ein Kotzbrocken«, urteilte Bastiani rundheraus. »Mir hat er mal aufgelauert, als ich vor seinem Hof geparkt hatte. Ich würde seine Einfahrt blockieren, was völliger Quatsch war. So schnell lasse ich mich nicht einschüchtern. Andererseits konnte er äußerst aggressiv werden und hat Daniels Gäste aufs Unverschämteste angepöbelt.«

»Verständlich, dass Winzer Lenges sich wehren wollte. Trotzdem muss es nicht gleich zum Äußersten gekommen sein«, gab Bonheur zu bedenken und wandte sich, nach einem Blick auf die Uhr, an Sören. »Es wird Zeit, wir müssen uns vorbereiten. Oder willst du Ärger mit unserem Herrn und Meister riskieren?« Das spöttische Grinsen, das dieser Bemerkung folgte, hätte Norma von dem gediegenen Bühnenstar nicht erwartet.

Bonheur erhob sich und wartete auf Sören, bis dieser das Tablett ins Zelt zurückgebracht hatte. Die Schauspieler griffen nach ihren abgelegten Kleidungsstücken.

Bastiani klopfte mit den Knöcheln der brauchbaren Hand auf den Tisch. »Macht's gut, Jungs. Toi, toi, toi!«

»Grüß mir die Püppi, Wolfgang«, sagte Bonheur und lächelte ihm vertraulich zu.

Er und Sören wandten sich zum Gehen.

Norma blieb bei Bastiani, der einhändig und ungeschickt mit seinem Telefon hantierte. »Wie kommen Sie zurück?«

»So wie hierher: mit dem Taxi. Ich will gerade anrufen.«

»Ich könnte Sie nach Hause bringen«, schlug Norma vor.

»Danke für das Angebot. Müssen Sie nicht auf Eckis Schäfchen aufpassen?«

»Der Hütehund hat frei und sonst nichts zu tun«, sagte sie leichthin.

»Ach was, Sie sind scharf auf die Gesellschaft eines TV-Promis!«

Das lässige Geplänkel ließ ihn zunehmend sympathischer werden. Norma bereute ihren spontanen Vorschlag nicht. Es konnte nicht schaden, die Fahrt zu nutzen, um ihn unauffällig über das Team auszuhorchen. Im Verlauf ihrer Detektivarbeit hatte sie vor allem eins gelernt: jede Gelegenheit nutzen, um sich über das Umfeld, in dem sie ermittelte, Klarheit zu verschaffen. Bastiani kannte die Stammbesetzung von früheren Projekten. Und er hörte sich gern reden.

Wenig später bugsierte der TV-Promi seinen hageren Körper auf den Beifahrersitz ihres Kleinwagens und mühte sich mit dem Sicherheitsgurt ab, was nicht ohne Einsatz des lädierten Arms zu bewältigen war. Bastiani verzog das Gesicht.

»Schmerzt Sie der Bruch sehr?«, fragte Norma fürsorglich. »Es ist doch ein Bruch?«

»Und was für einer!«, bestätigte er mit schiefem Grinsen. »Kompliziert und langwierig, sagt der Doktor. Na ja, Reiterpech.«

»Wann ist das passiert?«

»Am Dienstagnachmittag. Abends bin ich aus dem Krankenhaus nach Hause gekommen und habe die ganze Nacht mit mir gerungen, wie ich es Ecki beibringen sollte. Am nächsten Morgen habe ich ihn im Kloster angerufen. Sein Geschrei wäre auch ohne Telefon auf meinem Hof zu hören gewesen.« Er warf ihr einen bekümmerten Blick zu.

»Wohin fahren wir?«, fragte sie und startete den Motor.

Bastiani deutete mit dem Zeigefinger geradeaus. »Immer hinein in die Taunuswälder, ein Stück durchs Wispertal und von dort rauf auf die Höhe.«

»Präziser geht's kaum«, antwortete Norma ironisch und fuhr los.

Bastiani lachte. »Nicht so ungeduldig, Frau Privatdetektivin. Ich werde Sie Kurve um Kurve voranlotsen.«

Womit er nicht gelogen hatte. An Biegungen mangelte es auf den kommenden Kilometern jedenfalls nicht.

14

Wispertaunus
Freitag, der 17. September

Die Landstraße schlängelte sich entlang der dicht bewaldeten Hänge des Wispertals und forderte Normas Aufmerksamkeit, wenn sie auf der schmalen Trasse einem entgegenkommenden Wagen ausweichen musste. Über eine sich steil hinaufwindende Nebenstraße verließen sie schließlich das enge Tal und erklommen oberhalb des Flüsschens eine von Wald- und Wiesenflächen durchzogene Hochebene. Bastiani hatte als Fahrtrichtung die Ortschaft Espenschied angegeben, und Norma folgte den Wegweisern. Vor einem Waldstück wehten hellblaue Fahnen im Wind: Flatternde Fingerzeige auf den Wispertalsteig mit seinen lauschigen Routen, die sie im Frühjahr mit Timon erkundet hatte. Bei der Erinnerung daran packte sie unverhofft eine wehmütige Sehnsucht. Seit vorletzter Nacht hatten sie sich nicht mehr gesehen, nur miteinander telefoniert. Mehrere Tage voneinander getrennt zu sein, kam öfter vor. Timon ging in seiner Arbeit auf und vergaß bei kniffligen Fällen seinen Feierabend, und auch Norma schaute bei einem Auftrag nicht auf die Uhr. Mit einem Mal kam ihr Evas Wohnung in den Sinn. Ein Stockwerk unter ihrer Dachwohnung, gleiche Aufteilung, aber geräumiger, weil es keine Schrägen gab. Platz genug für Timon, sofern er sich entschied, endlich in ein festes Zuhause zu ziehen. Separat und dennoch unter einem Dach. Ein Katzensprung von einem zum anderen. Kein Tag mehr ohne ihn! Warum war sie nicht sofort darauf gekommen? Ihr Herz schlug schneller. Am liebsten hätte sie auf der Stelle gestoppt und ihn angerufen.

Etwas Weißes schob sich in ihr Blickfeld. Bastiani schwenkte den Gipsarm. »Achtung, dort vorn geht es rechts ab, eine Abkürzung durch die Weiden.«

Norma trat auf die Bremse, um auf einen Feldweg, genauer auf zwei Schotterspuren, die sich in einem sanften Bogen durch das Grasland hangaufwärts zogen, abzubiegen. Am Horizont leuchteten im Wiesengrün weiße Tupfen – kleinere und größere. Das Auto holperte tapfer bergauf. Es gebe eine bessere Zufahrt von der anderen Seite des Tals, bekannte Bastiani und klammerte sich derweil mit der linken Hand am Armaturenbrett fest. Während der Wagen vorwärtsrumpelte, entpuppten sich die hellen Flecken als Schafe und Pferde. Die wolligen Weidetiere bewegten sich grasend an einer Böschung entlang. Die Pferde – fünf Schimmel, feingliedrige, langmähnige Geschöpfe – warfen die Köpfe auf und stoben mit federnden Tritten davon, als der Toyota durch ein Schlagloch rumpelte. Norma unterdrückte einen Fluch. Nicht nur, dass ihr Begleiter während der Fahrt kaum mehr als Banalitäten über Ecki und sein Gefolge ausgeplaudert hatte, jetzt ruinierte sie sich durch ihn womöglich noch den Wagen.

»Unsere arabischen Vollblüter. Ein herrlicher Anblick, nicht wahr?«, schwärmte der Mann neben ihr und schaute den galoppierenden Tieren hinterher. »Mögen Sie Pferde?«

»Vor allem mag ich ordentliche Straßen«, knurrte Norma und gab Gas, um den nächsten Anstieg mit dem nötigen Schwung in Angriff zu nehmen.

Endlich wuchsen hinter dem Grashügel ein hellrotes Ziegeldach und ein Fachwerkgiebel empor. Ein kämpferisches Aufheulen des Motors, der Wagen eroberte eine

Graskuppe und rollte dahinter bergab auf das Anwesen zu: das kastenförmige Wohnhaus, daneben eine hohe Scheune und ein grauer Anbau, in dem Norma die Ställe vermutete. Vor dem Haus parkte ein museumsreifer Fendt, der in ihr prompt vergangene Zeiten wachrief: Bilder von schwülheißen Sommertagen. Der Vater am Steuer des ratternden Traktors, und sie als Kind, das sich mit klebrigen Fingern festklammert, um nicht vom hüpfenden Sitz abgeworfen zu werden. Sein Blick, erfüllt von Fürsorge und Liebe, wenn er sich ihr zuwendet. Sein herzhaftes Lachen. Die verschwitzten Haarsträhnen hängen ihm in die Stirn. Die Luft ist gesättigt vom Duft nach frisch gemähtem Gras. In ihrer Erinnerung erschienen ihr die ersten Sommerferien ihres Lebens endlos. Im Jahr darauf wurde der Vater beerdigt.

Bastianis Stimme holte sie in die Gegenwart zurück. »Willkommen in unserem Paradies! Mögen Sie ein Glas Most aus eigenen Äpfeln?«

Norma parkte den Wagen neben dem Fendt. Vor der Erfrischung sollte sie sich die Pferde ansehen, meinte Bastiani. Die kleine Herde hatte sich hinter einem breiten Holztor zusammengefunden und brummelte ihrem Herrn mit gespitzten Ohren entgegen. Die Tiere drängten sich an Bastianis liebkosende Hand wie anhängliche Hunde, als er über die zarten Köpfe strich und die schlanken Hälse tätschelte. Bei vier Pferden mischten sich zahllose dunkle Punkte ins weiße Fell. Der fünfte Schimmel schmückte sich mit schwarzen Ringen. Bastiani kam ins Plaudern. Seine Frau sei mindestens so pferdeverrückt wie er, bekannte er gut gelaunt. Beide stammten aus Reiterfamilien. Er war als junger Mann seiner Leidenschaft für das Distanzreiten nachgegangen, Charlotte hatte der Springsport begeistert. Mittlerweile ließ das Paar die Reiterei ruhiger angehen und bevorzugte gemütliche Ausritte auf ihren Arabern. Für Bastiani war es die zweite Ehe, für Charlotte die erste. Auf dem Wiesbadener Pfingstturnier waren sie sich nähergekommen, durch ein Missgeschick auf der Zuschauertribüne.

»Zu viel Gedränge und ein randvoller Teller mit Erbsensuppe. Sie verstehen, was ich meine?«

»Eine unfreiwillige Dusche?«

Bastiani lachte. »Charlotte nahm die Erbsen im Ausschnitt mit Humor. Wir wurden ein Paar, und ein Jahr später haben wir diesen Hof übernommen. Leider nur zur Pacht, wir wollten lieber kaufen. Doch etwas Besseres hätten wir kaum finden können. So wohnen wir nah genug am Frankfurter Flughafen. Charly ist Unternehmensberaterin und muss häufig ins Ausland. Zurzeit arbeitet sie in Bratislava.«

Norma schaute sich um. Der überdachte Stallbereich war großzügig mit Stroh eingestreut, und der Hof wirkte im Ganzen gepflegt und aufgeräumt. Die Kübel vor dem Haus quollen über vor leuchtend roten Geranienblüten. »Wie schaffen Sie das alles mit Ihrem Handicap?«

»Ich komme zurecht. Beim Versorgen der Tiere hilft mir ein guter Freund von nebenan.«

»Hier gibt es Nachbarschaft?«, entgegnete Norma verdutzt. Ihr war weit und breit kein anderes Haus aufgefallen.

»Schon, allerdings ein Stück weit weg. Klaus wohnt hinter dem Wald, drei Minuten mit dem Auto entfernt. Wir unterstützen uns gegenseitig, wenn Not am Mann ist. Zurzeit erledigt Klaus hier notgedrungen wesentlich mehr als ich.«

Während des Gesprächs waren ihm die Pferde nicht von der Seite gewichen. Nun wandten sie sich wie auf ein geheimes Zeichen ab, schnaubten und trotteten mit gesenkten Köpfen zur Weide zurück. Nur das Pferd mit den Kringeln im Fell blieb und prustete Norma seinen warmen Atem ins Gesicht.

Bewundernd strich sie ihm über die üppige Mähne. »So ein schönes Tier! Und wohl besonders anhänglich?«

»Vielleicht, weil sie spürt, dass sie uns besonders am Herzen liegt«, antwortete Bastiani. »Tierschützer haben uns diese Stute anvertraut. Wir nennen sie Püppi.«

Der Kosename passt zu dem Tier mit der breiten Stirn und den melancholischen schwarzen Augen. Norma war dazu übergegangen, den Mähnenkamm der Stute mit den Fingern zu bearbeiten. Die Stute stand da wie ein Denkmal und schien die Massage zu genießen. »Verstehe, diese Püppi sollten Sie grüßen. Roman Bonheur kennt also Ihr Pferd?«

»Ja, Roman war im Frühjahr zu Besuch bei mir. Er gab ein Gastspiel in Frankfurt. Ich wusste, dass er ein versierter Reiter ist, seit wir diesen Ritterfilm gedreht hatten. Darin geht es richtig zur Sache mit Schwertkämpfen zu Pferde. Roman reitet seit seiner Jugend in Frankreich, ein wahrer Horseman. Deswegen war er der erste Fremde, der auf Püppi sitzen durfte.«

»Warum niemand sonst? Püppi benimmt sich so liebenswürdig und sanft.«

»Dieses Pferd kann lebensgefährlich sein!«

Erschrocken zog sie die Hand fort. »Wie bitte?«

Bastiani lächelte beschwichtigend. »Keine Sorge, Frau Tann. Im Umgang ist Püppi ein Schaf. Anders beim Reiten, sie kann mit einer heftigen Abwehr reagieren. Deswegen ging sie durch viele Hände. Wenn man den Sattel zu forsch auflegt, bockt sie wie ein Rodeopferd.«

»Vielleicht hat sie Schmerzen?«, überlegte Norma.

»Nein, körperlich liegt nichts vor, das haben wir untersuchen lassen, mehrmals sogar«, erklärte Bastiani geduldig. »Es ist ein psychisches Trauma. Irgendetwas muss in ihrer Ausbildung zum Reitpferd gehörig schiefgelaufen sein. Mit viel Geduld haben wir ihr Vertrauen gewinnen können. Mittlerweile lässt sie sich wunderbar reiten und fühlt sich wohl dabei. Allerdings darf man sich zuvor beim Satteln keine Unachtsamkeit erlauben, sonst …« Bedeutungsvoll klopfte er mit der freien Hand auf den Gips.

»Aha, Püppi hat Ihnen die Rolle in Eckis Dokudrama vermasselt.«

»Wenn ich nur nachvollziehen könnte, was ich falsch gemacht habe. Ich erinnere mich an jeden Handgriff. So behutsam wie immer habe ich sie gesattelt und den Gurt nur leicht geschlossen. Danach habe ich Püppi geführt und zwischendurch mehrmals nachgegurtet, bis ich aufsitzen konnte. So kennt sie es, und sie gab sich völlig entspannt. Aber kaum war ich oben, ist sie förmlich explodiert. Als sitze man auf einem Katapult! Ich bin zu Boden gegangen wie ein Stein. Das Krachen der Knochen klingt mir immer noch im Ohr.«

»Wusste Bonheur von dem Problem?«

»Selbstverständlich hatte ich ihn darauf vorbereitet«, verteidigte sich Bastiani empört. »Roman kann mit sensiblen Pferden umgehen, und er ging strikt nach meinen Anweisungen vor. Püppi hat ihm vertraut.«

Norma hatte sich erneut dem Pferd zugewandt. Ihre sonstigen Begegnungen mit Tieren betrafen lediglich den täglichen Umgang mit dem exzentrischen Kater. Als Kind hatte sie beim Versorgen der Kühe und Schweine des elterlichen Bauernhofs geholfen. Nach ihrer Überzeugung hatten Tiere für alles Tun ihre eigenen Beweggründe, die sich dem Menschen nicht immer erschlossen. Bisweilen konnten die Auslöser jedoch naheliegend sein.

»Was ist mit dem Sattel? Haben Sie ihn nach dem Sturz kontrolliert?«

Bastiani schüttelte verblüfft den Kopf. »Nein, wie sollte ich? Ich war allein, als es geschah. Zum Glück kam Klaus zufällig vorbei. Er hat Püppi eingefangen, abgesattelt und auf die Weide entlassen, bevor er mich ins Krankenhaus brachte. Um ihn nicht warten zu lassen, habe ich mir für den Rückweg ein Taxi genommen. Als ich nach Hause kam, waren Pferde und Schafe gefüttert sowie die Reitausrüstung aufgeräumt. Klaus hatte auf dem Heimweg alles erledigt.«

»Ein Hoch auf hilfsbereite Nachbarschaft! Haben Sie den Sattel danach wieder benutzt?«

Mit schiefem Grinsen deutete er auf den stillgelegten Arm. »Ich bin zwar pferdeverrückt, aber nicht so irre, unter diesen Umständen aufzusitzen. Einen zweiten Sturz will ich nicht riskieren.«

»Darf ich mir den Sattel ansehen?«

Nach gleichmütigem Schulterzucken, das notgedrungen einseitig ausfiel, führte er sie in eine Kammer, die sehr ordentlich wirkte. Sechs Sättel lagerten auf Wandhalterungen, und ihnen gegenüber hingen Halfter und Zaumzeuge aller Art. Bastiani deutete auf einen der Sättel, der sich in Größe und Aussehen von den anderen, weitaus schlichteren unterschied. Die Sitzfläche war deutlich geräumiger und an den Rändern von silbernen Knöpfen besetzt. Breite, lederbezogene Steigbügel baumelten an handbreiten Lederstreifen. Darunter schauten die Ränder einer dicken, bunt gemusterten Decke hervor. John Wayne lässt grüßen, war Normas spontaner Eindruck.

»Für Püppi nehmen wir diesen Westernsattel«, erklärte

Bastiani. »Vorausgesetzt, er passt, verteilt er die Last gleichmäßig auf dem Pferderücken, und als Reiter hat man einen guten Halt. Ohne Garantie allerdings.« Ein zweites schiefes Grinsen folgte.

»Darf ich?«

Auf sein zustimmendes Nicken schob sie den rechten Arm unter den Sattel, packte ihn mit der linken Hand am vorderen, hoch aufragenden Knauf und hob und zog ihn herunter. Das Gewicht überraschte sie. Mit etwas Mühe verfrachtete sie den schweren Gegenstand auf eine freie Ablage. Die bunte Unterlage war an Ort und Stelle zurückgeblieben.

»Das Pad legen wir zuerst auf das Pferd«, erklärte Bastiani und schaute zu, wie sie die Decke herumdrehte. Die Unterseite bestand aus einem hellen Schaffell, durch das Norma nun mit den Fingerspitzen strich. Mit gleicher Gründlichkeit inspizierte sie anschließend den Stoff, ein grobes Baumwollgewebe, auf der oberen Seite.

Sie hielt inne und suchte seinen Blick. »Haben Sie Feinde, Herr Bastiani?«

»Wie soll ich das verstehen?«, gab er irritiert zurück.

Auf einem Wandbord entdeckte sie eine Schere, die sie an sich nahm und mit der Spitze auf die minimalen Unregelmäßigkeiten in der Stoffstruktur deutete. »Schauen Sie, hier!«

Bastiani trat neben sie und bog den Oberkörper zur Seite, um den Weg der Scherenspitze zu verfolgen. Norma kehrte die Unterseite nach oben. Sorgsam durchkämmte sie das Fell, bis sie eine winzige Perforierung im Leder aufspürte. Drumherum stieß sie auf weitere Löcher.

Norma legte das Pad an seinen Platz zurück. »Wann haben Sie den Raum zuletzt ausgefegt?«

Lag es am Licht, das gedämpft durch das hohe, kleine Fenster fiel? Bastianis gesunde Gesichtsfarbe schien jedenfalls schlagartig verblasst. »Sie glauben doch nicht …?«

»Wann? Vor oder nach dem Unfall?«

»Davor! Seitdem bin ich nicht gut im Ausfegen.«

Trotzdem war die Kammer sauber ausgekehrt. Norma ging in die Knie und suchte den Betonboden mit den Blicken ab. Ihre Mühe wurde belohnt. Sie entdeckte einen Nagel mit breitem Kopf. Als sie ihn zur Probe durch das Gewebe steckte, reichte die Spitze so knapp durch das Fell hindurch, dass man ihn zwar nicht sehen, jedoch deutlich ertasten konnte. Als Norma die Decke zwischen den Händen zusammendrückte, stach ihr der Nagel empfindlich in die Handfläche.

Bastiani wiederholte den Test und rang mit der Fassung. »Das gibt's doch nicht! Hat jemand Nägel in das Pad gebohrt, damit Püppi mich abwirft?«

»Danach sieht es aus«, stimmte Norma ihm zu. »Während Sie im Krankenhaus waren, hat dieser Jemand alle Nägel wieder aus der Decke herausgeklaubt. Dabei ging ihm dieses kleine Beweisstück verloren. Stammt der Nagel von Ihrem Hof?«

Bastiani schüttelte den nun tatsächlich schreckensbleichen Kopf. »Ganz sicher nicht. Diese Art Nägel besitze ich nicht.«

»Darf ich ihn mitnehmen?«

Mit seiner Zustimmung wickelte sie den Metallstift in ein Papiertaschentuch und steckte den Fund in die Jackentasche, um ihn später sicher im Rucksack zu verstauen. Anschließend überprüfte sie die anderen Sättel, deren Decken aus gesteppter Baumwolle bestanden und die allesamt unauffällig waren. Nachdenklich verließen sie den

Stall. Unter dem Hofbaum, einer Linde mit dichter Krone, befand sich ein Sitzplatz mit zwei Bänken und einem Tisch. Norma nahm dort Platz. Bastiani ging ins Haus, um die versprochene Erfrischung zu holen. Während Norma wartete, trottete eine schwarz-weiße Katze heran. Aus ihrem Maul lugten Kopf und Schwanz einer Maus heraus. Erst auf den zweiten Blick bemerkte Norma, dass der Mäusejägerin ein Vorderbein fehlte. Als Norma die Hand ausstreckte, machte das Tier erschrocken kehrt und jagte auf drei Beinen davon.

Bastiani trug einen Korb mit zwei Gläsern und je einer Flasche mit Wasser und Apfelsaft heran. Auf seine Bitte mischte sie sich eine Schorle und schenkte auch ihm ein.

»Nägel unter dem Sattel«, schimpfte er aufgebracht. »Eine Schweinerei ist das!«

Norma löschte ihren Durst. Trotz der Verdünnung schmeckte sie den süßen, aromatischen Apfelgeschmack deutlich heraus. »Müssten Sie bei Ihren anderen Pferden mit genauso extremen Reaktionen rechnen wie bei Püppi?«

»Eher nicht, vermutlich würden sie den Rücken wegdrücken, herumzappeln, ihren Unmut kundtun, aber dem Reiter genügend Zeit geben, um heil herunterzukommen.«

»Nutzen Sie den Westernsattel auch für die anderen Pferde?«

»Nein, der Sattel ist extra für Püppi angepasst.« Bastiani verbarg den Kopf in der freien Hand. Norma konnte seine Betroffenheit nachvollziehen. Der perfide Anschlag hätte noch übler ausgehen können. Sie wollte nicht in seiner Haut stecken.

»Dann sollten wir davon ausgehen, dass Püppi gezielt ausgesucht wurde. Wer weiß so genau über Ihre Pferde Bescheid?«

Er winkte mit bitterer Miene ab. »Püppis Geschichte ist kein Geheimnis. Vor vier Wochen hat das Hessenfernsehen darüber berichtet. Ich hatte eingewilligt, um damit auf die Arbeit der Tierschützer aufmerksam zu machen. Viele Leute haben uns daraufhin angesprochen. Die Pferdeszene ist gut vernetzt.«

»Wer könnte Ihnen so übel mitgespielt haben? Was ist mit Ihrem Nachbarn Klaus? Er hätte die Gelegenheit gehabt, geht bei Ihnen ein und aus.«

Er schüttelte energisch den Kopf. »Niemals, Klaus ist ein herzensguter Typ!«

Bastiani wäre nicht der Erste, der sich von einem vertrauten Menschen täuschen ließe. »Überlegen Sie. Wer käme infrage? Was ist mit Bonheur? Er hat Ihre Rolle bekommen.«

»Roman?« Bastiani lachte auf. »Roman kann jede Rolle haben! Das hat er nicht nötig. Ganz anders als dieses Mädchen, Lisa, eine Studentin, die in den Semesterferien bei uns ausgeholfen hatte, bis es mächtig Ärger gab.« Er nippte nachdenklich am Glas.

»Ärger welcher Art?«

»Lisa hat geklaut. Mal fehlten 10, mal 20 Euro aus der Küchenkasse. Ein Ring von Charly verschwand spurlos, wenig später ihre Lieblingskette. Nachdem wir Lisa zur Rede gestellt und vom Hof geschickt hatten, verunglimpfte sie uns in den sozialen Netzwerken. Sie hat Kübel von Hass über uns verschüttet. Aber sie liebte Püppi. Niemals würde sie dem Pferd etwas antun.«

Die Katze war zurückgekehrt – ohne Maus – und strich ihm maunzend um die Beine. Er bückte sich zu ihr herunter und rief, wieder auftauchend: »Axel Teubener war's! Ich bin sicher: Er hat den Sattel manipuliert. Lisa ist seine

Nichte. Sie hat ihm bestimmt alles über uns und die Pferde erzählt.«

»Der ermordete Winzer? Aus welchem Grund hätte er das tun sollen?«

»Ganz einfach: um mich in den Rollstuhl zu bringen oder Schlimmeres. Damit wir den Hof aufgeben!«

»Was hatte Teubener mit Ihrem Hof zu schaffen?«, wunderte sich Norma.

Bastiani grinste düster. »Wir sind – waren – seine Pächter. Er wollte uns vertreiben und selbst einziehen. Vielleicht hatte er genug vom Krach mit Daniel Lenges und sehnte sich nach Ruhe.« Er brach mit einem kurzen, bösen Gelächter ab. Die Katze sprang auf seinen Schoß und schmiegte sie sich schnurrend an den Gipsarm, während sie sich auf das verbliebene Vorderbein stützte.

»Hat Teubener Ihnen die Pacht gekündigt?«

»Wollte er gern, konnte er jedoch nicht. Rechtlich gehört der Hof seiner Frau, sie stammt von hier, und mit ihr haben wir den Pachtvertrag abgeschlossen. Wenn es nach Annegret Teubener ginge, hätten wir den Hof sogar kaufen können. Sie mag uns. Trotzdem hätte sich ihr Mann am Ende durchgesetzt, fürchte ich. Axel Teubener kannte keine Skrupel.«

War es Naivität oder Gerissenheit, ihr hier in aller Ruhe ein Motiv für den Mord an Teubener zu nennen?

Auf der Rückfahrt steuerte sie den Wagen im Schritttempo über den Wiesenweg, bis sie die Landstraße erreichte. Unterwegs ließ sie ihren Spekulationen freien Lauf. Mit Axel Teubeners Dahinscheiden war Bastiani allen Ärger los. Die Witwe würde ihm vermutlich mit Freude den Hof verkaufen. Andererseits schloss der verletzte Arm ihn als Tatverdächtigen aus. Der Unfall war einen Tag vor dem

Mord geschehen. Mit gebrochenem Ellenbogen war er niemals imstande, einen Mann von Teubeners Statur zu überwältigen. Und die Witwe? Wer teilte sein Leben gern mit einem Querulanten? Allerdings traute Norma einer der Ehe überdrüssigen Frau eher einen Giftmord zu, als sich des ungeliebten Ehemanns durch eigenhändiges Erdrosseln zu entledigen. Unvermittelt schoss ihr der Gedanke an einen Auftragsmord durch den Kopf. Hatten sich die Bastianis mit der zukünftigen Witwe verbündet und einen Killer angeheuert? Hirngespinste? Nur so viel schien klar: An Feinden hatte es Teubener nicht gemangelt. Bis eins seiner Opfer genug hatte vom Terror des Winzers und auf grausame Weise Rache übte.

Auf halber Strecke lenkte sie den Wagen in eine Parkbucht. Timon war sofort am Telefon, als hätte er ihren Anruf erwartet. Angeregt diskutierten sie die neuen Erkenntnisse, die ihr der Ausflug in die Taunuswälder beschert hatte. Als sie auflegte, fiel ihr ein, dass sie etwas Fundamentales vergessen hatte. Sie hatte ihm doch von der Wohnung erzählen wollen!

15

Kloster Eberbach
Freitag, der 17. September

Norma erreichte Eberbach rechtzeitig zur Mittagspause, einem nahezu heiligen Termin für den Regisseur, der Wert darauf legte, seine Schäfchen wie ein treusorgender Patron einmal täglich um sich zu versammeln und dabei seine Direktiven für die kommenden Aufgaben zu verkünden. Zu diesem Anlass traf sich das Team in einem Gastraum der Klosterschänke, die dank ihrer vielseitigen Küche für glückliche Gesichter bei Vegetariern, Veganern, Laktoseunverträglichen, Steinzeitkostlern, Low-Carblern und anderen Nahrungsspezialisten sorgte. Die wenigsten bedienten sich von allem, was am Buffet geboten wurde. Als Vegetarierin war auch Norma nicht frei von Sonderwünschen. Der Blattsalat machte Appetit. Sie füllte einen Teller, nahm sich Brot und Käse dazu und schaute sich nach einem freien Platz um. Roman Bonheur saß zwar allein an einem Tisch, stierte aber demonstrativ in ein Skript, was Norma davon abhielt, ihn zu stören. Skrupel, die der Regisseur nicht zeigte, als er mit vollem Teller auf seinen Star zusteuerte und sich ihm gegenüber niederließ. Bonheur legte mit resignierter Miene die Blätter beiseite.

Als Norma noch überlegte, ob sie sich zu den Männern gesellen sollte, hörte sie ihren Namen. Nelly lud sie an einen Sechsertisch ein, an dem sich außer ihr bereits Sören, Marielle Dyckerborn, Kamerafrau Wenke sowie Paul, der Spezialist für die Beleuchtung, zusammengefunden hatten. Norma stellte ihren Teller ab und nahm sich den letzten freien Stuhl. Das Gespräch am Tisch drehte sich, wie kaum anders zu erwarten, um den Mord in der Klostergasse. Sören gab beinahe wortwörtlich wieder, was Wolfgang Bastiani am Morgen über den Nachbarschaftsstreit erzählt hatte, und bewies damit das geschulte Gedächtnis eines Schauspielers.

»Habt ihr von dem vermissten Mädchen gehört?«, fragte Marielle in eine Pause hinein.

Ungerührt stocherte Nelly weiter in ihrem Pastagericht. Alle anderen beugten sich spontan vor. Auch Norma legte die Gabel beiseite und wandte sich der Schauspielerin zu. Im echten Leben ließ Marielle einiges von dem Zauber vermissen, den ihr die Kinoleinwand verlieh. Im Grunde war sie Norma als Mensch mit Ecken und Kanten jedoch wesentlich lieber. Obwohl Marielle die 30 überschritten hatte, haftete ihr das Image der jungen Naiven an. Ecki ging einen anderen Weg und hatte ihr eine Rolle gegeben, die ihrem Alter entsprach. Sophia von Roth alias Fürstin Sophie Augusta zu Wied und Prinzessin von Solms-Braunfels war 36 Jahre alt gewesen, als sie im Jahr 1832 als eine unheilbar am Wahnsinn erkrankte Patientin aus der Heilanstalt Siegburg nach Eberbach verlegt worden war.

»Es geschah während der Dreharbeiten zu ›Der Name der Rose‹«, raunte Marielle, als wollte sie ein schauriges Märchen erzählen. »Eine junge Frau verschwand ohne eine Spur aus dem Kloster. Zwei Tage später haben zwei Waldarbeiter sie aufgespürt, oben am Niederwalddenkmal. Voller Blessuren und mehr tot als lebendig. Und dem Wahnsinn verfallen.« Sie hielt inne und schaute bedeutungsvoll in die Runde.

»Was für eine Räuberpistole, puh«, schnaubte Nelly und zeigte mit einer aufgespießten Nudel auf Marielle. »Du, meine Liebe, lässt dir jeden Bären aufbinden.«

»Immer hackst du auf ihr herum«, fauchte die Kamerafrau. Es hatte Nelly gegolten.

Marielle schenkte Wenke ein bezauberndes Lächeln. »Lass Nelly glauben, was sie will. Ich bin mir sicher, es ist eine Tatsache. Warum sollte der Mann mich anlügen?«

»Welcher Mann?«, fragte Sören verwundert.

»In der Basilika hat er mich angesprochen. Er kennt alle meine Filme, ein wahrer Fan! Als Jugendlicher hat er die Dreharbeiten zu ›Der Name der Rose‹ miterlebt.«

»Der Kerl wollte sich nur wichtigmachen«, zischte Nelly angewidert.

»Das sagst du nur, weil du selbst gern bei den Dreharbeiten damals dabei gewesen wärst«, behauptete Sören mit einem Augenzwinkern.

»Wer hätte diesen Jahrhundertdreh nicht gern miterlebt?«, gab Nelly kratzbürstig zurück. »Allerdings habe ich das Kloster erst in diesen Tagen kennengelernt.«

Sören wandte sich Norma zu. »Weißt du etwas über diese Frau? Du warst bei der Polizei!«

»Nicht im Jahr 1985«, entgegnete Norma. »Von dem Fall habe ich noch nie gehört. Aber er interessiert mich, Marielle.«

»Wirklich?« Dieses Mal strahlte sie Norma an.

»Was war der Frau zugestoßen?«, fragte Paul in seinem weichen Sächsisch.

»Das wurde nie herausgefunden«, hauchte Marielle mit Grabesstimme. »Sie war verstummt und hat ihre Sprache niemals wiedergefunden.«

»Drama, Drama!«, bemerkte Nelly spöttisch.

Wenke strafte sie mit einem strengen Blick. »Totaler Mutismus, so nennt man das. Darüber habe ich eine Doku gedreht. Es kann die Folge eines Traumas sein. Ihr kennt alle den Ausspruch: ›Es hat mir die Sprache verschlagen‹.«

»Marielle, hat der Mann seinen Namen genannt?«, fragte Norma. »Ich würde ihn gern sprechen.«

Paul schien beunruhigt. »Warum das, Norma? Befürchtest du, diese alte Geschichte könnte etwas mit dem aktuellen Mord zu tun haben?«

»Nach vier Jahrzehnten? Wohl kaum«, sagte Norma und erklärte: »Das ist bei mir wie ein Pawlow'scher Reflex. Rätselhafte Fälle aktivieren meinen Jagdtrieb.«

»Und mich treibt es an die Kaffeebar«, bemerkte Nelly trocken und sprang auf. »Braucht noch jemand der Herrschaften einen Muntermacher?«

Wenke, Sören und Paul schlossen sich ihr an. Norma blieb bei Marielle am Tisch.

Mädchenhaft kräuselte ihr Gegenüber die hübsche Stupsnase. »Warte, wie hieß er noch? Micky? Micha? Nee, das war's nicht.«

»Er muss Mitte bis Ende 50 sein«, warf Norma ein.

Marielle schaute verdutzt, ohne Normas Rechenkünste zu kommentieren. »Jetzt hab' ich es. Mark! Ich habe ihm eine Widmung auf die Eintrittskarte fürs Museum geschrieben.«

»Mark? Bist du dir sicher?«

Marielle entspannte die Nasenflügel. »Klaro, der Typ heißt Mark. Er hat gesagt, dass er in Wiesbaden wohnt und eine Webseite über den Film ›Der Name der Rose‹ betreibt. Achtung, Eckis Schäferhund treibt die Herde zusammen!«

Norma schaute auf und beobachtete, wie Nelly sich anschickte, die Truppe für Wintersteins mittägliche Ansprache zu versammeln.

16

Als Norma zum Luftschnappen vor die Tür ging, erspähte sie zwei vertraute Gestalten, die sich im Schein der Mittagssonne der Klosterschänke näherten. Erfreut lief sie ihnen entgegen. Sie hätten einige Fragen vor Ort klären müssen, ließ Milano nebulös verlauten und tupfte sich mit einem weißen Taschentuch über die glänzende Stirn. Auf seinem Hemd zeichneten sich Schweißflecken ab. Die spätsommerliche Hitzewelle machte seinem massigen Körper zu schaffen. Wolfert dagegen wirkte – im karierten Sakko – wie aus dem Ei gepellt. Am liebsten hätte sie die Ex-Kollegen auf den Fall der vermissten Frau angesprochen. Womöglich existierten in irgendeinem verstaubten Archiv noch Akten darüber. Andererseits wusste sie aus eigener Erfahrung, welchem Zeitdruck das Ermittlerteam einer Mordkommission unterworfen war. Die beiden Kommissare hatten zurzeit Wichtigeres zu tun. Deswegen begnügte sie sich mit einer organisatorischen Frage.

»Morgen früh möchte Ecki vor dem Hospitalgebäude drehen. Anschließend plant er eine Szene in der Klostergasse. Könnten wir damit die Ermittlungen stören?«

»Kein Problem von unserer Seite«, antwortete Wolfert und bedachte Norma mit liebenswürdiger Miene. In bestem Beamtendeutsch fuhr er fort: »Die Untersuchung des Tatorts ist abgeschlossen.«

»Wir werden uns bei der Arbeit nicht ins Gehege kommen«, fügte Milano ausnahmsweise kaum weniger gestelzt hinzu.

Norma grinste herausfordernd. »Das sehe ich anders.«

»Hat Frau Schnüfflerin also wieder einmal die Nase vorn?«, gab er nun wie gewohnt spöttisch zurück.

»Erst seid Ihr dran! Wie steht es mit Daniel Langes? Seid ihr bei seiner Vernehmung vorangekommen?«

»Der Kerl ist stumm wie eine Makrele«, knurrte Milano. »Also, Norma, hast du etwas zu sagen? Oder wolltest du uns nur aushorchen?«

»Nicht doch, Luigi! Eine Hand wäscht die andere.« Ausführlich berichtete sie von ihrem Besuch bei Wolfgang Bastiani und dem Hintergrund seines Reitunfalls. »Gut möglich, dass Axel Teubener den Sattel manipuliert hat.«

»Aus purer Bosheit?«, fragte Wolfert und rümpfte angewidert die Nase.

»Oder um seinen Pächter in den Rollstuhl zu bringen«, tippte Norma, »und vom Hof zu vertreiben.«

Wolfert fächelte sich mit der Hand kühle Luft zu. Spurlos ging die Hitze auch an ihm nicht vorüber. »Was für ein teuflischer Plan. Und ein Motiv für Bastiani, sich an Teubener für den Anschlag zu rächen. Allerdings kann der Schauspieler gar nicht der Mörder sein.«

»Der Gipsarm, ich weiß! Der Unfall geschah am Dienstag, einen Tag vor dem Mord. Am Mittwochmorgen hat Bastiani sich bei Ecki gemeldet und seinen Job geschmissen. Im Übrigen müsste euch Bastianis Nachbar, er heißt Klaus, den Zeitpunkt bestätigen können.«

»Wir werden einen Kollegen hinschicken«, verkündete Milano, »und lassen die Aussage des Nachbarn fürs Protokoll aufnehmen.«

Norma rief sich die Situation in der Sattelkammer in Erinnerung. »Außerdem wirkte Bastiani völlig perplex, als ich die Löcher in der Decke und den Nagel entdeckte. Ich glaube, ihm war nicht klar, dass der Unfall gezielt herbeigeführt wurde.«

»Trau keinem Schauspieler nicht«, knurrte Milano mit misstrauisch zusammengekniffenen Augenbrauen. Eine grimmige Mimik, die Norma seit Jahren vertraut war. »Ob er von der Manipulation wusste oder nicht: Der zänkische Winzer macht ihm nicht länger zu schaffen.«

»Damit befindet er sich in guter Gesellschaft«, gab Wolfert zu Bedenken. »Teubener hatte sich so ziemlich jeden zum Feind gemacht, sogar den eigenen Sohn.«

»Ach«, entfuhr es Norma.

Milano nickte vielsagend. »Der Sohnemann ist gelernter Winzer. Er musste bei der Konkurrenz anheuern, weil er mit dem Vater über Kreuz lag. Jetzt steht es ihm frei, das Weingut zu übernehmen. Er kommt auf seine Kosten, das steht fest!«

»Was du nicht sagst! Hat der junge Mann ein Alibi für die Tatzeit?«

»Er war zum Wandern auf dem Wispersteig unterwegs.«

»Zeugen?«, fragte sie.

»Ein Mann, ein Weg«, erklärte Milano lapidar. »Angeblich ist ihm niemand begegnet. Hätte er besser den Rheinsteig genommen. Dort geht es an schönen Tagen zu wie in der Wiesbadener Fußgängerzone.«

Hier sprach Milano vom Hörensagen und nicht aus eigener Erfahrung. Für ihn, den überzeugten Städter, geriet schon ein Bummel durch den Kurpark zur sportlichen Herausforderung.

Im Sinne des guten Einvernehmens verkniff sich Norma eine spitze Bemerkung und fragte nach der hinterbliebenen Ehefrau. »Überzeugt sie euch als trauernde Witwe?«

Wolfert zuckte die Schultern. »Annegret Teubener behauptet felsenfest, ihren Mann geliebt zu haben. Trotz seines, sagen wir, schwierigen Charakters. Natürlich müssen wir auch ihr auf den Zahn fühlen.«

»Warum hat sie ihren Mann nicht in die Basilika begleitet?«

Milano erklärte verständnisvoll: »Sogar die Liebe der treusten Gattin hat Grenzen. Sie kennt das Epos in- und auswendig, sagt sie. Ihr Mann jedoch versäumte keine Eberbacher Vorführung.«

»In Erinnerung an seine Zeit als Komparse«, bemerkte Norma.

Milano verschränkte die Arme vor der ausladenden Brust und zeigte sein breitestes Grinsen. »Ich habe dir etwas mitgebracht.« Er griff in die Gesäßtasche der ausgebeulten Jeans und brachte ein Handy zum Vorschein. Ungeduldig tippte er auf dem Bildschirm herum und wischte mit dem wurstigen Zeigefinger darüber, bis er gefunden hatte, was er suchte, und Norma den Apparat überreichte. »Wir haben die Zuschauer aufgefordert, uns ihre privaten Videos und Fotos aus der Klostergasse zu schicken. Erkennst du die Zeichnung wieder?«

Das Display zeigte eine Aufnahme von minderer Qualität, als wäre sie aus einer verwackelten Filmsequenz herauskopiert worden. Norma erkannte eine eckige Säule. Auf dem ochsenblutroten Holz saß ein dunkler, rechteckiger Fleck. Sie zog das Foto mit gespreizten Fingern größer. »Großartig, Luigi! Es ist die Zeichnung, von der Teubener sichtlich beeindruckt war.«

Milano gurrte zufrieden. »Sieh dir das folgende Foto an. Unser Computerspezialist hat das Blatt vergrößert.«

Die Kohlezeichnung deckte sich mit ihrer Erinnerung: die hohe Reihe sich wiegender Fichten oder Tannen, darunter die Hütte, umrahmt von Buschwerk, und die geduckte Gestalt im Vordergrund. Norma spürte die Enttäuschung wie einen Stich. »Das könnte in jedem beliebigen Wald sein.«

»Zumindest in jedem Wald, in dem Nadelbäume wachsen«, antwortete Wolfert mit einem resignierten Schnaufer.

»Und die Frau?«, fragte Norma.

»Ist immerhin mutmaßlich eine Frau«, stimmte Milano missmutig zu.

Norma kniff die Augen zusammen, um mehr zu erkennen. Dicht über der Figur türmten sich wilde, dunkle Linien. »Was trägt sie auf dem Kopf?«

»Das könnte Zweige darstellen, meint unser Spezialist«, sagte Milano achselzuckend.

»Eine Art Krone aus Blättern?«, wunderte sich Norma.

»Durchaus möglich«, antwortete Wolfert. »Die Zeichnung selbst lässt auf einen geübten Laien schließen. Kein Künstler im eigentlichen Sinn.«

»Also ein engagierter Hobbyzeichner?«, fragte Norma.

»Davon ist auszugehen«, bestätigte Wolfert.

»Darf ich das Foto haben?«

Die Kommissare wechselten einen langen Blick.

Schließlich antwortete Milano: »Wenn es jemandem gelingen sollte, Stichhaltiges darüber herauszufinden, dann dir, liebe Norma! Dir mit deinen untrüglichen Instinkten!«

Er strahlte sie übermütig an. Was sollte sie bloß von ihm halten? Milano war eine einzige grantige Unberechenbarkeit. Flink machten sich seine fleischigen Finger am Telefon zu schaffen, und umgehend vermeldete Normas Handy den Eingang einer Nachricht. Die Kommissare brachen auf, um zu ihrer Arbeit im Präsidium zurückzukehren.

Norma hockte sich auf einen Mauervorsprung. Mit den

Händen beschattete sie das Display und zog den Ausschnitt größer, bis sie dem verhuschten, spukhaften Wesen ins Gesicht sehen konnte. Sie spürte ein Kribbeln im Rücken. Aus den kohlschwarzen Augen starrte ihr die nackte Panik entgegen.

Wer bist du? Was hat man dir angetan?

17

Der Filmfreund, der Marielle um ein Autogramm gebeten hatte, hieß mit Nachnamen Abelmann. Es hatte keiner ausgefeilten Ermittlerfähigkeiten bedurft, um ihn online aufzuspüren. Norma musste nur »Mark« und »Der Name der Rose« in die Suchmaske eintragen, um sich seine Homepage anzeigen zu lassen. Während ihrer Nachforschungen befand sie sich allein im Biergarten der Klosterschänke und nippte an einer eisgekühlten Limetten-Limonade. Ecki hatte sein Team zu einer Besprechung zusammengerufen, bei der Normas Anwesenheit nicht erforderlich war. So blieb sie ungestört, als sie Abelmanns persönliche Angaben überflog. Darin stellte er sich als Fotograf und Filmkundler vor. Nach eigener Einschätzung war er »absolut filmverrückt«. Das Kloster Eberbach und der »daraus hervorgegangene Welterfolg« hätten sein Leben nachhaltig geprägt. Im November 1985 hatte sich der damals 13-jährige Mark unter die Filmleute gemogelt und 14 Tage der Dreharbeiten, die insgesamt sechs Wochen angedauert hatten, mit seiner Leica festgehalten – weitgehend unbeachtet von den Erwachsenen. Seitdem besitze er das »weltweit größte private Archiv zur Verfilmung von Umberto Ecos weltberühmtem Roman«, so seine Behauptung. Norma bestellte eine zweite Limonade und klickte sich, während sie auf das Getränk wartete, durch lange Abfolgen schummriger Aufnahmen aus düsteren Katakomben, durch die unkenntliche Gestalten in bodenlangen Kutten huschten. Unter welchem der Mönchsgewänder mochte sich der jugendliche Axel Teubener verbergen?

Über die vermisste Frau ließ der fleißige Webmaster nichts verlauten. Was erwartete sie überhaupt von diesem vergessenen Fall? War er den Aufwand wert? Nur einen Versuch, beschloss sie. Wenn Abelmann nicht auf Anhieb zu erreichen war, wollte sie die Angelegenheit ruhen lassen.

Im Impressum fand sich seine Mobilnummer. Wenig später hatte sie ihn am Telefon. Ihr Interesse an den Dreharbeiten damals schien ihn nicht zu überraschen. Nach den Vorführungen in Eberbach kämen vermehrt Anfragen, von denen sich die meisten erstaunlicherweise auf Sean Connery und dessen kreativen Umgang mit der Eiseskälte im winterlichen Kloster bezögen. Ob er den kahlgeschorenen Schädel tatsächlich mit einer Wärmflasche unter der Kapuze warmgehalten und eine Weinflasche aus der Eberbacher Schatzkammer gestohlen habe – solche Fragen.

»Der berühmte Connery soll Wein geklaut haben?«, entgegnete Norma verblüfft.

Die fremde Männerstimme klang belustigt. »Viel mehr als einen schlichten Wein. Man sagt, der Rotwein war 70 Jahre alt und eine Rarität, die Connery erhitzt hat, um sich aufzuwärmen.«

Norma musste lachen und dachte an die Filmszenen, in denen sich Bruder William alias Sean Connery mit weißen Wölkchen vor dem Mund schmückte. Dem Schauspieler war also wahrhaftig der Atem vor Kälte gefroren. »Ein exklusiver Glühwein.«

»Es waren einprägsame Erlebnisse«, entgegnete der Fotograf.

»Während der Dreharbeiten soll eine Frau verschwunden und Tage später verwirrt aufgefunden worden sein.«

Seine Antwort war ein längeres Schweigen.

»Möchten Sie nicht darüber sprechen?«, fragte Norma behutsam.

»Ganz im Gegenteil, ich bin überrascht … und erfreut über Ihren Anruf. Seit Jahren hat mich niemand mehr darauf angesprochen. Dabei sollten die schlimmen Vorkommnisse im Winter 1985 in Erinnerung bleiben. Sind Sie Journalistin?«

»Ich bin Privatdetektivin. Mich reizen mysteriöse Fälle.«

»Wie sind Sie darauf gekommen?«

»Sie haben Marielle Dyckerborn davon erzählt. Heute Vormittag in der Basilika von Eberbach.«

»Was für ein wundervolles Zusammentreffen!« Die Schauspielerin sei im wahren Leben sogar noch bezaubernder als auf der Leinwand, fügte er schwärmerisch an. »Wir sollten uns treffen, Frau Tann. Heute um 17 Uhr am ›Schwarzen Häuschen‹. Sie werden mich erkennen.«

Er beendete das Telefonat, ohne ihre Zusage abzuwarten.

18

Heilanstalt Eberbach, Wohnhaus im Gaisgarten Freitag, der 18. Oktober 1839

Sophia von Roth greift in den Rock ihres Gewandes und rafft das Leinen zusammen, als könne ihr der Stoff Halt geben. Sie hastet um das Klavier herum und stürmt zum Fenster der eng möblierten Wohnstube.

»Ich will meine Kinder sehen«, verlangt sie mit der vollen Kraft ihrer Stimme. »Versprich es! Sofort! Sonst springe ich!«

Sie dreht sich um und beschimpft die zweite Person im Raum, eine Frau im fortgeschrittenen Alter, die in der Mitte des Zimmers an einem Biedermeiertisch sitzt. Als gehe sie die Aufregung nichts an, legt die Gesellschafterin geruhsam den Stickrahmen aus den Händen und seufzt ergeben. Sie erhebt sich gemächlich und schreitet mit gefasster Miene heran. In ihrem dunkelblauen Kleid wirkt sie ordentlich, wenn auch weitaus schlichter gekleidet als ihr hochgeborener Schützling.

»Folge meinem Befehl, Wilhelmine!«, kreischt die Jüngere, rüttelt entschlossen an den Fenstergriffen und reißt an der Drahtschlinge, die sie zusammenhält. »Man soll mir die Kinder bringen! Vor allem den kleinen Hermann mag ich sehen! Mein geliebtes Herzblut! Mein Hermännchen!«

Sie kämpft erfolglos mit der Schlinge, dann beginnt sie, mit den Fäusten gegen die Scheibe zu trommeln. Wilhelmine gelingt es, die wirbelnden Hände zu packen. Darin hat sie Übung. Mit aller Kraft zieht sie die Tobende vom Fenster fort.

»Mäßigen Sie sich, Frau von Roth«, bittet sie. »Ihre Familie lebt im Schloss Monrepos, und Neuwied ist weit. Geht das nicht in Ihren Kopf, meine Liebe? Außerdem würde Sie jeder Besuch in weitere Erregung versetzen, liebe Frau von Roth!«

Sophia reißt sich los und brüllt: »Du Hexe! Du herzloses Vieh! Nenne mich nicht ›liebe‹ und nicht ›von Roth‹! Ich bin eine Prinzessin von Solms-Braunfels, und ich verlange, hörst du, ich *verlange*, meine Kinder zu sehen.«

Sie wirft die Arme über sich, reißt sich die Haare aus dem Zopf heraus, bis sie ihr in Strähnen auf die Schultern fallen, und brüllt die Namen ihrer vier Kinder heraus: Auguste, Luise, Otto und immer wieder Hermännchen, Hermännchen.

Wie rasend prügelt sie mit den Unterarmen auf die Gesellschafterin ein. »Schlag nur zurück, du tumbe Kuh! Dann wirst du entlassen, und ich bin dich los!«

»Den Gefallen … tue ich … Ihnen … sicherlich nicht«, stößt Wilhelmine keuchend aus und duckt sich vor den Schlägen.

Endlich befreit, eilt sie zur Tür, reißt diese auf und ruft in den Flur hinein: »Hildchen, schnell, lauf zum Direktor! Er soll nach Dr. Windt schicken. Ein neuerlicher Anfall!«

Die Patientin sinkt auf die Knie nieder, vergräbt das Gesicht in den Händen und wimmert: »Seit Jahren habe ich sie nicht umarmen dürfen. Ihre lieben Gesichtchen nicht küssen dürfen. Ich will doch nur wissen, ob es den Kindern gut geht.«

Hastig ordnet Wilhelmine ihr Kleid und die Frisur, die unter der Attacke gelitten haben. »Tag und Nacht bin ich an Ihrer Seite, und Sie haben nichts Besseres zu tun, als mich selbst an den Rand des Wahnsinns zu treiben?«

Sophia kniet auf dem Parkett. Ruhiger jetzt, hebt sie den Kopf und schaut Wilhelmine mit verweinten Augen an. »Ich will nichts weiter als meine Kinder sehen!«

»Meine Liebe, Ihren Kindern geht es bestens. Prinz Hermann ist erwachsen und mit Marie verheiratet. Das wissen Sie doch.«

»Gar nichts weiß ich!«, kreischt Sophia und springt auf. »Woher denn? Warum darf ich meine Liebsten nicht sehen?«

Wilhelmine fasst entschlossen zu, führt Sophia zum Tisch und drückt sie auf einen Stuhl nieder. Sophia gehorcht und bleibt zusammengesunken dort sitzen. Die Tür wird aufgestoßen. Direktor Lindpaintner und Dr. Windt treten ein und schauen sich besorgt um. Sophia nimmt keine Notiz von den Männern und wiegt sich weinend in den eigenen Armen. Das zerwühlte Haar fällt von ihrer Stirn auf die Tischplatte.

Wilhelmine flüstert den Männern zu: »Sie fragt nach den Kindern. Ich hatte Sorge, sie zerschlägt mir die Fensterscheibe und schneidet sich die Hände an den Scherben auf.«

Lindpaintner wendet sich dem Anstaltsarzt zu. »Das war der dritte Anfall innerhalb weniger Tage. Ich werde es der fürstlichen Familie melden müssen, wenn dieses widersetzliche Betragen anhält. Sie wissen, wie sehr Marie Fürstin zu Wied am Wohlergehen ihrer durchlauchtigsten Schwiegermutter gelegen ist. Sie sorgt sich wahrhaftig und aus vollem Herzen. Was schlagen Sie vor, Dr. Windt?«

Dr. Windt fragt, an Wilhelmine gerichtet: »Hat die Patientin ihre Diät eingehalten?«

»Selbstverständlich, Herr Doktor«, bestätigt die Wartfrau. »Darauf achte ich sorgfältig. Bis zu dem Ausbruch eben hat sich Frau von Roth brav den Handarbeiten gewidmet, wie Sie es ihr aufgetragen haben. Für morgen ist ein aromatisches Bad vorgesehen, darauf freut sie sich sehr.«

»Das Bad fällt aus«, befiehlt der Arzt entschieden. »Wenn sich ihr Zustand nicht bessert, werde ich meine Spezialsalbe verschreiben. Sie verursacht eiternde Wunden, der Schmerz wird die Dame genügsam machen.«

»Oh, bitte, Herr Doktor, kann das nicht warten?«, entgegnet Wilhelmine erschrocken.

»Also gut, versuchen wir es zunächst mit dem Hohlen Rad. Die Behandlung wird die Patientin lehren, ihr ungehorsames Verlangen im Zaum zu halten.«

Die Männer gehen hinaus und lassen Wilhelmine mit der erschöpften Sophia zurück.

19

Kloster Eberbach
Freitag, der 17. September

Marielle zupfte nervös an ihrem Leinenkleid, schüttelte den Kopf und brüllte trotzig: »Ausgeschlossen! In dieses Ding krieche ich *nie-mals*!«

»Das Ding«, wie sie es despektierlich bezeichnete, stand in seiner vollkommenen Pracht vor dem Hospitalkeller. Die hölzerne Rekonstruktion ähnelte einem gewaltigen geschlossenen Hamsterrad: mit einem Hohlraum und einer Luke, die groß genug für einen Menschen und mit einer Klappe zu verschließen war. Die Anfertigung hatte Ecki eine Stange Geld gekostet. Dazu kamen zeitraubende Telefonate, Mails und Verbesserungsvorschläge seinerseits. Finde erst mal einen Schreiner, der sich auf den Nachbau eines Hohlen Rads versteht. Im tiefsten Taunus hatte sich zu guter Letzt eine Drei-Mann-Werkstatt bereit erklärt, die Herausforderung anzunehmen. Anhand von Fotos aus antiquarischen Werken der Psychiatrie hatte der Schreinermeister seine Entwürfe mit Eckis Skizzen abgeglichen und mutig losgelegt. Der eng gestrickte Zeitplan des Eberbacher Filmprojekts ließ wenig Spielraum, doch entgegen Eckis Befürchtungen war alles perfekt gelaufen. Rechtzeitig zum Drehbeginn der Laufrad-Szene war der Lastwagen der Schreinerei in den Kleinen Klosterhof gerollt. Strahlend wie die Weihnachtsmänner hatten die Handwerker ihr Meisterstück ausgeladen.

Den Standort hatte Ecki mit Bedacht gewählt. Zum einen verdeckte die Replik mit ihren beeindruckenden Ausmaßen den Blick auf das Zahnrad und die Kurbel des riesigen Lastenkrans, der an der Fassade des Hospitalkellers hing und Eckis ästhetisches Empfinden störte. Zum anderen käme, die richtige Position der Kamera vorausgesetzt, das urtümliche Portal des Hospitalkellers anschaulich zur Geltung. Das Rad selbst stand auf einem Podest und war in einem Holzgestänge verankert. Mittels eines seitlich angebrachten Hebels konnte es von einer Person in Bewegung versetzt werden. Was wunderbar funktionierte. Ecki hatte das Team zusammengerufen und den Mechanismus vor aller Augen begeistert demonstriert. Ein kräftiges Drücken gegen die Metallstange genügte, und schon setzte sich das Rad in Gang. Die Replik hätte einem Psychiatriemuseum zur Ehre gereicht, und auch seinen eigenen Ansprüchen hinsichtlich der Authentizität hielt es stand bis ins Detail.

Ecki schwebte im siebten Himmel. Sein Glückgefühl erhielt einen Dämpfer, als sich Marielle vehement weigerte, ihre Arbeit zu tun.

»Bin ich ein Goldhamster? Von Folter steht nichts in meinem Vertrag«, zeterte sie und fuchtelte echauffiert mit den Armen, womit sie seiner Vorstellung der geisteskranken Sophia von Roth endlich nahekam. Wenn Marielle am Set nur halb so überzeugend auftreten würde. Bisher hatte sie ihre Sophia als dekadente Sissi-Karikatur verkaufen wollen.

»Das steht alles im Drehbuch«, konterte er wütend. »Bist du zu blöd zum Lesen, du Spatzenhirn?«

»Ich kenne meinen Text! Aber ich bekomme Panik in engen Räumen, und dieses *Ding* … ich habe es mir nicht so wuchtig … nicht dermaßen *be-äng-sti-gend* vorgestellt.«

Ihren Protest hatte sie in vollendeter Sophia-von-Roth-Manier ausgestoßen: in blasierter Hochnäsigkeit und von unberechenbarer Verzweiflung getrieben. Sein Instinkt für die perfekte Besetzung hatte ihn keinesfalls im Stich gelassen. Er müsste Marielle nur bis aufs Blut reizen, damit sie ihre wahren Qualitäten zeigte. Seine Rage, immerhin, war wahrhaftig und mächtig. Da musste er keinem etwas vormachen. Was bildete sich diese Kuh ein, dieses Wunder von Requisite verächtlich zu machen? Ein Wort gab das andere. Marielle schlug sich tapfer und keifte zurück. Je lauter und fieser er seine Angriffe führte, desto stärker zogen die anderen die Köpfe ein: Sören alias Dr. Windt, Nelly alias Wilhelmine. Sogar Roman alias Direktor Lindpaintner war konsterniert erblasst. Der weichherzige Paul schien den Tränen nahe, während Tom seine gesammelte Aufmerksamkeit auf den Kies zu seinen Füßen lenkte. Wenke bedachte Ecki mit tödlichen Blicken, ohne den Mumm aufzubringen, sich ihm in den Weg zu stellen. Norma Tann musterte ihn aus sicherer Distanz, als würde sie die Gefährlichkeit eines exotischen Tieres studieren. Es entsprach der ihm eigenen Genialität, selbst im größten Zorn die kleinsten Regungen anderer wahrzunehmen.

Auf seinen Befehl brachte Wenke die Kamera in Position. Noch drei, vier bösartige Wortattacken, und Marielle brach zusammen. Tränen durchströmten die Schminke und zeichneten ihr den Irrsinn ins Gesicht. Traumhaft! Close-up! Fix signalisierte er seinen Wunsch an Wenke, die demonstrativ mit den Augen rollte, jedoch gehorsam die Kamera führte. Nun müssten Dr. Windt und Lindpaintner ihre tobende Patientin nur noch packen und gewaltsam ins Rad hineinbugsieren – unterstützt von Wilhelmines geschickten Handgriffen. Dummerweise verharrten Sören und Roman stumm und starr wie die Ölgötzen. Nelly schien wie angewurzelt und ignorierte seine auffordernden Gesten.

Warum um alles in der Welt wurde seine Schaffenskraft von solchen Banausen ausgebremst?

20

Norma hatte ihre eigenen verstörenden Erfahrungen mit Panikattacken gemacht. Nachdem sie in Kolumbien Todesängsten ausgesetzt gewesen war, hatten Flashbacks sie regelmäßig ohne Vorwarnung in die Hölle im Dschungel zurückversetzt, bis sie sie Jahre später endlich überwunden hatte. Die Ängste einer Klaustrophobikerin konnte sie zumindest annähernd nachempfinden. Marielles verbissener Widerstand entstammte echter Verzweiflung.

Entschlossen trat Norma dem Regisseur entgegen, der wie ein Kampfgockel herumsprang und damit begonnen hatte, alle Anwesenden mit unflätigen Verwünschungen zu beleidigen.

Drei Schritte vor ihm hielt sie inne, deutete auf das hölzerne Konstrukt und fragte seelenruhig: »Was ist das? Eine Requisite aus dem 19. Jahrhundert, nehme ich an?«

Der Regisseur klappte den Mund empört zu, auf und zu, bevor er durch die Zähne zischte: »Geh mir aus dem Weg!«

Norma ließ sich nicht einschüchtern. »Ich bin für die Sicherheit zuständig, schon vergessen? Bevor Marielle dort hineinsteigt, will ich mich davon überzeugen, dass sie sich nicht verletzen kann.«

»Halte dich raus«, herrschte er sie an. »Wir sind hier nicht beim TÜV!«

Norma kommentierte seine Zurechtweisung nicht. Unbeirrt trat sie an das Rad heran und öffnete die Einstiegsklappe. Der Innenraum war eng und fensterlos. Mit der Handytaschenlampe leuchtete sie hinein. Die Seitenwände und der Bodenbelag bestanden aus glatt gehobelten Latten, an denen es nichts gab, woran man sich hätte festhalten können. Sobald sich das Rad in Bewegung setzte, würde man hilflos und im Stockdunkeln herumgeschleudert. Erschrocken zog Norma den Kopf heraus.

Nelly, als Wilhelmine ausgestattet mit einem langen dunkelblauen Kleid und einem biederen Filzhut, bemühte sich, zu schlichten. Eilfertig heischte sie dem Regisseur ein gnädiges Nicken ab, bevor sie erklärte: »Man hat das Hohle Rad zur Disziplinierung Tobsüchtiger eingesetzt. Solange sich der Kranke still verhielt, ruhte es. Begann er zu rebellieren, wurde das Rad gedreht. Das konnte über mehrere Tage stattfinden. Mit Unterbrechungen natürlich.«

»Natürlich«, wiederholte Norma kopfschüttelnd und wandte sich Ecki zu. »Warst du schon da drin?«

»Warum sollte ich? Spiele ich die Wahnsinnige oder Marielle?« Mit einer abfälligen Geste wies er auf seine Darstellerin, die sich von Wenke Mut zusprechen ließ.

»Das Rad rührt sich keinen Zentimeter, sobald jemand drinsteckt«, verlangte Norma energisch.

»Habe ich das je vorgehabt? Ich bin doch nicht irre«, entgegnete er flapsig und rief Marielle zu: »Was ist jetzt? Kann es endlich losgehen?«

Marielle näherte sich zögerlich. »Die Klappe muss unbedingt offen bleiben. Mindestens einen Spalt breit«, verlangte sie weinerlich.

»Okay, okay. Sören, Roman, Nelly! Euer Auftritt!«

Die Schauspieler machten sich bereit, und Marielle beteuerte tapfer, sich zusammenzureißen und ihrer Angst zu trotzen. Nachdrücklich rang sie dem Regisseur zum zweiten Mal das Versprechen ab, das Rad nicht anzustoßen.

»Ich bin nicht plemplem und bringe meine beste Schauspielerin in Gefahr«, säuselte Ecki. »Du bist grandios,

Marielle! Gib dich wie vorhin dem Entsetzen hin, dann liebe ich dich bis in alle Ewigkeit.«

»Sauhund!«, entgegnete Marielle ungerührt.

»Ich passe auf«, flüsterte Norma ihr zu. »Mach dir keine Sorgen.«

Mit einem Mal lief alles, als hätte es keine Auseinandersetzung gegeben. Konzentriert spielte jeder seine Rolle. Marielle kämpfte wie eine Löwin, als die Männer sie mit Nellys Hilfe zum Rad schleiften und durch die Luke in den Hohlraum stießen. Anschließend tat Sören alias Dr. Windt, als würde er die kleine Tür schließen, und die Männer griffen beide an die Stange. Allerdings setzte sich das Rad erst in Bewegung, nachdem Marielle mithilfe der Kollegen herausgeklettert war. Eine Reihenfolge, die sich später im Schneideraum korrigieren ließe. Mit triumphierendem Grinsen befahl der Regisseur die Kamerafrau zu sich und zog sich mit ihr in sein Wohnmobil zurück, um die Aufnahmen gemeinsam zu begutachten.

Norma blieb bei den Teamkollegen, die von der Auseinandersetzung mitgenommen schienen. Tom und Paul kramten wortkarg in ihrer Ausrüstung herum. Marielle war erschreckend blass, wirkte erschöpft und rang nach Luft. Wenke umarmte sie und lobte ihren Mut. Zugleich schimpfte sie über Eckis Diktatorengehabe. Das sei kein Umgang mit einer Kollegin! Roman und Sören ereiferten sich darüber, dass die Zeiten, in denen sich Regisseure als Tyrannen aufspielten, längst passé sein sollten.

Jetzt habt ihr leicht reden, hättet ihr nur vorhin den Mund aufgemacht und Marielle beigestanden, dachte Norma irritiert.

21

Eine halbe Stunde vor ihrer Verabredung brach Norma auf, nachdem sie den Nachmittag in ihrem Zimmer verbracht hatte. Die Bewegung würde ihr guttun. Sie verließ das Klostergelände zu Fuß durch das Barockportal. Dahinter lag ein zweiter, kleinerer Parkplatz. Vor der geöffneten Tür eines Reisebusses wartete ein Mann, vermutlich der Fahrer, dessen dichter, schwarzer Haarwuchs sie an Milano erinnerte, und vertrieb sich die Zeit mit einer E-Zigarette. Weiße Rauchwölkchen schwebten vor seinem Bart, als er Normas Gruß erwiderte. In die würzige Waldluft mischte sich der Duft von Vanille.

Ein bequemer Fußmarsch über die schmale Landstraße, die hinunter nach Hattenheim und an das Rheinufer führte, hätte Norma schnell zum Ziel gebracht. Doch sie hatte Zeit und nahm stattdessen den schöneren Pfad im Schatten der Bäume, der sie mit einem steilen Anstieg hinauf in die Weinberge brachte. Auf der Anhöhe wandte sie sich nach links und hielt sich zwischen Rebenreihen und Waldrand, bis sie eine uralte Bruchsteinmauer erreichte und dieser folgte. Das wuchtige Bauwerk war von Eberbacher Mönchen errichtet worden und umschloss den »Steinberg« einmal rundherum. Im Schatten der Mauer gelangte Norma zum gleichnamigen Domänenhof und durchschritt zehn Minuten zu früh das Tor zum bedeutendsten Eberbacher Weinberg. Mitten im Rebengrün schimmerte eine Ansammlung weißer Sonnenschirme. Dahinter ragte das dunkle Schieferdach des Weinpavillons auf. Die Tische vor dem »Schwarzen Häuschen« waren weitgehend besetzt. Sportliche Paare im Wanderlook, eingekeilt zwischen Rucksäcken und Walkingstöcken, saßen Rücken an Rücken mit schwergewichtigen Rentnern, die ihren vollschlanken Begleiterinnen zuprosteten, während nebenan eine Gruppe junger Leute herumalberte. Ein schwarzer Terrier hing kläffend in der Leine, um einen Schäferhund zu beeindrucken, der sich nicht aus der Reserve locken ließ. Mit roten Ohren flüchtete sein junges Herrchen und zerrte den Kläffer mit sich. Der Besitzer des Schäferhunds kaperte kurzerhand den geräumten, sonnenbeschirmten Platz. Norma hatte sich am Pavillon ein Getränk geholt und vertrieb sich die Wartezeit mit dem Beobachten der anderen Gäste. Mit Glück hatte sie einen unbesetzten Tisch ergattert. Die Sonne schien warm, war jedoch längst nicht mehr so stechend, sodass es auch ohne Schirm auszuhalten war. Gespannt behielt Norma das hohe Tor im Blick. Mark Abelmann müsste jeden Augenblick eintreffen. Sie war neugierig, auf welche Weise er sich ihr zu erkennen geben würde.

Zuvor fiel ihr allerdings ein bekanntes Gesicht auf. Roman Bonheur schlenderte dem »Schwarzen Häuschen« entgegen; getarnt mit einer Sonnenbrille und einer karierten Kappe. Nachdem er Norma im Vorbeigehen zugenickt und sich mit einem Weißwein versorgt hatte, setzte er sich abseits an einen frei gewordenen Tisch. Dort vertiefte er sich in ein Buch und schaute gelegentlich auf, um nach seinem Glas zu greifen. Keine Frage, da wollte jemand seine Ruhe. Norma richtete ihre Aufmerksamkeit wieder auf den Weg. Ihr Handy zeigte 17 Uhr an. Ging Abelmanns Faszination für »Der Name der Rose« so weit, dass er mit rasiertem Schädel und in wallender Kutte anrückte? Ein Endfünfziger, der sich dem Weinausschank mit suchendem Blick näherte, trug Jeans, ein helles Hemd und – gut erkennbar –

ein Exemplar von Ecos Rosen-Roman in der Hand. Auf ihr Winken eilte er heran. Abelmann ließ das Buch in seinem Rucksack verschwinden und setzte sich ihr gegenüber.

»Ein fantastischer Ausblick«, schwärmte er. »Man kann bis nach Rheinhessen hinübersehen. Was trinken Sie?«

»Eine Rieslingschorle.«

Tadelnd wiegte er den Kopf. »Ts, ts, wie kann man Wein mit Wasser verhunzen? Ich bringe Ihnen einen Mauerwein mit.«

Norma lächelte. »Danke für das Angebot. Ich habe sonst nichts gegen einen puren Riesling. Aber jetzt ist es mir dafür zu früh.«

»Wie Sie meinen, Frau Tann.«

Er stand auf und ging zum Ausschank hinüber. Norma schaute sich um. Bonheur saß in seinen Roman versunken am selben Platz wie zuvor.

»Was im Winter 1985 geschehen ist, lässt Sie nicht kalt, nicht wahr?«, bemerkte sie, nachdem Abelmann zurückgekehrt war.

Obwohl niemand mithören konnte, sagte er mit gesenkter Stimme: »Yvette war Ende 20, Mutter eines Sohnes, verheiratet und wohnte mit ihrer Familie in Wiesbaden. Ich mochte sie sehr. Ich wünschte, ihr Schicksal würde endlich aufgeklärt.«

»Soll das ein Auftrag sein?«, fragte Norma rundheraus.

»Leider kann ich mir keine Privatdetektivin leisten«, antwortete er freimütig. »Sie haben mich angerufen, weil Sie sich, wie Sie selbst sagten, für mysteriöse Fälle interessieren. Yvettes Geschichte ist mehr als schleierhaft. Jemand hat ihr Furchtbares angetan.«

Norma ließ die Schorle durch die Kehle rinnen. Die vielfältigen Aromen mochten verwässert sein, herauszuschmecken waren sie trotzdem. Einen guten Wein kann nichts zerstören, ging ihr durch den Sinn wie ein Werbespruch. Ihre Gedanken kehrten zu der Vermissten zurück und konzentrierten sich auf die entscheidende Frage: Wollte sie ihre freie Zeit für eine Unbekannte opfern? Hatte sie nicht genug für Winterstein zu tun? Ganz abgesehen von dem aktuellen Verbrechen. Dessen Aufklärung nachzugehen, war zwar keinem Auftrag geschuldet, entsprang aber ihrer ureigenen Motivation. Immerhin gehörte sie zu den ersten Zeugen am Tatort. Der Mord ging ihr nahe. Diesen rationalen Gedanken zum Trotz stellte sich das verheißungsvolle Kribbeln, das sie beim Gespräch mit Marielle gespürt hatte, wieder ein: der Reiz des Rätselhaften, dem sie so schwer widerstehen konnte.

Der Blick seiner schmalen braunen Augen streifte sie. Fuchsaugen, dachte Norma. Listig und unergründlich.

»Bitte erzählen Sie mir alles, was Sie über das Geschehen damals wissen.«

»Nichts lieber als das, aber ich muss Sie warnen. Es könnte eine lange Geschichte werden.«

»Ich habe so bald nichts vor.«

22

Rheingau
1985

Mark Abelmann erhielt seine erste Fotokamera zu seinem 13. Geburtstag, der auf den Ostersonntag fiel. Er hatte sie nicht von seinen Eltern bekommen. Künstlerische Ambitionen hätten sie ihrem Sohn gewiss nicht zugetraut. Als Inhaber eines Lebensmittelgeschäfts in Oestrich-Winkel waren die Eltern von morgens bis abends mit dem Laden beschäftigt. Ihre elterliche Fürsorge bestand darin, gute Leistungen in der Schule zu erwarten und einen Blick auf Marks Hausaufgaben zu werfen, die er nachmittags im Büro hinter der Kasse erledigte. Danach half er seiner älteren Schwester Carola beim Bestücken der Regale, bevor er sich zum Kicken mit Freunden treffen durfte. Zum diesjährigen Geburtstag überreichten ihm die Eltern ein Paar Fußballschuhe (die er sich gewünscht hatte) und ein dreibändiges Lexikon (das er unbeachtet ins Regal stellte). Die Leica R3 war das Geschenk seines Onkels: gebraucht, aber bestens in Schuss. Onkel Jan, der jüngste Bruder der Mutter, war ein begeisterter Hobbyfotograf, der jede freie Minute draußen am Rhein oder im eigenen Fotolabor verbrachte. Jan lebte in Eltville und hatte ein Zimmer seiner Wohnung in eine Dunkelkammer verwandelt. Mark besuchte ihn, sooft es ging. Er war fasziniert von dem Prozess, der vom Negativ zum fertigen Abzug führte, und hatte mithilfe des Onkels erste Erfahrungen als Fotograf gesammelt. Anders als Jan, dessen Lieblingsmotive die Stimmungen des Rheintals im Wechsel der Tages- und Jahreszeiten waren (die nur graduelle Unterschiede aufwarfen), wollte Mark das pralle Leben einfangen. Erwartungsvoll zog er mit seiner Leica los.

Gleich der allererste Versuch – das Konterfei einer Mopsdame aus der Nachbarschaft – gelang ihm überraschend gut. Die fette Molly glotzte mit der ihr eigenen Transusigkeit in die Kamera. Das Frauchen war hocherfreut und zahlte einen Fünfer für zwei große Abzüge: ein Foto für sich und eins für die Tochter, die sich daraufhin Aufnahmen von ihrem Hunderudel wünschte. Ihre Dackelhündin hatte geworfen. Mark witterte eine Geschäftsidee, das erträumte Fahrrad rückte zumindest gedanklich in greifbare Nähe. Der Auftrag gestaltete sich schwieriger, als der junge Fotokünstler erwartet hatte. Die Welpen purzelten aus dem Bild. Die Hündin knurrte zunehmend ärgerlicher und biss ihn in die Wade. Dafür stolperte ihm der kleine Sohn der Dackelzüchterin vor die Linse. Mark gelang ein entzückendes Porträt des Dreijährigen, der weder fortlief noch zwickte. Die glückliche Mutter zahlte einen Fünfer für zwei große Abzüge: ein Foto für sich und eins für die Großmutter. Der Kreis schloss sich, und der Grundstein für sein Unternehmen war gelegt. Bis zum Ende der Sommerferien hatte Mark die zwei- und vierbeinige Nachkommenschaft in der Nachbarschaft fotografiert, dazu das eine oder andere Elternteil porträtiert und war stolzer Besitzer eines nagelneuen Fahrrads – von eigenem Verdienst bezahlt! Wann immer es seine Zeit erlaubte, frönte er seiner Leidenschaft. In den Herbstferien versuchte er sich sogar an Landschaftsimpressionen, die ihn bald langweilten.

An einem grauen Novembersamstag war er damit beschäftigt, die Auslage des Zeitungsregals zu sortieren.

Der Laden war wie üblich seit 13 Uhr geschlossen, doch die Arbeit ging nachmittags weiter. Die Mutter erledigte die Buchführung. Der Vater räumte das Lager auf. Carola trug Ware für die ältere und nicht mobile Kundschaft aus. Von seiner Aufgabe angeödet, beugte sich Mark zu einem Stapel unverkaufter Ausgaben des Rheingau Echos hinunter. *Umberto Ecos Bestseller »Der Name der Rose« wird im Kloster Eberbach verfilmt,* lautete die Schlagzeile. Darunter der Untertitel: *Komparsen aus dem Rheingau drehen mit Weltstars.* Mark griff sich eine Zeitung, ließ alles stehen und liegen und hockte sich auf eine Getränkekiste. Am kommenden Montag, dem 11. November, sollten die Dreharbeiten des mittelalterlichen Mönchsspektakels beginnen. In gigantischen Sälen und unter riesigen Gewölben, die seit 800 Jahren fast unverändert bestanden. Und erst die Schauspieler: Agent James Bond alias Sean Connery als prominentester Hauptakteur! Dem britischen Weltstar zur Seite stünden weitere 150 Schauspieler sowie 200 Techniker und Statisten, die Betriebsamkeit in das abgelegene Weingut brächten. Ein Großereignis, das dem Land Hessen 100.000 DM Miete bescherte – und Denkmalschützer wie Eberbacher Kellermeister mit Sorge erfüllte. Jedoch habe der Filmproduzent versichert, mit Argusaugen darüber zu wachen, dass in den uralten Sandstein kein Nagel eingeschlagen und kein Weinfass beschädigt würde. Jean-Jacques Annaud sei überglücklich, hieß es weiter. Drei Jahre lang habe der renommierte französische Filmregisseur (bekannt durch das Steinzeitepos »Am Anfang war das Feuer«) nach einem Drehort für die Innenaufnahmen gesucht. Über 300 Klöster in Italien, Frankreich und Spanien sowie in England, Schottland, Irland und schließlich sogar in Jugoslawien und der Türkei waren von Annaud und seinen

Mitarbeitern besichtigt worden. Sogar Umberto Eco, der Autor des Romans, hatte sich an der Suche beteiligt und Annaud in etliche italienische Schlösser, Burgen und Kastelle geführt. Kein Ort hatte den Ansprüchen genügt. Bis Bernd Eichinger (»Wir Kinder vom Bahnhof Zoo«, »Die unendliche Geschichte«) als Produzent der Eco-Verfilmung den entscheidenden Tipp lieferte. Eichinger brachte das Kloster im Rheingau ins Spiel, und der ideale Schauplatz war gefunden!

Wie gebannt las Mark den Artikel ein zweites und drittes Mal. Den Wälzer hatte er sich von seinem Onkel Jan ausgeliehen und an verregneten Ferientagen gewissenhaft durchgeackert. Die Lebensweise der Franziskaner und ihr Weltbild, überhaupt dieses ganze Kirchliche, waren ihm befremdlich erschienen. Bei der Stange gehalten hatte ihn Adson von Melk, der Novize, der ihm vertraut geworden war wie ein Freund. Dessen Abenteuer wollte er unbedingt bis zum Ende miterleben. Und nun also die Dreharbeiten. Ein Film, das waren bewegte Fotografien. Da musste er hin!

Sein künstlerisches Talent umfasste auch das Nachmachen von Unterschriften. Eine Magen-Darm-Infektion sollte für eine freie Woche genügen. Er setzte unter die Entschuldigung die Signatur der Mutter und bat einen Klassenkameraden aus der Nachbarschaft, den Brief am Montagmorgen in der Schule abzugeben. Anstatt zum Unterricht radelte er nach Eberbach. Der Neuschnee erschwerte das Vorankommen, aber Mark ließ sich nicht aufhalten. Seine Wangen glühten nicht nur vor Aufregung, als er das Büro des Produzenten betrat. Als Statist sei er zu jung, und die Aushilfsjobs für das Entrümpeln der Weinkeller seien längst erledigt, erklärte ihm eine junge Frau, die ihm die Enttäuschung ebenso anzumerken schien wie seinen unbedingten Willen, sich nicht fortschicken zu lassen. Sie trug einen Blazer mit dicken Schulterpolstern, wie seine Mutter, wenn sie sich für einen Bummel in Wiesbaden feinmachte. Anders als bei seiner Mutter mit ihrer Lady-Diana-Fönfrisur drängte sich hier das zum Pferdeschwanz zusammengeraffte Haar in die Höhe wie die Fontäne im Wiesbadener Kurparkteich, was ihre langbeinige Statur noch hochgewachsener erscheinen ließ. Ob sie sich Draht in die Haare geflochten hatte? Er traute sich nicht, danach zu fragen. Stattdessen erkundigte er sich nach ihrem Namen. Sie hieß Yvette Betzmer. Mit der Warnung, bloß nicht den Filmleuten in die Quere zu kommen, schickte sie ihn vor die Tür.

Die kommenden 14 Tage sollten sein Leben prägen. Dafür verlängerte er seine Durchfallerkrankung um eine weitere Woche. Seltsamerweise nahm kaum jemand Notiz von ihm, dem Jungen, der mit schussbereiter Kamera durch die Klostergemäuer streifte. Wenn ihn jemand ansprach, behauptete er, zu den Kiedricher Chorbuben zu gehören, deren Choräle immer wieder durch die Basilika schallten. Mark hatte all sein Taschengeld in Schwarz-Weiß-Filme investiert und knipste eine Rolle nach der anderen ab. Der Winter hatte das Kloster fest im Griff. Zum Aufwärmen ging er zu Yvette, die ihm heißen Kakao spendierte. Dafür warf er ein Auge auf Jörg, ihren neunjährigen Sohn, der die Nachmittage in Eberbach verbrachte. Von Yvette persönlich wusste er, dass sie sich ursprünglich als Komparsin beworben hatte, was für eine Produktion im Umfeld eines Männerklosters wenig erfolgsversprechend gewesen war. Neben 67 Männerrollen gab es eine einzige Frauenrolle, die mit der jungen Chilenin Valentina Vargas besetzt worden war. Für Yvette hatte sich eine andere Aufgabe gefunden. Dank ihrer französischen Mutter sprach sie neben Deutsch fließend Französisch. Ihr Schulenglisch war passabel, und mit einigen zusätzlichen Brocken Italienisch machte sie sich als eine Art fliegende Dolmetscherin in der internationalen Produktion nützlich. Ihr Traumjob, hatte sie Mark begeistert versichert und im nächsten Satz aufrichtig bedauert, dass ihre Brieffreundin weniger Glück gehabt hätte. Conny war extra aus Hamburg angereist. Obwohl sie die Schauspielschule besuchte, blieben ihr nur Handlangerarbeiten in der Kantine. Ihre freien Stunden verbrachte Conny mit zwei jungen Männern, deren frisch geschnittene Tonsuren ihren Rollen als Mönchskomparsen geschuldet waren.

Die Aushilfsmönche machten sich einen Spaß daraus, Mark zu schikanieren und sich über seine geliebte Leica lustig zu machen. Andererseits waren sie eitel genug, um sich von ihm in Mönchskutte ablichten zu lassen. Die Fotos entwickelte er abends in Onkel Jans Dunkelkammer. Das Geschäft war einträglich. Wenn im Hintergrund Sean Connery zu erkennen war, nahm Mark den dreifachen Satz. Mit anderen Schauspielern darauf gab er die Fotos günstiger ab. Conny und ihre Kumpane prahlten liebend gern mit ihren Filmkenntnissen und hatten einen Heidenspaß daran, den kleinen, sensiblen Jörg mit nachgespielten Szenen aus Horrorfilmen in Angst und Schrecken zu versetzen. Mark konnte keinen des Trios leiden, weder den arroganten Zivi vom Eichberg noch den Winzersohn, der Weinflaschen aus dem elterlichen Keller stibitzte. Und auch nicht die misslaunige Conny, die erst umgänglicher wurde, wenn sie beschwipst war. Es schien Conny zu ärgern, wie beliebt ihre Freundin Yvette war. Conny sei nur geblieben, damit sie später sagen könne: »Ich war dabei«, hatte Yvette ihm anvertraut.

Am Dienstagnachmittag der zweiten Woche – es war der 19. November – schlich Mark sich in das Hospitalgebäude. Eiskalte Luft strich ihm entgegen. Innerhalb der Gemäuer war der Frost noch unerbittlicher als in den Höfen, in denen die Sonne den Neuschnee zum Glitzern brachte. Im spärlichen Tageslicht, das durch die offene Tür fiel, blickte Mark hinauf zu den gewaltigen Deckengewölben, die von unheimlichen, schwärzlichen Flechten überzogen waren. Holzläden so groß wie Haustüren dunkelten die Fenster ab. Umso heller erschien der von Scheinwerfern beleuchtete Speisesaal der Mönche, den man mit Requisiten hergerichtet hatte. Ringsherum herrschte eine zielgerichtete Geschäftigkeit. Mönche schlenderten durch die Gänge, wobei die nackten Füße unter den Kutten hervorblitzen. Moderne Männer in Jeans rückten Scheinwerfer zurecht. Kameraleute erklommen die Gerüste. Ein quirliges Stimmengewirr aus Deutsch, Englisch, Französisch und Italienisch erfüllte den Raum. Mark hatte sich in einer Nische verkrochen. Vor lauter Aufregung spürte er die Kälte nicht mehr. Wie die Münder der Mönche wurde auch sein Gesicht von einer gefrorenen Atemfahne umwehte. Sean Connery habe sich bei Jean-Jacques Annaud beschwert, hatte Yvette erzählt. Nach Connerys Meinung müsse so viel Naturalismus nun wirklich nicht sein. Sandalen im tiefsten Winter: eine lächerliche Art, mit einer Filmproduktion umzugehen. Eine einzige Großaufnahme barfuß sollte doch genügen! Durch das ständige Frieren sei er schon ganz heiser. Ob Annaud riskieren wolle, dass sein Hauptdarsteller wegen einer Grippe das Bett hüten müsse? Sein Protest würde Connery die Eisfüße in Zukunft nicht ersparen, hatte Yvette der Antwort des Regisseurs entnommen. Mark fragte sich, wann

Annaud bemerken würde, dass einige Komparsen unter den Kutten heimlich Winterstiefel trugen.

Gespannt wartete er darauf, dass der Regieassistent die schwarze Klappe mit der Beschriftung »The Name of the Rose« hochhielt. Mit dem Klacken des Holzstabs wäre es plötzlich so still, dass man eine Stecknadel fallen hören könnte. Er zuckte zusammen, als er eine federleichte Berührung spürte, und schaute sich verärgert um. Jörg war ihm nachgeschlichen. Wenn dem Kleinen langweilig war, konnte er eine richtige Nervensäge sein.

Yvettes Sohn zupfte Mark energisch am Ärmel.

»Pssst«, machte Mark. »Was willst du?«

»Die Mama ist weg«, sagte Jörg.

23

Kloster Eberbach
Freitag, der 17. September

Erwartungsvoll stieg Ecki die kurze Treppe hinauf und durchschritt das zierliche Sandsteintor, das den Zugang zu einem Garten gewährte. Die barocke Anlage umfasste zwei Terrassen und wurde beherrscht von einem schmalen Fachwerkhäuschen, das aus der rückwärtigen Mauer des oberen Areals herauszuwachsen schien und von einem kuppelartigen Schieferdach beschirmt wurde. Das schmucke Abtsgartenhaus erweckte einen ebenso gepflegten Eindruck wie die gesamte Grünanlage. Zufrieden betrachtete Ecki die von Rosenbeeten gesäumten Kiesflächen, die in hübschen Mustern blühenden Pflanzen, deren Namen er nicht kannte, und die kastenförmig geschnittenen Hecken. Mittelpunkt des unteren Bereichs bildete ein schlichter runder Sandsteinbrunnen, vor dem er innehielt. Seit dem turbulenten Dreh am Vormittag hatte er sich auf diese stillen Minuten im Prälatengarten gefreut, der – nach seinen Recherchen – die zisterziensischen Prinzipien von Einheitlichkeit und Schlichtheit widerspiegelte. Eine Ausstrahlung, der Ecki sich nicht entziehen konnte. Dunkelheit, Enge und wucherndes Grün bereiteten ihm Qualen – in der Seele wie körperlich. In dieser gebändigten und wohlgeordneten Natur dagegen fühlte er sich, ja, geborgen? Doch, so ließ sich das Empfinden, das ihn wie ein schützender Mantel umfing, durchaus bezeichnen. Das Glücksgefühl, das ihn augenblicklich übermannte, überdeckte sogar das Unbehagen über das schwindende Tageslicht. Es wurde Zeit, ins Wohnmobil zurückzukehren und letzte Hand an den Drehplan für den kommenden Morgen zu legen: eine Episode mit allen vier Hauptdarstellern vor der Orangerie, einem weiteren Augenschmaus der an wunderbaren Drehorten so reichen Klosteranlage.

Als er sich umwandte, bemerkte er Paul, der auf der anderen Seite der Gartenmauer entlangflanierte und grüßend heraufwinkte. Ecki stieg die Stufen wieder hinab. Vor dem Hoteltrakt kam ihm eine Besuchergruppe entgegen.

Zwei stramm ausschreitende Wanderer zogen an allen Leuten vorüber. Von Roman oder anderen Teammitgliedern war nichts zu sehen. Er fragte sich, wo sich Norma Tann herumtreiben mochte. Was es ein Fehler gewesen, sie zu engagieren? Immerhin schien sie ihren Job ernst zu nehmen. Die Chuzpe, mit der sie ihm vor dem Hohlen Rad entgegengetreten war, hatte ihm imponiert. Andererseits durfte er von ihr nicht seine Autorität untergraben lassen. Noch einmal sollte sie sich das besser nicht erlauben.

Er hatte beinahe den Parkplatz erreicht, auf dem sein rollendes Heim wartete, als er einem spontanen Einfall folgte und in den Kleinen Klosterhof abbog. Das Tageslicht würde ausreichen, um einen liebevollen Blick auf sein Schmuckstück zu werfen. Morgen früh würde zuerst vor der Orangerie gedreht, und danach wollte er eine Gruppe Komparsen als umnachtete Irre ins Rad werfen lassen. Grusel täte dem Film gut. Marielle hatte ihre Aufgabe gemeistert. Die nackte Panik in den hübschen Augen! Warum mussten manche Schauspieler zu einer guten Leistung regelrecht geprügelt werden? Er seufzte gequält. Als ob es ihm gefallen würde, den Sadisten zu geben.

Um Neugierige abzuhalten, hatte Ecki das Podest mit dem Nachbau großzügig mit rot-weißem Flatterband absperren lassen. Trotzdem parkte unmittelbar daneben der Kastenwagen eines Rheingauer Malerbetriebs. Zu sehen war niemand. Freitagabends würde im Kloster wohl kaum noch gearbeitet. Eher hatte der Malermeister den Wagen für die kommende Woche stehen gelassen. Das war ein Unding. Wie sollte er morgen hier drehen? Das Fahrzeug müsste in der Frühe fortgeschafft werden. Als sein Blick auf das Hohle Rad selbst fiel, geriet er erst recht in Rage. Das durfte nicht wahr sein! Über das dunkle Holz zogen sich lange weiße Spritzer und dicke helle Kleckse. Jemand hatte es gewagt, seine wundervolle Requisite mit Farbe zu beschmieren! Wie schlimm mochte es auf der Rückseite aussehen? Er schrie wütend auf, rannte um das Rad herum – und erstarrte. Zwischen dem Holzpodest und dem an der Wand montierten Lastenkran lauerte der Frevler, in flagranti ertappt: eine Gestalt im weißen Maleranzug, die Kapuze in die Stirn gezogen und bewaffnet mit Farbeimer und Pinsel. Der kindskopfgroße Haken des Lastenkrans, der an einer Kette baumelte, verdeckte das Gesicht des Übeltäters. Bevor Ecki reagieren konnte, polterte der Farbeimer zu Boden. Die verhüllte Gestalt schleuderte ihm den Haken entgegen. Hartes Metall prallte auf seine Stirn. Ein Stechen, ein Blitzschlag im Gehirn, ein unaushaltbarer Schmerz.

Dem Regisseur schwanden die Sinne.

24

Norma und Mark Abelmann gehörten zu den letzten Gästen, die ihre Gläser im »Schwarzen Häuschen« abgaben und den Steinberg mit der anbrechenden Dämmerung verließen. Roman Bonheur war kurz zuvor aufgebrochen. Der Fotograf hatte sich ein Taxi gerufen. Ob sie nicht bis zum Kloster mitfahren wolle, fragte er, doch ihr war ein Spaziergang lieber. Das Abendlicht brachte das sich verfärbende Rebenlaub zum Glühen. Inmitten der Schönheit der Natur ließ Norma Abelmanns Bericht nachwirken. Anschaulich hatte er zusammengefasst, was sich im November 1985 im Kloster Eberbach ereignet hatte, und dabei seine persönlichen Erlebnisse mit Hörensagen gemischt, was für Norma nicht immer leicht zu unterscheiden gewesen war. Das Kribbeln war geblieben, hatte sich sogar verstärkt. Sie war gespannt auf weitere Informationen. Abelmann hatte versprochen, ihr seine Materialsammlung über Yvette Betzmer per Mail zu senden. Es war nicht bei einer Schorle geblieben. Beschwingt vom Wein und mit knurrendem Magen kam Norma in Eberbach an. Im Gastraum stand das Abendbuffet für die Filmcrew bereit. Sie fand reichlich gefüllte Töpfe und Platten vor, obwohl sie sich als eine der Letzten eingefunden hatte. Mit einem Teller voller Leckereien und einem Wasserglas begab sie sich zu Nelly und Marielle, die allein am Tisch saßen und die Köpfe zusammensteckten.

»Ecki ist ein Sadist«, jammerte Marielle und griff nach dem Taschentuch, das Nelly ihr reichte. »Und ich bin seine Zielscheibe.«

Norma wollte nicht stören und wandte sich ab, aber Nelly hatte sie bemerkt und bat sie, zu bleiben. Auch Marielle schien sich über Normas Gegenwart zu freuen.

»Danke, dass du mir beigestanden hast«, hauchte sie und tupfte sich die Tränen ab.

Norma war beeindruckt. Mit solchem inneren Aufruhr hätte sie sich selbst nicht im Spiegel sehen wollen. Doch Marielles Schönheit konnten selbst rotgeweinte Augen und hektische Wangenflecken nichts anhaben.

»Wo steckt der Meister aller Regisseure?«, fragte Norma, die Ecki nirgends entdeckte. Sie wollte ihn unbedingt mit dem Foto der Kohlezeichnung konfrontieren.

»Der Mistkerl brütet in seinem Wohnmobil wüste Gemeinheiten aus«, murmelte Marielle in das Taschentuch hinein.

»Nee, in seinem rollenden Zuhause steckt er nicht«, entgegnete Nelly. »Ich wollte ihn zum Essen abholen, aber er war nicht da.«

»Vielleicht macht er einen Abendspaziergang?«, überlegte Norma laut. »Ich war auch bis eben unterwegs. Es gibt wunderbare Waldwege rund um das Kloster.«

Nelly prustete los wie ein Teenager. »Ecki und Wald – das passt zusammen wie ›Ecki und Liebenswürdigkeit‹. Er fürchtet alles, was kreucht und fleucht. In die Natur wagt er sich nur, wenn es unvermeidlich ist, weil es der Job verlangt.«

»Eine Phobie?«, staunte Norma. »Ecki ist wirklich ein sehr spezieller Typ.«

Nelly lächelte wissend. »Er will seine Ängste geheim halten, was ein sinnloses Unterfangen ist. Schwächen, gleich welcher Art, gehen in unserer Branche rum wie ein Lauffeuer. Das ganze Team weiß Bescheid. Jetzt auch du.«

»Nicht ganz. Wovon, neben der Natur, fühlt er sich denn noch bedroht?«

»Vor allem die Dunkelheit macht ihm zu schaffen. Ein sternenloser Himmel ist sein Horrorkabinett. Ist dir nicht aufgefallen, dass sein Wohnwagen nachts wie eine Kirmesbude strahlt? Einmal war die gesamte Elektrik ausgefallen. Ihr hättet Ecki sehen sollen, als er am nächsten Morgen am Set erschien, nach langen finsteren Stunden. Aschfahl war er und sah aus, als hätte er mit dem Tod gerungen.«

Marielle kicherte amüsiert. »Lasst uns heute Nacht rausschleichen und die Stecker ziehen. Rache ist süß!«

»Sag mal, Nelly, seit wann arbeitest du mit Ecki zusammen?«, fragte Norma, während sie überlegte, wie ernst Marielle ihren Vorschlag gemeint haben mochte.

»Wir waren keine 30, als wir uns kennenlernten. Jetzt haben wir beide die 60 überschritten. In der Zeit sind wir uns alle ein, zwei Jahre bei verschiedenen Produktionen begegnet.«

»Da ist man vertraut wie ein altes Ehepaar«, bemerkte Marielle. »Wie hältst du das aus?«

»Nenn es eine Schicksalsgemeinschaft«, antwortete Nelly trocken.

Als Norma nach dem Essen zum Wohnmobil spazierte, fiel ihr von Weitem der Lichtschein auf, der das Gefährt und den Weg dorthin ausleuchtete. Weil sich auf ihr Klopfen nichts rührte, spähte sie durch die Fenster. Auch drinnen brannte eine Lampe. Der Regisseur war jedoch nicht anwesend. Zwischen den Papieren, die den Tisch bedeckten, lag ein Smartphone. Die Tür war nicht abgeschlossen, wie Norma mit einem Probegriff feststellte. Sie drückte das Schloss wieder zu. Wenn sie es inzwischen nicht besser wüsste, hätte sie kaum etwas anderes erwartete, als dass sich der Regisseur einen Abendspaziergang gönnte.

Auf dem Weg zum Hotel verkündete ihr Handy den Eingang einer Mail. Abelmann hatte Wort gehalten und ihr einen umfangreichen Anhang zugeschickt. Die kommenden Stunden verbrachte Norma mit dem Studium eingescannter Zeitungsartikel und anderem Material, das Mark Abelmann über den Vorfall von 1985 zusammengestellt hatte. Yvette Betzmer beschäftigte ihn seit Jahrzehnten.

25

Kloster Eberbach
Samstag, der 18. September

Für den frühen Samstagmorgen stand eine Szene vor der Orangerie auf dem Drehplan. Norma freute sich darauf, sie mochte das barocke Baudenkmal, das eine noble Wucht ausstrahlte und dessen mächtiges Schieferdach schwergewichtig auf den ockerfarbigen Mauern lastete. Die Orangerie lag eingebettet in eine Grünanlage zwischen der Südfassade der Basilika und der unteren Klostermauer. Dieser Außenbereich war für Besucher frei zugänglich. Weil zudem der Kern der Abtei am Wochenende bereits um 9 Uhr für Besichtigungen geöffnet wurde, machte sich Norma auf einen größeren Ansturm Schaulustiger gefasst. Als sie sich der Orangerie näherte, herrschte auf dem davorgelegenen Rasen eine rege Betriebsamkeit. Paul hatte Scheinwerfer zur Unterstützung der frischen Morgensonne herangeschafft und richtete sie nun auf die dunkle Eingangstür aus. Tom widmete sich einem Arrangement unterschiedlichster Kabel und Mikrofone. Auf einer Bank, die sich mit zwei Kübeln mit Oleanderbüschen schmückte, saß Marielle als Sophia von Roth und schaute unter ihrem überdimensionierten, von roten Rosen geschmückten Strohhut mit herzzerreißender Trauermiene in die Handkamera, die Wenke für erste Probeaufnahmen bereithielt. Zwischen einer Reihe kegelförmiger Eiben flanierten Sören und Bonheur Seite an Seite als Dr. Windt und Direktor Lindpaintner, beide mit Frack und Zylinder ausgestattet. Norma hätte nicht sagen können, ob die Männer gemütlich plauderten oder ihren Dialog durchspielten. Nun fehlten nur noch Nelly alias Wartfrau Wilhelmine und der unentbehrliche Ecki als Taktgeber, um eine weitere Episode des Dokudramas in digitale Bilder umzusetzen.

Eine helle Stimme lenkte Normas Aufmerksamkeit zu dem Torbogen, hinter dem die Treppen lagen, die zum oberen Plateau hinaufführten. Rufend und winkend eilte Nelly hindurch. Wie sie im Laufen das bodenlange Kleid hochraffte, die freie Hand auf das Filzhütchen drückte, in den hohen Schnürstiefeln beinahe gestolpert wäre und sich fing, ohne den Hut loszulassen, wirkte sie wie eine Erscheinung aus einer längst vergangenen Epoche.

»Ich kann Ecki nirgends finden!«, rief sie von Weitem.

Auf dem Rasen blieb sie stehen und schnappte nach Luft. Von allen Seiten näherten sich die anderen. Marielle und Wenke verließen die Bank, Sören und Bonheur traten hinter den Eiben hervor, und Tom und Paul legten ihre Gerätschaften beiseite. Auch Norma schloss sich der verwunderten Schar an. Aufgeregt berichtete Nelly, dass sie das gesamte Areal zwischen dem Barockportal und dem Wohnmobil, dem Hotelgebäude und der Vinothek erfolglos nach dem Regisseur abgesucht und keinen Menschen getroffen habe, dem Ecki an diesem Morgen begegnet sei.

»Geht er denn nicht ans Telefon?«, fragte Sören verärgert.

Kopfschüttelnd erwiderte Nelly: »Wie sollte er? Das Handy liegt im Wohnmobil. Ich konnte rein, die Tür ist nicht abgesperrt.«

»Ich wollte ihn gestern nach dem Abendessen sprechen«, sagte Norma besorgt. »Da war es genauso: die Tür offen, das Handy auf dem Tisch und von Ecki keine Spur. Und alle Lampen brannten, drinnen und draußen.«

Sören räusperte sich und fragte, an Nelly gewandt: »Waren die Lichter jetzt aus?«

»Ja«, antwortete Nelly. »Das hat nichts zu bedeuten. Die Beleuchtung wird über Zeitschaltuhren gesteuert.«

»Soll das heißen, Ecki war über Nacht nicht zu Hause?«, fragte Wenke erschrocken.

»Am frühen Abend habe ich ihn im Prälatengarten gesehen«, erklärte Paul. Seine Augenlieder waren gerötet und hingen zu tief, als litte er an einer Allergie.

»Wo ist das?«, fragte Marielle irritiert.

Paul sah sie verständnislos an. »Du gehst täglich mehrmals dort vorbei. Er liegt zwischen dem Hotel und der Klosterschänke.«

Marielle nickte verstehend. »Ach, *den* Garten meinst du! Von der oberen Terrasse hat man eine schöne Aussicht über das Kloster hinweg.«

»Ecki wird wohl kaum zwischen den Hecken übernachtet haben«, versuchte Roman zu scherzen, was ihm Nellys missbilligenden Blick eintrug.

»Wir sollten dort nachsehen«, schlug Norma vor.

»Schon geschehen«, antwortete Nelly bedrückt. »Weil es die einzige Art Garten ist, die Ecki leiden kann, habe ich ihn auch dort gesucht.«

»Vielleicht ist Ecki bei einer Geliebten«, flötete Marielle und zupfte kokett an der Hutkrempe. »Ein blindes Huhn findet auch mal ein Korn.«

»Und ein Tyrann seine Tyrannin«, fügte Tom zu Normas Verblüffung hinzu. Gewöhnlich hielt sich der Tonspezialist aus jeder Diskussion raus.

Alle lachten, bis auf Nelly. »Ihr wisst, wie gewissenhaft er ist. Er würde sich melden, wenn er zu spät kommt. Ihm muss etwas zugestoßen sein.«

Wenke verlangte energisch, die Suche fortzusetzen. Alle müssten mithelfen, und zwar unverzüglich.

Als die Gruppe sich trennen wollte, hielt Norma sie zurück. »Wartet bitte! Es bringt nichts, einfach draufloszustürzen. Denkt nur an die riesigen Gebäude!«

Nelly schaute sie hoffnungsvoll an. »Was genau meinst du damit?«

»Wir rufen die Polizei!«

Sören ließ ein skeptisches Schnauben hören. »Wäre das nicht übertrieben, Norma?«

»Das hoffe ich sehr«, entgegnete sie. »Aber angesichts der letzten Vorkommnisse …«

Sie musste das Wort »Mord« nicht aussprechen. Jeder verstand, worauf sie anspielte. Alle stimmten ihrem Vorschlag zu. Auch Sören zeigte sich einsichtig. Nelly schien kurz davor, hysterisch zu werden, und vergrub das Gesicht in den Händen.

Für das Telefonat entfernte sich Norma und trat an die Eiben heran. Sie erreichte Wolfert in seinem Büro. Mit zunehmender Besorgnis hörte er ihr zu und versprach, alles Notwendige in die Wege zu leiten.

»Eins noch, Norma.«

»Bitte?«

»Sag deinen Leuten, sie sollen sich zurückhalten und nichts auf eigene Faust unternehmen. Ich will nicht, dass sich jemand in Gefahr begibt. Das gilt auch für dich, Norma!«

»Ich passe auf mich auf, Dirk. Du kennst mich doch.«

»Eben drum.«

Mit der Nachricht, dass ein Suchtrupp auf den Weg geschickt würde, kehrte Norma zur Gruppe zurück. Paul und Tom machten sich daran, ihr Equipment einzupacken.

Wenke verstaute die Kamera und schaute immer wieder hoffnungsvoll auf, als könnte Ecki jede Sekunde hinter der Orangerie hervortreten. Leider ließ sich der Regisseur nicht blicken, sodass alle Teammitglieder schließlich Normas Bitte folgten und sich auf ihre Zimmer begaben, um sich dort für eventuelle Fragen der Einsatzleitung bereitzuhalten.

Norma blieb allein zurück und nahm auf der Bank Platz. Sie fröstelte in der Morgensonne. Die Kälte der Frühherbstnacht hielt sich in den Hauswänden. Bis die Polizei eintraf, wollte sie Ordnung in ihre Gedanken bringen. Vor drei Tagen, am Mittwochabend, war Axel Teubener in der Klostergasse erdrosselt worden. Am Tag davor hatte Wolfgang Bastiani einen fingierten Unfall erlitten. Zufall? Oder hingen Mord und Anschlag mit den Besitzverhältnissen des Hofs über dem Wispertal zusammen? Bastiani hätte als Hauptdarsteller in Wintersteins Dokudrama mitwirken sollen, Teubener war vor gut 40 Jahren als Komparse an »Der Name der Rose« beteiligt gewesen. Während der Dreharbeiten damals verschwand Yvette Betzmer, jetzt fehlte von Ecki Winterstein jede Spur. Hatten diese Übereinstimmungen eine Bedeutung? Oder konstruierte sie Gemeinsamkeiten, für die es keinen realen Hintergrund gab? War der Winzer Teubener nicht eher deswegen zu Tode gekommen, weil er sich die halbe Welt zum Feind gemacht hatte?

Ein Handysignal beendete ihre Grübelei. Wolfert bat Norma in einer Nachricht darum, den Suchtrupp in einer Viertelstunde im Großen Klosterhof in Empfang zu nehmen, und schickte die Telefonnummer der Einsatzleiterin mit. Warten konnte Norma genauso gut dort. Sie durchquerte die Grünanlage und hielt auf die Klosterkasse zu, vor der schon reichlich Betrieb herrschte. Sie betrat den Kassenraum und nahm den zweiten Ausgang zum Kleinen Klosterhof. Vor dem Hospitalkeller hatten sich einige Besucher versammelt und bestaunten das Hohle Rad. Laut rätselten sie über dessen Sinn und Zweck, hielten zu Normas Erleichterung jedoch genügend Abstand zur provisorischen Absperrung. Dicht daneben parkte ein Firmenwagen, um dessen Entfernung sie sich kümmern müsste, bevor der nächste Dreh am Rad stattfinden würde. Sofern Ecki wohlbehalten zurückkehrte! Im Näherkommen bemerkte sie die weißen Flecken, die sich großflächig über das Holz verteilten. Jemand hatte es tatsächlich gewagt, die Rekonstruktion mit Farbe zu bekleckern. Ecki würde toben. Hoffentlich war das Vorhängeschloss vor der Luke in Ordnung. Nicht auszudenken, dass ein Kind oder Jugendlicher in den Hohlraum hineinkrabbelte und in Gefahr geriet.

Die Zaungäste beobachteten neugierig, wie sie über die Absperrung kletterte. Und tatsächlich: Das Vorhängeschloss war aufgebrochen! Hatte Ecki den Schlüssel verloren und sich nicht anders zu helfen gewusst, als zu roher Gewalt zu greifen? Immerhin war der Bügel mit einem silberfarbenen Klebeband wieder verschlossen worden. Der Zugang zum Rad war damit versperrt, aber wie sicher war diese notdürftige Vorkehrung? Probeweise rüttelte Norma am Schloss.

Ein Geräusch ließ sie innehalten. Kein Zweifel, ein Pochen! Erst zaghaft, dann wurde es im Innern zunehmend lauter.

»Ist da jemand?«, rief Norma und hämmerte mit der Faust gegen die Holztür.

Als Antwort waren Laute zu hören. Verzweifelte Klagelaute.

26

Norma hieb kräftig gegen die Bohlen. »Ecki, bist du das?«

Die Antwort war ein Trommelwirbel und eine gebrüllte Aufforderung, die dumpf durch die Bretter ins Freie hinausdrang: »Norma! Hol mich hier raus!«

Immerhin, seine vitalen Kräfte hatten nicht gelitten. Sie musste den Regisseur schnellstens aus seiner vertrackten Lage befreien. Als sie sich hilfesuchend umschaute, eilten zwei Männer heran. Gemeinsam gelang es ihnen, das Klebeband stückchenweise abzureißen, bis Norma den verbogenen Bügel aus der Halterung ziehen konnte. Als sie die Luke öffnete, drang ein seltsamer Dunst aus dem Innern des Rads. Der Geruch von Panik und Todesangst, dachte sie erschrocken, doch Ecki ließ ihr keine Zeit, darüber nachzudenken. Er drückte von innen gegen die Luke. Seine Fäuste erschienen und umklammerten den Rahmen. Sein zerzauster, verschwitzter Kopf kam in Sicht. Die Stirn war violett verfärbt und von verkrustetem Blut besprenkelt. Das blasse Gesicht schien zu Tode erschöpft.

Die Männer zogen ihn durch die Öffnung ins Freie und halfen ihm vom Podest herunter. Ecki sank in den Kies nieder. Wie aller Kräfte beraubt, kauerte er vor dem Holzpodest. Die schwarze Jeans, das dunkle Leinenhemd, die exklusiven Slipper: Die Kleidung wirkte nicht weniger ramponiert als der Regisseur selbst. Das schwarze Brillengestell war ihm abhandengekommen. Er erweckte den Eindruck, als hätte er in seinem engen Gefängnis die Hölle durchlebt. Was sich für jemanden mit Angst vor der Dunkelheit auch genauso angefühlt haben musste.

»Sollen wir die Ambulanz rufen?«, fragte einer der Helfer.

»Ich übernehme das«, antwortete Norma, dankte beiden für ihren Beistand und beugte sich zu Ecki hinunter. »Um Himmels willen! Wie bist du da reingekommen?«

Mit weinerlichem Stöhnen betastete er die verletzte Stirn. »Ein weißes Gespenst hat mir den Haken vom Lastenkran ins Gesicht geschleudert.«

»Wann war das?«

»Vor dem Dunkelwerden. Wen rufst du an, Norma?« Trotz seines Zustands war ihm nicht entgangen, dass sie ihr Telefon zur Hand genommen hatte.

»Einen Arzt, und ich blase die Suchaktion nach dir ab!«

Die Einsatzwagen hätten soeben Kiedrich durchquert und wären in wenigen Minuten vor Ort gewesen, erfuhr Norma von der verantwortlichen Beamtin, die erleichtert zur Kenntnis nahm, dass der Vermisste entdeckt worden war. Sie würde die Kollegen zurückschicken und selbst aber weiterfahren, denn sie wollte persönlich mit dem Wiederaufgefundenen sprechen. »Brauchen Sie die Sanitäter?«

Ecki erschien Norma in diesem Moment noch blasser und ausgelaugter als Minuten zuvor. Mit aschfahlen Wangen und glasigen Augen lehnte er am Holzpfosten wie ein angeschlagener Boxer am Eckpolster. »Auf jeden Fall! Danke!«

Die Zeit genügte für eine rasche Nachricht an Nelly. Gleich darauf rauschte der Rettungswagen mit Blaulicht in den Klosterhof. Ein Streifenwagen folgte ihm.

Norma beugte sich zu Ecki hinunter. »Nelly wird sofort hier sein. Und die Sanitäter kümmern sich um dich.«

Ecki ergriff ihre Hand und drückte sie schwach. »Danke, Norma. Du bist dein Geld wert.«

27

Wie gut es tat, nebeneinander bergauf zu wandern, jeder in seinem individuellen Schrittmaß und doch im gemeinsamen Rhythmus. Zusammen durchs Leben zu gehen – eine Phrase, abgedroschen, keine Frage, aber mit einem wahren Kern. An seiner Seite voranzuschreiten, denselben federnden Waldboden unter den Füßen zu spüren und Timons Lächeln zu sehen, als ein Eichhörnchen ihren Weg kreuzte: Norma fühlte sich ungewohnt sorglos. Während sie dem Pfad folgten, der sich in sanften Bögen den Wald hinaufzog, war sie wie selten mit sich selbst im Reinen und verspürte zugleich eine tiefe Nähe zu Timon. Unbeschwert kostete sie ihre Zufriedenheit aus bis zu dem Moment, als sich Evas frei werdende Wohnung in ihre Gedanken drängte – und ihr unbegreifliches Zögern, ihm endlich davon zu erzählen.

Während Ecki von den Sanitätern versorgt worden war, hatte sie Timon angerufen und sich gefreut, weil er sich für den Vormittag freinehmen und nach Eberbach kommen wollte. Er ging in seinen Aufgaben auf und hatte mehr als genug Überstunden angesammelt. Wenn er sein Wiesbadener Labor während der Arbeitszeit verließ, dann nur Norma zuliebe. Oder um die Septembersonne zu genießen, wie er ihr zur Begrüßung augenzwinkernd weisgemacht hatte. Bis Timon in Eberbach eingetroffen war, hatte sie dem Gespräch zwischen Ecki und der Einsatzleiterin zugehört, aber nicht viel Neues erfahren. Ecki solle sich ausruhen und Bescheid geben, sollte ihm noch etwas einfallen, lautete der Rat der Einsatzleiterin. Die Dreharbeiten müssten für die kommenden Stunden pausieren. Danach hatte sich Norma gemeinsam mit der Rheingauer Polizistin rund um das Hohle Rad umgesehen und dabei die schwarze Brille des Regisseurs gefunden, die unversehrt geblieben war.

Nun folgten sie dem historischen Klosterrundweg, der Eberbach auf drei Kilometern umspannte. Auf der ersten Wegstrecke hatte Norma von den aktuellen Ereignissen erzählt und Timon die monströse Requisite beschrieben, die dem Regisseur zum Verhängnis geworden war. Danach waren sie schweigend weitergegangen, bis sich der Waldrand öffnete und den Blick auf das Tal und die schiefergraue Dachlandschaft der Klosteranlage freigab. Wie ein Fingerzeig ragte der Turm der Basilika in den wolkenlosen Himmel hinein.

»Was für ein Ausblick«, schwärmte Timon. »Wie friedlich die Welt von hier aussieht. Lust auf eine kleine Rast? Dort drüben vielleicht?«

Er ging voraus zu einem umgestürzten Buchenstamm. Wie im Freiheitsdrang reckten sich die herausgerissenen Wurzeln den Kronen der Nachbarbäume entgegen. Norma ließ sich neben Timon nieder und strich mit der Hand über die glatte, von der Sonne erwärmte Rinde.

»Hat Winterstein wirklich keinen Schimmer, wer ihn in den Hohlraum hineinbugsiert hat?«, fragte Timon ungläubig.

»Falls er einen Verdacht hat, behält er ihn für sich. Irgendjemand hat das Rad mit Farbe beschmiert. Wie es aussieht, stammt das Material dafür aus dem Wagen eines Handwerkers. Das Auto parkt im Hof und ist nicht abgeschlossen. Ich habe reingeschaut, es war alles da: Farbeimer, Pinsel und eine Auswahl weißer Schutzanzüge. Der Täter trug einen solchen Maleranzug. Als er von Ecki auf frischer Tat ertappt wurde, griff er ihn mit dem Haken des Lastenkrans an. Danach hat er den bewusstlosen Ecki in das Ungetüm verfrachtet.«

»Hmm«, überlegte Timon. »Ich habe Winterstein kennengelernt. Er ist schmächtig, ein Woody-Allen-Typ. Ein kräftiger Mann könnte ihn allein hochheben.«

»Merkwürdig ist allerdings, dass Ecki den Angreifer, das Gespenst, wie er sagte, als eher klein beschreibt«, wandte Norma ein.

»Der weiße Anzug hat ihn möglicherweise getäuscht«, vermutete Timon.

»Gut möglich«, stimmte Norma ihm zu. »Außerdem ging der Angriff blitzschnell. Die Rheingauer Polizei wird alldem nachgehen. Der Malermeister muss erklären, warum das Fahrzeug nicht abgeschlossen war.«

»Eine Nachlässigkeit des Lehrlings vielleicht? Von den Handwerkern wird wohl keiner das Hohle Rad verunziert haben«, meinte Timon, der gedankenverloren an seinem Zopf zupfte. Seit sie sich kannten, war sein dunkles Haar um mindestens eine Handbreit länger geworden. »Eins steht fest, Winterstein hat Glück gehabt. Wer bewusstlos ist, könnte in einer solchen Situation ersticken.«

»Gott sei Dank lebt er, aber mit Häme muss er sicher rechnen. Wenn du gesehen hättest, wie grob er mit Marielle umgegangen ist. Vielleicht wollte ihm das Gespenst einen Denkzettel verpassen?«

»Aus Rache für Marielle? Du vermutest also, der Angreifer gehört zum Drehteam. Wer könnte das sein?«

Nachdenklich verschränkte Norma die Hände ineinander. »Was die körperliche Kraft betrifft, käme Sören genauso infrage wie Roman, Paul oder Tom.«

»Und die Frauen?«

»Ich wette, Wenke betreibt exzessives Krafttraining. Solche Oberarme kriegt man nicht vom Kamerahalten. Sie kommt gut mit Ecki aus, er schätzt ihre Arbeit. Bleiben Nelly und Marielle. Beide sind eher zierlich. Sie müssten sich zusammengetan haben.«

»Wäre das denkbar?«

Norma schüttelte energisch den Kopf. »Marielle hat zwar allen Grund, auf Ecki sauer zu sein, aber ein brutaler Angriff aus dem Hinterhalt passt nicht zu ihr. Und Nelly? Sie liebt ihn, wenn auch auf ihre spezielle Art. Wintersteins Schauspieler und Mitarbeiter bekommen ein gutes Honorar und berufliche Anerkennung. Warum also sollte jemand aus dem Team die Produktion gefährden?« Norma seufzte frustriert. Ihre Gedanken drehten sich im Kreis.

»Vielleicht, weil derjenige auf Geld und Anerkennung pfeifen kann?«

Norma lächelte überrascht. »So wie Roman Bonheur! Jeder im Team scheint sich zu wundern, warum ein berühmter Künstler wie er bei dieser Fernsehproduktion mitmacht. Sogar Ecki wirkt manchmal, als könne er nicht so recht glauben, dass er diesen Star im Team hat. Allerdings kann Bonheur ihn nicht angegriffen haben. Er hat ein Alibi.«

»Schade«, sagte Timon. »Wer gibt ihm das Alibi?«

»Ich selbst. Zum Zeitpunkt, als Ecki überfallen wurde, saß Roman Bonheur am ›Schwarzen Häuschen‹.«

»Aha, ein nettes Treffen nach Drehschluss«, stellte er gleichmütig fest. Falls Timon jemals eifersüchtige Gefühle verspüren sollte, verriet er sie nicht. Ganz anders als Norma, die mühsam hatte lernen müssen, ihre Eifersucht zu zügeln. Perfekt war sie in dieser Kunst noch lange nicht.

»Ich war nicht wegen Bonheur dort. Ich war mit Mark Abelmann verabredet.«

»Aha«, wiederholte Timon in unverändert neutraler Tonlage.

Norma ersparte ihm die Entscheidung, nachzufragen oder sich diskret zurückzuhalten. »Mark Abelmann ist ein Fotograf und Filmfreak, ein exzentrischer Typ. Ich habe ihn wegen einer mysteriösen Begebenheit befragt. Als von November bis Weihnachten 1985 hier im Kloster ›Der Name der Rose‹ gedreht wurde, verschwand eine junge Frau. Sie wurde am 19. November als vermisst gemeldet und tauchte am 21. November wieder auf.«

»Was hast du darüber erfahren?«

Norma gab die Quintessenz aus Mark Abelmanns umfangreicher Materialsammlung wieder. Vieles wusste er aus der Presse. Yvettes rätselhaftes Abtauchen war auch überregional auf großes Interesse gestoßen. »Yvette Betzmer war fasziniert von der Idee, in einer so bedeutenden Filmproduktion mitzuwirken. Sie war sehr sprachbegabt und half als Dolmetscherin aus. Immerhin arbeiteten um die 350 Leute aus Frankreich, Italien und England zusammen. Dazu kamen viele Komparsen aus dem Rheingau. Yvette war verheiratet und wohnte in Wiesbaden. Sie fuhr täglich frühmorgens mit dem Bus nach Eberbach. Nachmittags brachte ihr Mann den Sohn zu ihr ans Set. Abends fuhren Mutter und Sohn mit dem Bus zurück nach Wiesbaden – jedoch nicht am 19. November.«

»Wie alt war der Sohn?«

»Neun Jahre! Yvette ist sehr früh Mutter geworden, noch als Schülerin. Sie hat, kaum 18 geworden, den Vater ihres Kindes geheiratet. Udo Betzmer versorgte das Baby, damit seine Frau das Abitur machen konnte. Er war wesentlich älter als Yvette, ein Hamburger, der ihretwegen seine Heimatstadt verlassen hatte. In Wiesbaden gründete er ein Ingenieurbüro. Yvette machte keine Ausbildung. Sie kümmerte sich um das Kind und half ihrem Mann bei der Büroarbeit.«

»Ihre Zeit in Eberbach sollte vielleicht eine Art Ausbruch aus dem Alltag sein?«, schlussfolgerte Timon.

Norma nickte betrübt. »Ein Abenteuer, das sich als wesentlich dramatischer erwies, als es sich Yvette und Udo wohl hätten träumen lassen. Jörg, der Sohn, hatte ihr Verschwinden bemerkt. Die Filmproduktion suchte das Kloster und die Umgebung ab, später rückte die Rheingauer Polizei mit Suchtrupps an. Alles vergebens. Waldarbeiter haben sie zwei Tage später am Niederwalddenkmal gefunden, sie war durchgefroren und entkräftet. Das war nicht das Schlimmste. Ihr Körper wies zahlreiche Verletzungen auf. Verbrennungen sowie Stichwunden und Schnitte, als wäre sie gefoltert worden.«

»Was hat Yvette über den oder die Täter ausgesagt?«

»Sie brachte kein Wort heraus. Angeblich war sie für immer verstummt. Wie ist das möglich?«

»Nun, ich bin kein Experte für psychiatrische Erkrankungen«, gab Timon zu bedenken. »Aus der Literatur weiß ich, dass Menschen nach einem schweren psychischen Schock, obwohl organisch alles in Ordnung ist, ihre Fähigkeiten, Wörter auszusprechen oder Töne von sich zu geben, verlieren können. Zu diesem Totalen Mutismus kommen nicht selten Angststörungen oder Depressionen dazu.«

»Nach Abelmanns Unterlagen verbrachte Yvette eine lange Zeit in der Psychiatrie. In den letzten Jahrzehnten lebte sie in einem Pflegeheim. 1987 kam Udo ums Leben. Er stürzte von einem Baugerüst. Manche sagten, er war betrunken, andere sprachen von Freitod. Könnte auch beides zusammengekommen sein.«

»Was wurde aus dem Sohn?«, fragte Timon mitfühlend.

»Seine Großmutter nahm ihn zu sich.«

»Was auch immer Yvette wiederfahren ist, letztendlich hat es die gesamte Familie getroffen.«

»Magst du ein Foto sehen? Abelmann hat Yvette damals in Eberbach aufgenommen.«

Auf dem Smartphone öffnete sie ein Porträt: die Schwarz-Weiß-Aufnahme einer jungen Frau mit gewinnendem Lächeln und einer bemerkenswerten Frisur, deren Standfestigkeit Unmengen von Haarspray erfordert haben musste. Die Haare oberhalb der linken Gesichtshälfte waren zu einem aufrecht stehenden Pferdeschwanz zusammengebunden. Wie vom Sturm aufgebauscht ragten die Haarspitzen bis an den oberen Bildrand heran. Dagegen wirkten die langen hellen Strähnen über der rechten Wange geradezu bieder. Das Foto zeigte unverkennbar eine modebewusste junge Frau der 1980er-Jahre.

»Wie mag es ihr wohl heute gehen?«, überlegte Timon, nachdem er das Foto eingehend betrachtet hatte.

»Sie starb vor einigen Wochen, ohne die Sprache wiedergefunden zu haben, sagt Abelmann. Das hat er von seiner Schwester Carola erfahren. Sie arbeitet als Pflegerin in der Einrichtung, in der Yvette zuletzt lebte.«

Timon musterte sie mit einem hintergründigen Lächeln. »Privatdetektivin Tann und ihre Affinität zu nebulösen Fällen!« Nach einer Pause fuhr er fort: »Anderes Thema: Weißt du schon das Aktuelle zum Winzermord?«

»Daniel Lenges wird demnächst entlassen?«, vermutete sie.

»Stimmt. Er äußert sich nicht zur Tat, und es gibt nicht genügend Hinweise, um Untersuchungshaft anzuordnen. Das ist nicht alles.«

»Schieß los«, bat sie gespannt.

»Axel Teubener wurde angesprochen, während der Film lief, und verließ daraufhin die Basilika. Das haben mehrere Zeugen beobachtet.«

Sofort spürte Norma ihren Herzschlag. »Der Mörder hat sein Opfer vor die Tür gelockt? Wie sah der Mann aus?«

Timon schüttelte den Kopf, was seinen Zopf in Schwingungen brachte. »Kein Mann, es war eine Frau. Was ihr Aussehen betrifft, widersprechen sich die Beschreibungen. Mal soll sie blond, mal dunkelhaarig gewesen sein. Mal im Kostüm, mal trug sie Jeans. Mal war sie groß und kräftig, dann wieder schmal und zierlich. Du weißt, wie wenig Verlass auf solche Beobachtungen ist. Schlechte Lichtverhältnisse und dazu die dramatischen Bilder des Films: Damit lässt sich jedes Gedächtnis in die Irre führen. Immerhin, eine Frau wollen alle Zeugen erkannt haben.«

»Eine Frau also«, wiederholte Norma und ordnete ihre Gedanken. »Ein Lockvogel! Ich kann mir nicht vorstellen, dass eine Frau einen Kerl wie Teubener überwältigt. Sie müssen zu zweit gewesen sein. In der Klostergasse wartete der Mörder mit der Schlinge.« Die Szene nahm vor ihrem inneren Auge lebhaft Gestalt an.

»Gut möglich. Dirk und Luigi sind mit ihrem gesamten Team dran.«

Norma ließ die Neuigkeit einen Moment sacken. »Weißt du, was ich mich frage?«, begann sie, um mit dem nächsten Atemzug selbst die Antwort zu geben: »Gibt es eine Verbindung zwischen dem Mord an Axel Teubener und dem Überfall auf Ecki Winterstein?«

»Zwei körperliche Attacken innerhalb weniger Tage an einem sonst so friedlichen Ort wie dem Kloster Eberbach sind durchaus auffällig«, meinte er kurzgefasst.

»Vielleicht hat Ecki mich angelogen?«, überlegte sie. »Er wohnt auf der anderen Rheinseite in der Mainzer Altstadt. Über die Schiersteiner Brücke ist er mit dem Auto in einer halben Stunde im Rheingau. Er hat mir erzählt, er würde in vielen hiesigen Weingütern einkaufen, sei Teubener jedoch nie begegnet. Kann stimmen, muss aber nicht.«

»Sei vorsichtig, Norma«, bat Timon nachdrücklich. »Man sollte wissen, wo die Spinne lauert, bevor man ihrem Netz nahe kommt.«

28

Nach dem Spaziergang kehrte Timon zu seinem Arbeitsplatz in Wiesbaden zurück. Norma wollte nachsehen, ob Ecki sich ein wenig erholt hatte. Er ließ sich Zeit, bis er die Wohnwagentür öffnete. Entgegen seiner Gewohnheit hatte er abgeschlossen und zuerst durch das Fenster gespäht. Ihr war der Kopfverband hinter der Scheibe nicht entgangen. Drinnen war alles wie bei ihrem ersten Besuch. Eine Ausnahme bildete ein Tablett mit den Resten eines Frühstücks, das sich in das Chaos aus Skizzen und beschrifteten Blättern auf den Tisch zwängte. Nelly nerve ihn mit ihrer gluckenhaften Fürsorge, beschwerte sich Ecki.

»Wie geht es dir?«, fragte Norma.

Augenblicklich berührte er seine Stirn und befühlte mit verzerrtem Gesicht den Verband. »Ach, muss ja gehen. Ich möchte mir einen Kräutertee machen, kann mich aber nicht dazu aufraffen.«

»Darf ich das übernehmen?«, fragte Norma und unterdrückte ein Lächeln. So unwillkommen war es ihm offensichtlich nicht, sich bemuttern zu lassen.

Sie trat an die kleine Küchenzeile heran und hatte mit ein paar Handgriffen zusammengesucht, was sie brauchte, um kurz darauf eine Teekanne und zwei Becher an den Tisch zu bringen, hinter dem Ecki mit käsigen Wangen mehr lag als saß. Der Verband umhüllte seinen Schädel wie ein Turban. Schwarze Haarspitzen schauten struppig darunter hervor.

»Du solltest dich ein paar Tage schonen«, sagte sie.

Er schien zu erwägen, den Kopf zu schütteln, hielt aber inne und widersprach mit leiernder Stimme: »Der Ausfall des Regisseurs ist im Drehplan nicht vorgesehen. Morgen machen wir weiter.« Er nahm den heißen Tee entgegen und trank mit kleinen, vorsichtigen Schlucken.

»Kannst du dir vorstellen, dass dir jemand deinen Umgang mit Marielle heimzahlen wollte?«, fragte Norma geradeheraus.

»Kinderkram«, murrte er und raffte sich halbwegs auf. »So was muss eine Schauspielerin aushalten. Die Szene ist brillant geworden. Diesen verstörten Gesichtsausdruck hätte sie ohne Druck niemals hinbekommen. Glaubst du, mir macht es Spaß, meine Leute zu schikanieren?«

»Wenn du mich so fragst: Ja! Ich hatte den Eindruck, du genießt die Macht.«

»Danke für deine ehrlichen Worte«, sagte er sarkastisch. »Wenke ist übrigens gleicher Meinung wie du. Als ich sie für die großartigen Bilder lobte, fing sie einen Krach mit mir an. Na ja, ist kein Wunder.«

»Kein Wunder?«, fragte Norma irritiert.

Er grinste. »Du bist mir eine tolle Detektivin! Wenke ist in Marielle verknallt. Sag bloß, das ist dir nicht aufgefallen?«

»Jeder im Team himmelt Marielle an. Natürlich habe ich Wenkes Bewunderung für Marielle bemerkt. Denkst du, Wenke hat dir das angetan?«

»Finde es raus. Wofür bezahle ich dich?«

Sein dominanter Ton provozierte sie. »Dann sollte ich erfahren, wer deine Dämonen sind, Ecki! Was hat der Mord an Axel Teubener in dir ausgelöst?«

»Was soll die Frage?«, entgegnete er aufgebracht. »Ich sorge mich um mein Filmprojekt, sonst nichts. Wenn hier alle aus Angst vor einem Mörder wie aufgescheuchte Hühner rumlaufen und sich nicht auf das Wesentliche konzentrieren, schadet es meinem Film! Ich will das bestmögliche Resultat und tue alles dafür. Zum Beispiel eine Privatdetektivin bezahlen, damit sie für Sicherheit sorgt. Fatalerweise war sie nicht zur Stelle, als sie gebraucht wurde.«

Hatte er nicht noch vorhin dankbar bekundet, sie sei ihr Geld wert? Norma atmete tief durch und antwortete seelenruhig: »Ich bedauere sehr, dass ich den Überfall nicht verhindern konnte. Wir hatten allerdings keinen ausgesprochenen Personenschutz vereinbart, was wir gern ändern können. Allerdings müsste ich wissen, aus welcher Richtung die Gefahr droht.«

Als sie sich vorbeugte und seinen Blick suchte, wich er ihr aus und stierte in den Teebecher. Sie zog das Smartphone hervor, rief eine Bilddatei auf und reichte ihm das Gerät über den Tisch hinüber.

Zögerlich nahm er den Apparat entgegen. »Was soll das sein?«

»Du kennst das Bild! Diese Zeichnung hing vor der Filmvorführung an einer Säule in der Klostergasse. Axel Teubener war wie erstarrt, als er das Blatt bemerkte, und dir ist es ebenfalls aufgefallen. Keine Ausflüchte, ich stand direkt hinter dir.«

Verärgert warf er das Smartphone aus der Hand. »Und wenn schon! Das ist nur irgendeine Kohlezeichnung. Du hast selbst hingesehen, wie andere auch.«

»Wohl wahr, aber von all den Leuten wirkten nur zwei wie vom Donner gerührt. Der eine war Axel Teubener, der kurz darauf ermordet wurde. Und der andere warst du, Ecki! Was verbindet euch?«

Ecki ließ sein Ziegenmeckern hören, das in einem unterdrückten Schmerzlaut endete. »Ist das die blühende Fantasie einer Privatdetektivin? Wie ich dir bereits gesagt habe: Diesem Winzer bin ich nie begegnet.«

Das Telefon war auf einem Papierstapel gelandet und vibrierte nun, als eine Mail eintraf. Norma warf einen raschen Blick auf den Absender und konzentrierte sich erneut auf den Regisseur, der sich mit gequälter Miene an den Kopf griff.

»Finde den Mistkerl, der mir die höllischste Nacht meines Lebens beschert hat«, verlangte er zornig.

Jemand klopfte an das Fenster. Norma stand auf und öffnete die Tür für Wenke, die gekommen war, um das Frühstückstablett abzuholen.

Mit verdrehtem Hals äugte sie ins Wohnmobil hinein und flüsterte besorgt: »Ist er okay?«

»Bist du das, Wenke?«, krähte Ecki mit Leidensstimme. »Komm rein!«

Norma gab den Weg frei. »Ich muss los. Bis später, Ecki!«

Zögerlich schob sich Wenke an ihr vorbei.

»Ihr könnt mich mal mit eurer verdammten Besorgnis«, hörte Norma ihn maulen.

Draußen öffnete sie die Nachricht. Wolfert hatte eine Phantomzeichnung geschickt. Sie zeigte die Frau, die Axel Teubener in die Falle gelockt haben soll. Ein ausdrucksloses Gesicht ohne erkennbare Charakterzüge: die konturenlose Melange aus vielschichtigen Erinnerungen. Und dennoch: Irgendetwas in dieser starren Mimik erschien Norma vertraut.

29

Rheingau
Samstag, der 18. September

Das Haus gab keinen Mucks von sich. Ein Totenhaus. Hanna hatte ihn aus der Frankfurter Justizvollzugsanstalt abgeholt. Sie war bis zur Hofeinfahrt gefahren und mit der Entschuldigung, etwas für eine kranke Freundin erledigen zu müssen, sofort abgerauscht. Seine Schwester musste sich immerzu um irgendjemanden kümmern. Ihm war es recht, er wollte lieber für sich sein.

Seine Sehnsucht, auf der Zellenpritsche wegzudämmern und sich aus diesem Leben davonzustehlen, war so unendlich tief und verlangend gewesen. Abends zog es ihn in den Schlaf, als hätte er tagsüber in den Steillagen geschuftet. Wie ein verwirrtes, verlassenes Kind, das sein Heil in den Träumen suchte, war er zu Tode erschöpft vom Chaos im Kopf und unbegreiflicherweise nach alptraumfreien Nächten so ausgeruht aufgewacht wie zu Hause nicht mehr seit Alinas Tod. Was gut war, er benötigte all seine Energie, um sich gegen die Angriffslust des fetten Kommissars zur Wehr zu setzen, der sich mit grimmiger Miene gebärdete, als könnte er die Wahrheit allein durch Blicke aus ihm heraussaugen. Stets an seiner Seite der froschäugige Prototyp eines Beamten, der sein Schweigen mit gestochenen Formulierungen zu durchdringen versuchte. So viele Fragen, auf die Daniel keine Antworten hatte. Er schwieg vor den Polizisten, vor dem Haftrichter und vor der Anwältin, die Hanna geschickt hatte. Man ließ ihn gehen, weil ihm nichts nachzuweisen war. Vorerst, wie es hieß, und keinesfalls, weil seine Unschuld erwiesen wäre.

Im Wagen, neben Hanna, die mit versteinerter Miene über die A 66 gejagt war, hatte er die ersten Sätze herausgebracht und später mit klammem Herzen das Haus betreten. In der Zelle war ihm Alina verloren gegangen. Nun ihre Fotos an den Wänden, in den Regalen, ihr Lieblingsschal an der Garderobe: Sein Herz machte einen Sprung. In der Spüle füllte er sich ein Wasserglas und setzte sich an den Küchentisch. Das wuchernde Kraut vor dem Fenster verlangte danach, hinauszugehen, Ordnung zu schaffen, den Rasen zu mähen. Von der Arbeit mit den Reben ganz abgesehen. Seit er Witwer war, taten Hanna und ihr Mann, was sie konnten, um neben dem eigenen Weingut auch seinen Betrieb in Gang zu halten. Er begriff durchaus, wie sehr er ihre Hilfsbereitschaft ausnutzte. Viel länger könnten Hanna und Felix das nicht mehr durchhalten. Doch das Haus schien ihn zu lähmen. Ermattet blieb er am Fenster sitzen, den Blick über das zügellose Grün hinweg auf das Nachbarhaus gerichtet.

Drüben im Hof stand ein roter BMW.

Daniel erhob sich und trat ans Fenster heran. Kennzeichen RÜD für den Rheingau-Taunus-Kreis. RT für Ricky Teubener. Kaum war die Katze aus dem Haus, tanzte die Maus auf dem Tisch. Ihn wunderte das nicht. Der einzige Mensch, der es mit Axel Teubener ausgehalten hätte, war Annegret. Sein Sohn Ricky war am ersten Tag seiner Winzerlehre geflohen und – der Mutter zuliebe – wenigstens zu Weihnachten auf einen Sprung vorbeigekommen. Wenn sie mit ihm reden wolle, treffe sie ihn heimlich in Wiesbaden, hatte Annegret Daniel einmal anvertraut. Axels Dahinscheiden war nicht nur für Daniel eine Befreiung. Auch für Ricky und Annegret bedeutete der Tod des Ehemanns und Vaters einen Wendepunkt.

Gegenüber sprang die Haustür auf. Ricky trat auf die Schwelle. Breit grinsend zündete er sich eine Zigarette an. Als der Nachbarssohn zur Straße hinüberblickte, bemerkte Daniel den Kleinwagen, der Teubeners Parkplatz ansteuerte. Eine schlanke, blonde Frau stieg aus. Ihre Körperhaltung hatte etwas Entschiedenes an sich. Unwillkürlich fragte er sich, ob sie zur Polizei gehörte. Kamen Ermittler nicht immer zu zweit? Zumindest war das im Fernsehen so. Wohl eher eine Kundin. Ricky trat die Zigarette in den Kies. Die

Fremde folgte ihm ins Haus. Gegenüber stand alles auf Anfang. Der Menschenschinder war Geschichte.

Daniel spürte, wie seine Kräfte zurückkehrten. Entschlossen leerte er das Wasserglas in einem Zug. Im Gehen riss er die Arbeitsjacke vom Garderobenhaken. Zuerst würde er im Wingert nach dem Rechten sehen.

30

Ricky Teubener war ein schlaksiger junger Mann mit verschlagener Miene, ganz vorurteilsfrei festgestellt, wie Norma sich selbst gegenüber ironisch einräumte. Im besten Fall wollte er höflich sein, als er ihr linkisch die Weinauswahl präsentierte. Auf dem Weingut Teubener war die Zeit stehengeblieben. Die Straußwirtschaft erschien ihr noch trostloser als auf den deprimierenden Internetseiten. Das Design der Weinkarte, die Ricky zur Unterstützung heranzog, hätte aus der Drehzeit von »Der Name der Rose« stammen können.

»Bitte sechs Flaschen davon.« Kurzentschlossen tippte sie auf die Nummer drei, einen trockenen Riesling Kabinett.

»Möchten Sie nicht probieren?«

Norma lehnte dankend ab. Nicht so früh am Tag.

»Ich muss im Lager nachsehen, was wir davon noch haben«, sagte Ricky und verließ die Gaststube.

Norma blieb nicht lange allein. Eine Frau mittleren Alters kam herein und stellte sich als Annegret Teubener, die Inhaberin des Weinguts, vor. Insgeheim war Norma davon ausgegangen, die gebeutelte Gattin des Querulanten sei ein geducktes Mäuschen, doch die Winzerin widersprach dem Bild zweifelsfrei. Im Umkehrschluss leuchtete ihr ein, dass die Ehefrau eines solchen Mannes von starker Persönlichkeit sein sollte. Im seriös-schwarzen Hosenanzug strahlte Annegret Teubener Widerstandsfähigkeit und Selbstsicherheit aus. Von der zur Schau gestellten Trauerfarbe abgesehen, war ihr nicht anzusehen, dass sie vor vier Tagen zur Witwe geworden war. Die Höflichkeit hätte verlangt, ihr das Beileid auszusprechen. Ihre Intuition riet Norma, zunächst die ahnungslose Kundin zu spielen und den Verlauf des Gesprächs abzuwarten.

Die Winzerin begrüßte sie zuvorkommend. »Mit dem Riesling Kabinett haben Sie einen wunderbaren Tropfen gewählt. Sie sind zum ersten Mal bei uns, nicht wahr?«

»Ich bin für einige Tage im Kloster Eberbach zu Gast.«

»Oh, dann wohnen Sie in einem der geschichtsträchtigsten Weingüter! Wissen Sie, woher die Bezeichnung ›Kabinett‹ stammt?«, erkundigte sich Annegret leutselig.

»Wenn Sie so fragen: Hat der Begriff mit dem Kloster zu tun?«

Annegrets Mimik ähnelte dem Grinsen des Sohnes, immerhin ohne dessen durchtriebenen Zug. »Allerdings. In der ehemaligen Fraternei lagerten die Mönche ihre kostbarsten Weine. Zur Barockzeit trug diese ›Schatzkammer‹

den französischen Namen ›Cabinet‹. Deswegen heißt die Fraternei auch Cabinetkeller.«

»Bedeutet das, die heutigen Kabinett-Weine aus allen Anbaugebieten verdanken diese Bezeichnung dem Kloster Eberbach?«

»So ist es«, antwortete die Winzerin und schien erfreut über die Überraschung, die sie ausgelöst hatte.

Das musste Norma unbedingt Lutz erzählen! Aber vermutlich wäre es für ihren Ex-Schwiegervater gar keine Neuigkeit. Es gab kaum etwas, was er nicht schon wusste. Weit wichtiger war in diesem Augenblick, dass Annegret Teubener von sich aus so bereitwillig über das Kloster gesprochen hatte.

Dankbar nahm Norma den Faden auf. »Soweit ich weiß, wurden im Cabinetkeller die bekanntesten Szenen für ›Der Name der Rose‹ gedreht. Ich denke an den dicken Mönch, der vergiftet wurde.«

Die Winzerin nickte zustimmend. »Oh ja, Berengar, so heißt der Glatzkopf! Und dann gibt es noch Salvatore. Das ist der Mönch mit der Sprachstörung, der sich vor dem Inquisitor verantworten muss. Die Folterszene entstand ebenfalls im Cabinetkeller.«

Norma erinnerte sich an die schaurigen Bilder, darunter die dämonische Miene des Bernard Gui, der Gegenspieler des mittelalterlichen Meisterdetektivs William von Baskerville, und das verzweifelte Flehen des Ketzers. »Wie gut kennen Sie den Film, Frau Teubener?«

»In- und auswendig«, antwortete Annegret mit kleinem Lächeln. »So oft, wie ich ihn gemeinsam mit meinem Mann gesehen habe. Bei den Vorführungen in der Eberbacher Basilika waren wir Stammgäste. Axel hat in ›Der Name der Rose‹ mitgewirkt, und er war so glücklich darüber.«

Ricky kehrte zurück, lud einen Weinkarton mit sechs Flaschen auf dem Tresen ab und entfernte sich ohne ein Wort. Norma beschloss, mit offenen Karten zu spielen. Auf ihre Bitte hin setzten sie sich an einen Tisch. Dass die fremde Kundin dabei gewesen war, als ihr Mann ermordet aufgefunden wurde, schien Annegret Teubener nur für einen Moment aus der Fassung zu bringen. Diese Frau hat sich bestens im Griff, dachte Norma beeindruckt, bevor sie von ihrem derzeitigen Auftrag als Sicherheitsbeauftragte für einen Regisseur und ihrer Vergangenheit als Kriminalkommissarin berichtete.

»Die Polizei hatte meinen Nachbarn verhaftet«, berichtete Annegret, nachdem beide eine Weile geschwiegen hatten. »Seit einer Stunde ist Daniel zurück. Man hält ihn demnach nicht für den Mörder meines Mannes?«

»Ihm ist nichts nachzuweisen, solange gilt er als unschuldig. Würden Sie Daniel Lenges den Mord zutrauen?«

»Ich bin überzeugt, Daniel hat es getan«, antwortete Annegret rigoros und zählte eine Reihe von Gründen auf, die Axel seinem Nachbarn für diese Tat geliefert habe. Neben den tagtäglichen Schikanen und Gemeinheiten fiel der tödliche Unfall der schwangeren Alina besonders ins Gewicht. Auch den Verlust des Vaters kreidete Daniel dem Nachbarn an. Der Senior habe sich die bösartigen Angriffe, wie Daniel die Konflikte bezeichnete, im wahrsten Sinn des Wortes zu Herzen genommen – bis hin zum tödlichen Infarkt. Norma hörte aufmerksam zu. Annegrets schonungslose Offenheit imponierte ihr.

»Das war nicht richtig von Axel«, fügte die Winzerin hinzu. »Aber rechtfertigt das einen Mord? Wäre ich nur mitgegangen! Dann würde Axel bestimmt noch leben.«

»Wo waren Sie, als Ihr Mann … als der Mord stattfand?«, fragte Norma hölzern.

Annegret seufzte unglücklich. »Anstatt Axel zu begleiten, habe ich mich mit meinem Sohn getroffen.«

»Ihr Mann und Ricky …?«

Sie wiederholte den Seufzer. »Es war schwierig zwischen den beiden. Was aber in vielen Familien vorkommt. Dass es mal kracht bei Vater und Sohn, meine ich.«

Es wird weit mehr gewesen sein als harmlose Streitereien, vermutete Norma, wollte den Redefluss jedoch nicht ins Stocken bringen. »Wo haben Sie sich mit Ricky getroffen?«

»Hier, in seinem Zuhause. Es war nicht damit zu rechnen, dass Axel früher zurückkommen würde. Dass er nun gar nicht mehr …« Sie brach mitten im Satz ab. Kopfschüttelnd fuhr sie fort: »Können Sie sich vorstellen, wie es ist, wenn man Worte bereut, weil man sie niemals wiedergutmachen kann? Ich habe Axel angeschrien, dass sein verdammter Film mir zum Hals raushängt! Das war gelogen, ich mag ›Der Name der Rose‹ sehr.«

»Was haben Sie von den Dreharbeiten damals mitbekommen?«

»Sie waren Tagesgespräch im Rheingau. Ich war in der Lehre und wohnte bei meinen Eltern.«

»Sie lebten auf dem Hof, den jetzt Wolfgang Bastiani gepachtet hat«, warf Norma ein.

Annegrets verblüffter Blick streifte Norma. »Sie kennen Wolfgang?«

»Ich war gestern bei ihm. Er war kein Freund Ihres Mannes. Stimmt es, dass Sie ihm die Pacht kündigen wollten?«

»Es war Axels Wunsch. Manchmal hatte er seine eigenen Feldzüge satt, wollte wegziehen und raus auf den Hof, wo es keine direkten Nachbarn gibt. Aber ohne mich! Ich bin hier zu Hause, und Wolfgang und Charlotte kümmern sich rührend um mein Erbe.«

Das entsprach dem, was Bastiani erzählt hatte.

Annegret kam erneut auf den Film zu sprechen. »So gut wie jeder junge Mann wollte Mönch spielen, obwohl das nur mit Tonsur erlaubt war. Für uns Mädchen gab es leider keine Rollen. Egal, meine Mutter hätte es mir sowieso verboten.«

»Weil Ihre Mutter streng war?«, vermutete Norma.

»Das auch, aber vor allem aus Sorge um mich, womit sie sogar recht gehabt hätte. Immerhin wurde eine junge Frau vermisst und niemand wusste, was ihr zugestoßen war. Sie soll verrückt geworden sein, hat mir Wilfried Leindecker erzählt. Er ist ein Freund meines Bruders. Wilfried hat sie gefunden, er und sein Kollege, draußen im Wald. Sie hatte einen schönen französischen Namen. Yvette, so hieß sie. Sie gehörte zum Filmteam.«

»Hat Axel Ihnen von Yvette erzählt?«, fragte Norma.

»Er kannte sie, es gab nur wenige Frauen unter den hunderten Leuten, und eine wie Yvette fiel auf. Sie soll sehr hübsch gewesen sein. Mehr kann ich darüber nicht sagen. Axel und sein Freund hatten wenig mit ihr zu schaffen.«

»Er war mit einem Freund dort?«

»Nun, sie haben sich während der Dreharbeiten kennengelernt. Beide hatten dieselbe Leidenschaft. Sie liebten Horrorfilme. Passte zu Axel«, fügte Annegret mit einem erinnerungsseligen Lächeln hinzu.

»Können Sie mir etwas über diesen Freund erzählen?«

»Er war in Axels Alter und arbeitete als Zivi in einer psychiatrischen Einrichtung im Eichberg. Den Namen weiß ich nicht mehr. Außerdem gab es eine junge Frau, die sich den beiden angeschlossen hatte. Sie hieß Conny. Das ist alles. Axel hat am liebsten über sich selbst geredet und kaum über Freunde, vermutlich weil er so wenige hatte.«

Als Norma aufgestanden war und den Wein bezahlt hatte, fiel der Winzerin noch etwas ein. »Einmal hat Axel erwähnt, sein Kumpel sei so ein giftiger Typ gewesen, der in seinem späteren Leben groß rauskommen wollte. Na ja, welcher Junge träumt nicht von einer erfolgreichen Zukunft?«

Norma bedankte sich und trug den Karton zum Wagen. Ricky hatte sich nicht mehr blicken lassen. Ein Name spukte ihr im Kopf herum: Wilfried Leindecker. Unverhofft hatte Annegret Teubener ihr einen Hinweis zu Yvette geliefert. Ob der Mann noch am Leben war? Wie viele Rheingauer dieses Namens mochte es geben? Die zweite Frage ließ sich mit einem Blick ins digitale Telefonbuch klären. Dort stand ein einziger Eintrag mit einer Eltviller Adresse.

Aus dem Auto heraus wagte sie ihr Glück mit einem Anruf – und erreichte den Mann zu Hause. Wilfried Leindeckers Zurückhaltung taute auf, als er ihr glaubte, dass sie ihm weder einen neuen Stromvertrag noch eine Fernsehzeitschrift aufschwatzen wollte. »Privatdetektivin« entpuppte sich als Zauberwort. Er sei ein begeisterter Leser von Kriminalromanen, ließ Leindecker verlauten, und über »die Sache mit dem Mädchen« würde er gern reden. Er sei Rentner und habe Zeit. In einer halben Stunde? Verblüfft über seine Entschlussfreudigkeit sagte Norma zu, und sie verabredeten ein Treffen im Eltviller Rosengarten.

Auf der kurzen Autostrecke vom Weingut hinunter ins Rheintal versuchte sie, die aktuellen Ereignisse zu ordnen. Wie überzeugend war Annegret Teubener als trauernde Witwe? Sie hatte keinen Zweifel daran gelassen, dass sie ihren Nachbarn Daniel Lenges für den Mörder ihres

Mannes hielt. Ein Vorwand, um den Verdacht von ihrem Sohn und sich selbst abzulenken? Waren Annegret und Ricky am Sonntagabend gemeinsam zum Kloster gefahren? Hatte sich Annegret in die Basilika geschlichen und ihren Mann in die Klostergasse gelockt, wo Ricky mit der Schlinge aus Winzerdraht wartete, um den überrumpelten Vater vom Leben in den Tod zu befördern?

Nicht gerade das, was man einen ausgetüftelten Coup nennen würde. Allerdings erweckte Ricky auch nicht den Eindruck, ein Verfechter tiefschürfender Gedanken zu sein. Dafür taugte Annegret zur Löwenmutter, die alles für ihren Sprössling täte. Und der Plan, sofern es so gewesen war, war aufgegangen! Mit Axels Ableben war endlich Ruhe ins Weingut Teubener eingekehrt. Der vertriebene Sohn fand heim ins gemachte Nest.

31

Wispertaunus
Samstag, der 18. September

»Lass es gut sein, Klaus. Für heute komme ich ohne Hilfe zurecht.«

Die Männer standen im Schafstall vor den aufgefüllten Heuraufen. Nachdrücklich griff Wolfgang mit der linken Hand nach der Heugabel, während sein rechter Arm noch immer in der Schlaufe fixiert war, und nahm sie dem Nachbarn aus den Händen.

»Ich fege rasch durch«, verkündete Klaus und wollte sich einen Besen schnappen, als Wolfgang sich ihm in den Weg stellte. So gut Klaus es meinte, man konnte die Hilfsbereitschaft auch auf die Spitze treiben.

»Die Stallgasse ist perfekt, wie sie ist. Zuhause warten deine Tiere. Mach hier Schluss, bitte!«

»Wie du meinst.« Ein mitleidiger Blick streifte den eingegipsten Arm des Freundes. »Hast du von Charlotte gehört? Wird sie früher zurückkommen, Wolfi?«

Wolfgang zuckte zusammen. Den »Wolfi« würde er dem Freund in diesem Leben nicht mehr abgewöhnen. Bedächtig, um sich den Unmut nicht anmerken zu lassen, erklärte er: »Charly bringt ihren Job zu Ende wie geplant.« Dass ihr Beruf an erster Stelle stand, gehörte zum Arrangement ihrer Ehe. Wolfgang müsste vom Tode bedroht sein, damit es sie vorzeitig nach Hause zöge. Ihm war es recht so.

Er äußerte eine Bitte. »Würdest du mir morgen beim Setzen der Pfähle helfen?«

»Um 9 Uhr bin ich da, Wolfi!«

Jeden zweiten Tag musste der Elektrozaun weitergesteckt werden, damit die Pferde aufs frische Grün konnten. Zu zweit ging die Arbeit schnell voran. Klaus folgte Wolfgang nach draußen.

Im Hof kam Wolfgang auf den vergangenen Dienstag zu sprechen. »Nach meinem Sturz hast du dich um Püppi gekümmert und ihr den Sattel abgenommen. Was war eigentlich genau los?«

Klaus blieb stehen und rieb sich verwundert die roten Bartstoppeln. »Du warst selbst dabei.«

»Schon, aber geistig weggetreten. Ich lag wie behämmert im Sand, als du aufgetaucht bist.« Wolfgang schaute den Freund mit bekümmertem Grinsen an.

»Glück im Unglück, dass der Unfall auf dem Reitplatz passiert ist«, resümierte Klaus erleichtert und erzählte aufgeregt weiter: »Püppi war in Panik. Sie jagte durch den Sand und versuchte, den Sattel abzubocken. Ich hatte Sorge, es würde sie völlig verrückt machen, wenn er ihr unter den Bauch rutscht. Ein Wunder, dass sie sich einfingen ließ. Als ich den Gurt lockern wollte, tobte sie wieder los. Frag mich nicht, wie ich den Sattel schließlich herunterbekommen habe.«

»In der Aufregung hätte Püppi dich verletzen können. Danke, dass du es trotzdem gewagt hast.« Beide Sätze meinte Wolfgang ehrlich. Mit einem Mal war er gerührt vom Freundschaftsdienst seines Nachbarn. Klaus war kein Pferdemann. Wolfgang bezweifelte, dass sein Freund je vom Leitsatz gehört hatte: *Erst das Pferd und dann der Reiter*. Aber Klaus liebte Tiere, und er war viel zu verantwortungsvoll, um die verstörte Stute nach dem Unfall sich selbst zu überlassen.

Klaus winkte großmütig ab. »Ich habe nicht weiter nachgedacht. Du lagst am Boden wie ein Häufchen Elend. Ich wollte das Pferd so schnell wie möglich in Sicherheit wissen, um dich ins Krankenhaus zu bringen.« Er habe den Sattel über einen Balken gehängt und Püppi zur Weide geführt, bevor er mit Wolfgang ins Rüdesheimer St. Josefs-Hospital gefahren sei. Auf dem Heimweg habe er wieder nach Püppi gesehen, die friedlich in der Herde graste, als wäre nichts geschehen.

»Ist dir am Sattel etwas aufgefallen?«, fragte Wolfgang. »Oder an der Satteldecke?«

»Jetzt, wo du es sagst …« Grübelnd nagte Klaus an der bärtigen Unterlippe.

»Was?«, fragte Wolfgang gespannt.

»Das war ungewöhnlich«, begann Klaus mit einem weiteren Kratzen am borstigen Kinn. »Als ich zurückkam, lag der Gurt oben auf dem Sattel. Ich bin sicher, er hing herunter, als ich gegangen bin. Das ist mir eben erst wieder eingefallen. Was hat das zu bedeuten?«

»Derjenige, der in der Sattelkammer das Pad mit Nägeln gespickt hatte, hat sich noch einmal auf den Hof geschlichen, um die Beweismittel verschwinden zu lassen«, sagte Wolfgang grimmig.

»Nägel? Das ist nicht dein Ernst! Wer macht so was?«

»Gute Frage! Ich habe nicht die geringste Idee.«

»Was für ein hinterhältiger Anschlag«, empörte sich Klaus. »Nicht zu fassen! Wie bist du darauf gekommen?«

»Gestern habe ich in der Sattelkammer zufällig einen Nagel gefunden. Das kam mir merkwürdig vor. Und dann stieß ich auf die Löcher im Pad.«

Über die Privatdetektivin verlor er kein Wort. Klaus wollte sich wegen des Attentats gar nicht beruhigen. Mit

Mühe gelang es Wolfgang, den Freund zu dessen Auto zu lotsen. Er wartete, bis der Wagen außer Sicht war, bevor er den Gipspanzer unter den freien Ellenbogen klemmte und den rechten Arm mit geübten Drehbewegungen aus seinem Gefängnis herauszog. Erleichtert wedelte er mit dem tauben Handgelenk durch die Luft, um ihm wieder Leben einzuhauchen. Er mochte sich nicht vorstellen, welche Qualen er aushalten müsste, wäre es tatsächlich zu einem komplizierten Bruch gekommen.

Als das Handy klingelte, hätte er den Arm wie ertappt beinahe zurück in sein Verlies geschoben. Die männliche Stimme klang freundlich und zugleich geprägt von einer natürlichen Autorität. Hauptkommissar Dirk Wolfert vom Polizeipräsidium Westhessen. Er habe einige Fragen zu Axel Teubener, seinem Verpächter. Es habe Zwistigkeiten wegen des Hofes gegeben? Während Wolfgang noch überlegte, bei welcher öden Fernsehproduktion ihm das Wort »Zwistigkeiten« zuletzt untergekommen war, machte der Hauptkommissar einen Vorschlag.

»Am Montag um 11 Uhr im Präsidium in Wiesbaden, könnten Sie das einrichten, Herr Bastiani?«

Wolfgang hatte nicht den Eindruck, die Frage sei ernst gemeint. Sondern ein Angebot, das er nicht ablehnen sollte.

32

Eltville
Samstag, der 18. September

Die Fahrt vom Weingut Teubener nach Eltville dauerte knapp zehn Minuten. Norma stellte den Wagen auf einem öffentlichen Parkplatz ab. Die Altstadt des Weinortes reichte bis zum Rhein hinunter. Der Rosengarten gehörte zum Areal der Kurfürstlichen Burg, und diese wiederum lag, wie Norma bekannt war, unmittelbar am Ufer. Der Weg führte sie vorbei an Weingütern, die hier seit Generationen existierten. Vor adretten Fachwerkfassaden entfalteten Rosenstöcke in der Septembersonne ihre elegante Pracht. Dass die Eltviller Bürgerschaft neben dem Wein auch die Königin der Blumen zu schätzen wusste – was der Stadt den Beinamen »Rosenstadt« eingebracht hatte –, zeigte sich ebenso auf der Rheinpromenade, auf der sich üppige Rosenbeete aneinanderreihten. Ein Stück weit hinter dem Schiffsanleger erhob sich der Burgturm, den Norma nun ansteuerte. Mit weißem Putz, ockerfarbenen Schmuckbändern und seinen zierlichen Dacherkern wirkte er heiter und unbelastet von jener geheimnisvollen Düsternis, mit der sich die Rheingauer Burgruinen umgaben. Ein imposantes Tor führte sie in den Burggraben, in dem sich Rasenflächen mit üppigen Blumenrabatten abwechselten. Zwischen Rosen in den unterschiedlichsten Farben und Wuchsformen blühten bunte Herbststauden. Niedrige Buchsbaumhecken begrenzten die Fußwege. Mit dem Kopf im Nacken bewunderte Norma die Kletterrosen an den Burgmauern, die haushoch aufragten. Wilfried Leindecker hatte als Treffpunkt den sogenannten »kleinen Burgzwinger« vorgeschlagen, der am entgegengesetzten Ende des L-förmigen Burggrabens gelegen war.

Gespannt auf das Gespräch näherte sie sich einem engen Durchgang. Er durchbrach eine von Rosen überwucherte Bruchsteinmauer, die Norma an das Märchen von Dornröschen denken ließ. Hinter dem Tor empfing sie allerdings kein Prinz. Ein drahtiger Mann in den Sechzigern blickte ihr erwartungsvoll entgegen. Außer ihnen befand sich niemand in dem engen Hof, der von den Grundmauern der sich darüber erhebenden Burg gebildet wurde. Der Platz genügte für ein Fleckchen Rasen und ein von struppigen Gräsern umrandetes Wasserbassin, in dem ein Schwarm goldfischgroßer, gescheckter Kois schwamm. Wildrosen strebten mit langen Trieben dem Himmel entgegen. Darunter stand einladend eine Bank: unbesetzt und sonnenbeschienen. Dort nahmen sie Platz.

Leindecker schien es nicht zu kümmern, warum Norma sich für das damalige Ereignis interessierte. Er brannte darauf, vom 21. November 1985 zu erzählen. Bis in die späten 1990er-Jahre hätten ihn die Kollegen gelegentlich darauf angesprochen, mit den Jahren sei das Ereignis in Vergessenheit geraten. Er dagegen würde diesen Wintertag niemals aus dem Kopf bekommen, so sehr hätte ihn der Anblick des Mädchens aufgewühlt.

»Sie bezeichnen Yvette als Mädchen«, sagte Norma verwundert. »Soweit ich informiert bin, war Yvette eine erwachsene Frau und Mutter eines Sohnes.«

»Mag sein«, räumte er ein. »Doch wie sie dort im Gebüsch lag und mich anstarrte: das Gesicht schwarz vor Schmutz, das lange Haar verwirrt, die Kleider voller Erde und Laub, halb erfroren … sie wirkte so verloren und zerzaust wie ein aus dem Nest gefallenes Eulenküken … Ich habe mit einem Kollegen im Osteinschen Niederwald gearbeitet. Wissen Sie, wo das ist?«

»Aber ja, bei Rüdesheim. Mit meinem Freund wandere ich dort gern.«

Norma mochte die Gegend sehr wegen ihrer wunderbaren Ausblicke. Anders als der Name »Niederwald« erwarten ließ, lag er hoch oberhalb des Rheintals. Im 18. Jahrhundert hatte der Graf von Ostein auf der Anhöhe einen romantischen Garten anlegen lassen, von dem die Natur irgendwann Besitz ergriffen hatte. Die Blickachsen und Bauten hatten die Zeit überdauert. Im vergangenen Jahrzehnt war das Areal wieder in den Fokus der Öffentlichkeit gelangt.

Leindecker stieß einen verächtlichen Knurrlaut aus. »Zu meiner Zeit war es dort nicht so schick, nicht so aufgeräumt. Da hatten wir Arbeiter das Gelände für uns. Die Wanderer konnte man an einer Hand abzählen. Jetzt sind die Wege planiert, und an den Wochenenden treten sich Heerscharen die Füße platt. Die Rossel war ein verfallener Steinhaufen. Inzwischen sieht es dort aus wie geleckt. Mir gefällt es nicht.« Verstimmt schüttelte er den Kopf.

Die keine Burg Rossel war vom romantischen Grafen als pittoreske Ruine errichtet worden. Weil Wandergruppen gern den vorgelagerten Aussichtsplatz besuchten, hatte man dem baufälligen Turm und den maroden Mauern die nötige Standfestigkeit zurückgegeben.

Schon knurrte er erneut, bevor er fortfuhr: »Nehmen Sie die Zauberhöhle. Heutzutage können Sie jedes Kind durchschicken! Es ist hell darin, weil sie ein Oberlicht eingebaut haben. Ein Oberlicht! Zu meiner Zeit war da keine Luke, und die Zauberhöhle lag unter dem wuchernden Gestrüpp so gut versteckt wie eine Drachenhöhle. Wer dort reinging, brauchte Mumm.«

Norma lächelte in der Erinnerung. Vor der Restaurierung hatte sie sich einmal allein durch die Zauberhöhle getastet. Das Grausen ihrer Besucher zu wecken, war von jeher Sinn und Zweck der künstlichen Attraktion gewesen. Der Tunnel endete in einem Pavillon mit Ausblick auf den Strom. Aus der Dunkelheit ins Licht, sozusagen. »Wie lang ist die Höhle? 30 Meter? Mir kam sie dreimal so lang vor. Es war zappenduster, der Gang niedrig und gewunden, und man wusste nicht, wo man hintrat. Durchaus unheimlich!«

»Ich habe mich immer gefragt, ob man sie darin eingesperrt hatte.«

»Sie meinen, Yvette könnte in der Zauberhöhle gefangen gewesen sein?«, fragte Norma mit mulmigem Gefühl.

»Wer weiß?«, sinnierte der ehemalige Waldarbeiter laut. »In der Zeitung stand später, es wäre nicht so gewesen. Die Polizei hatte in der Höhle keine Spuren entdeckt.«

»Wo genau sind Sie auf Yvette gestoßen?«

»Sie lag hinter dem Pavillon, wo das Gelände steil abfällt. Da war ein Brombeerbusch, darin war sie gefangen, mehr tot als lebendig.« Mit dem älteren Kollegen habe er in der Nähe gearbeitet. Die Luft habe nach Schnee geschmeckt. Sie hätten die Mittagspause im Pavillon verbracht, als ihnen unterhalb der Mauerbrüstung eine Bewegung aufgefallen sei.

»Wir sind runtergeklettert. Von mir wollte sie sich nicht befreien lassen, aber Rolf, mein Kollege, der hatte so eine liebe Art … der konnte auch gut mit scheuen Tieren. Und sie war verstört wie eine verletzte Katze. Rolf gelang es, sie zu beruhigen. Als er ihr die Böschung hinaufhalf, fielen mir die Wunden an ihren Händen und Unterarmen auf. Die Haut war übersät von Schrammen und Verbrennungen. Sie konnte sich kaum auf den Beinen halten, obwohl sie groß war und kräftig wirkte. Rolf stützte sie, bis wir das Auto erreichten, ich bin ans Steuer. Wir haben alles stehen und liegen gelassen. Der Hausarzt von Rolf hatte eine Praxis in Rüdesheim. Dort sind wir hingefahren. Unterwegs sagte sie kein Wort, nur gewimmert hat sie. Das ging einem ans Herz. Der Doktor hat sich um das Mädchen gekümmert und die Polizei angerufen. Wir sind zurück in den Wald.«

»Haben Sie sofort erkannt, um wen es sich handelte?«

Leindecker warf Norma einen empörten Blick zu. »Was denken Sie? Dass wir hinter dem Mond leben? Uns war sofort klar, dass es die Vermisste aus dem Kloster war. Schließlich war der halbe Rheingau in Aufruhr und seit zwei Tagen auf der Suche nach ihr. Unser Chef hatte uns angewiesen, wir sollten die Augen aufhalten. Was tun Sie, Frau Tann?«

Norma hatte ihr Handy hervorgenommen. Im Internet rief sie eine Landkarte auf und gab die Strecke vom Kloster Eberbach zum Jagdschloss Niederwald ein, in dessen Nähe sich die Zauberhöhle befand. »Ich frage mich, wie Yvette von Eberbach in den Niederwald gelangt ist. Zu Fuß, das wäre möglich. Wenn man den direkten Weg kennt, sind es gut 17 Kilometer.«

»Vielleicht wurde sie entführt, und der Entführer hat sie an der Zauberhöhle ausgesetzt. Oder er ist sie anderswo losgeworden, und sie ist umhergeirrt, bis wir sie gefunden haben. Sie könnte auch von Eberbach hingelaufen sein.«

Seine Antwort war ohne Zögern gekommen, als habe er oft darüber gegrübelt. Unwillkürlich fragte sich Norma, ob er selbst oder der Kollege womöglich hinter der Entführung steckten. Ach was, das ewige Misstrauen einer ehemaligen Mordermittlerin! Sie schüttelte den Gedanken ab. Leindecker wirkte viel zu freundlich und zu sensibel für ein brutales Verbrechen. Andererseits hatte sie die Erfahrung gelehrt, dass der persönliche Eindruck manchmal trog. Wer vermochte in einen Menschen hineinzusehen? Aber bisher war auch eine Entführung nichts als Spekulation.

»Halten Sie es für möglich, dass sich Yvette bei einem Spaziergang im Wald verirrt hatte?«

Wiederum hatte er eine rasche Antwort parat. »Darüber haben Rolf und ich oft gesprochen. Keine Frage, die Taunuswälder sind tief, es gibt viele Schluchten. Trotzdem trifft man immer wieder auf einen größeren Weg, dem man nur folgen muss, um an eine Landstraße zu kommen. Und jede Landstraße führt irgendwann an einem Hof vorbei oder zu einem Dorf.«

Möglicherweise hatte Yvette es gar nicht darauf angelegt, in die Zivilisation zurückzufinden? War sie depressiv gewesen und suchte den Freitod? Diese Überlegung behielt Norma für sich. Stattdessen öffnete sie die Kohlezeichnung auf dem Display ihres Handys. »Sagt Ihnen das Bild eventuell etwas?«

Leindecker bettete das Telefon in seine breite, raue Handfläche und begutachtete den Bildschirm eingehend, bevor er feststellte: »Aha, ein Wetterschutzwagen.«

»Ein … was?«

»Man nennt ihn auch Itzelberger Waldarbeiterwagen. Man stellt ihn hin, wo er gebraucht wird.«

»Das ist gar keine Hütte?«, fragte Norma verdattert.

Leindecker grinste. »Es sei denn, eine Hütte hat Räder.« Er gab ihr das Handy zurück.

Norma beugte sich darüber und fuhr mit den Fingern über die Oberfläche, um einen Bereich des Bildes zu vergrößern. Zwei Details hatte sie bisher offensichtlich zu wenig Aufmerksamkeit geschenkt. »Ich Rindvieh! Diese dunklen Flecken, die ich für Gebüsch gehalten habe, das sollen Räder sein!«

Der ehemalige Waldarbeiter schaute sie mit großen Augen an.

»Was ist?«

»Mir ist gerade etwas eingefallen. Vor dem Einsatz im Niederwald haben wir beim Kloster Eberbach gearbeitet. Dort stand genau so ein Wetterschutzwagen vor genau so einer Fichtenhecke. An dem Nachmittag, als das Mädchen vermisst wurde, brannte er aus. Der Wagen war danach nicht mehr zu gebrauchen.«

Wieder rief sie die Karte auf, aktivierte die Umgebung vom Kloster Eberbach und bat ihn, den Standort des Wagens zu suchen. Zielsicher ließ er die Fingerspitze auf eine Wegkreuzung nördlich des Klosters sinken. Die Stelle lag nur wenige hundert Meter von der Klostermauer entfernt.

»Keine Zweifel?«, hakte sie nach.

»Hören Sie mal, ich kenne mein altes Revier wie mein Wohnzimmer!«

»Entschuldigen Sie bitte, ich muss ganz sichergehen. Auch, was den Tag betrifft.«

Entschieden sagte er: »Das weiß ich genau, der Wagen brannte am 19. November ab, es war ein Dienstag. Ich bin mir deswegen so sicher, weil es der Geburtstag meiner Freundin war. Ich hatte Marina einen Walkman versprochen, ein tolles Ding, das ich vorher ausprobiert habe. Dummerweise hatte ich ihn im Wetterschutzwagen beim

Kloster vergessen. Als es mir einfiel, war das teure Teil schon geklaut worden oder mit dem Wagen verbrannt. Meine Freundin hat vielleicht getobt! Geheiratet hat Marina mich trotzdem.« Er lächelte glückselig.

»Wie kam es zu dem Feuer?«

»Es gab einen Holzofen im Wagen. Kann sein, dass sich Wanderer aufwärmen wollten und das Feuer unterschätzten. Kann sein, dass sich jugendliche Randalierer zu schaffen machten. Kann sein, dass Leute aus dem Kloster gekokelt haben. Man hat dort diesen Film gedreht, wie Sie sicher wissen. Im Kloster ging es zu wie im Bienenstock.«

»Mit anderen Worten«, fasste Norma betrübt zusammen, »kann sein, dass es ganz anders war. Wissen Sie, ob das Feuer ausbrach, bevor oder nachdem Yvette Betzmer verschwand?«

Nachdenklich rieb er sich das Kinn. »Wenn ich mich nicht täusche, geschah beides am Nachmittag.«

Als er wissen wollte, woher die Zeichnung stammte, gab sie eine ausweichende Antwort und erkundigte sich stattdessen nach dem früheren Kollegen.

Leindecker blinzelte bekümmert. »Sie fragen ein Vierteljahr zu spät. Rolf hat sich die Lunge weggepafft, wenn Sie wissen, was ich meine. Sie könnten ihn auf dem Friedhof besuchen.«

»Und der Arzt, zu dem Sie Yvette gebracht haben?«

»Die Praxis besteht nicht mehr, und den Doktor finden Sie dort, wo Rolf liegt. Ich muss mich auf den Weg machen, Frau Tann. Marina wartet mit dem Mittagessen«, sagte er mit einem Blick auf die Armbanduhr und erhob sich.

Auch Norma stand auf und bedankte sich für das Gespräch.

Wilfried Leindecker betrachtete für einen Augenblick wie gebannt einen Rosenzweig, bevor er sich umwandte und fragte: »Wissen Sie, was mir nicht aus dem Kopf geht? Nachdem wir sie entdeckt hatten, verfangen in diesem Brombeerbusch, da stierte sie mich an und öffnete den Mund, als wollte sie schreien. Es kam kein Laut aus ihrem Mund. Das Mädchen schrie ohne einen einzigen Ton. Das Bild bekomme ich nicht mehr los. Und den Blick ihrer Augen. Wie irre hat sie geguckt. Als sei sie dem Teufel persönlich begegnet.«

Norma glaubte nicht an den Teufel im religiösen Sinn, an den Teufel in Menschengestalt allerdings schon. Wer oder was hatte der jungen Frau den Verstand geraubt? Gedankenverloren sah sie Wilfried Leindeckers schlaksiger Gestalt nach, bis er durch das Tor verschwunden war, und kehrte zur Bank zurück. Auf dem Rasenstück hatte sich ein Stockentenpaar eingefunden. Während sich die Ente misstrauisch in sicherer Entfernung hielt, watschelte der Erpel in der Hoffnung auf Futter um Normas Füße herum. Als er merkte, dass bei ihr außer freundlichen Worten nichts zu holen war, gesellte er sich zu seiner Gefährtin, tat es ihr gleich und putzte sein Gefieder. Norma schaute den emsigen Vögeln zu, ohne sie wirklich wahrzunehmen. In ihr tobte ein Aufruhr, sie fühlte sich regelrecht elektrisiert. Das Gespräch mit Wilfried Leindecker hatte Antworten geliefert, aus denen sich neue Fragen ergaben. Es war wie so oft im Leben: Je tiefer man bohrte, umso mehr Gräben taten sich auf.

Die geduckte Gestalt vor dem Wetterschutzwagen: Sollte sie Yvette darstellen? Und wenn ja, war Yvette geflohen, bevor der Wagen Feuer fing, oder war sie die Brandstifterin?

33

Kloster Eberbach
Samstag, der 18. September

Lustlos und von brummenden Kopfschmerzen geplagt ruhte Ecki auf dem Bett. Sein müder Blick fiel auf einen Sinnspruch an der Wand: »Nicht die Armseligkeit macht den Menschen selig, sondern die Barmherzigkeit.« Bernhard von Clairvaux, Zisterziensermönch und Gründer des Klosters Eberbach, wäre ebenfalls ein Dokudrama wert, dachte er beiläufig. Glücklicherweise war kurzfristig ein Zimmer im Klosterhotel frei geworden. Mit seinem Team auf derselben Etage fühlte er sich weniger ausgeliefert. Nicht das rollende Heim war das Problem. Es ließ sich sichern wie Fort Knox. Sorgen bereitete ihm vor allem der Weg dorthin. Zu viele Verstecke vor und auf dem Parkplatz. Dunkle Nischen, in denen finstere Gestalten lauern könnten. Quälend kreisten seine Gedanken um die Frage, warum ihn der Angreifer nicht getötet hatte. Hatte er im letzten Moment Mitleid mit ihm verspürt? Oder genoss der Täter es, mit ihm zu spielen wie die Katze mit der Maus? Mulmige Grübeleien, die ihn zwangsläufig zu Axel führten.

Seit Jahrzehnten waren sie sich nicht mehr begegnet, obwohl nur das Flussbett sowie wenige Kilometer Luftlinie das Mainzer Stadtgebiet vom Rheingau trennten. Wie oft hatte sich Ecki dabei ertappt, in der Altstadt und anderswo unwillkürlich nach Axels hochgewachsener Gestalt Ausschau zu halten – aus lauter Sorge, dem Kumpel von einst unvermittelt gegenüber zu stehen. Und nun wäre es beinahe dazu gekommen. Wenn es stimmt, was Norma behauptete, hatte sich Axel im Getümmel in der Klostergasse wenige Armlängen vor ihm befunden. Norma wollte gesehen haben, dass er und Axel fast zeitgleich diese vermaledeite Kohlezeichnung entdeckt hätten. In Axels Streitsucht suchten die Medien das Motiv für den Mord. Daran würde er selbst nur zu gern glauben, gäbe es dieses verdammte Stück Papier nicht.

Mühsam erhob er sich, trat an die Minibar heran und kehrte mit einer Dose Cola light zum Bett zurück. Norma hatte ihn aus dem Rad befreit, was er ihr hoch anrechnete. Noch schien sie keine Ahnung zu haben, was hinter der Zeichnung steckte. Wieder einmal rang Ecki mit sich, ob er ihr nicht endlich reinen Wein einschenken sollte. Er hatte sie aus dem diffusen Gedanken heraus engagiert, sich mit einer Ex-Polizistin an der Seite sicherer zu fühlen, konnte sich aber nicht überwinden, in aller Offenheit mit ihr zu reden. Galt nicht auch für eine Privatdetektivin eine Verschwiegenheitsklausel? Andererseits wäre jeder Mitwisser einer zu viel. Weit bedeutendere Regisseure als seine Wenigkeit waren aufgrund von schmutzigen Lappalien in Abgründe gestürzt worden. Abwarten, Ecki!, beschloss er und leerte die Dose in einem Zug.

Als er sich eine zweite Cola holen wollte, kontrollierte er das Handy, das er auf dem Schreibtisch abgelegt und auf »Nicht stören« geschaltet hatte. Von Nelly waren im Fünf-Minuten-Takt Anrufe eingegangen. Prompt blinkte der nächste auf.

Dieses Mal reagierte Ecki. »Was gibt's, Nelly?«

»Entschuldige, ich weiß, du solltest dich schonen. Aber wenn du morgen wirklich drehen willst, gibt es noch allerhand zu tun. Die Schauspielschüler werden gleich eintreffen und brauchen Anweisungen für die erste Probe. Die

Maskenbildnerinnen, die du extra … Ecki? Ecki!« Sein Aufstöhnen hatte sie unterbrochen.

Wie konnte er seine kostbare Zeit auf dem Bett verplempern? »Bin auf dem Weg«, versicherte er hastig.

Die aufwändige Szene war für morgen Vormittag, am Sonntag, vor dem Hospitalkeller geplant und schilderte Philipp Lindpaintners bahnbrechende Aktion, zu der sich der 23-Jährige nach seinem Eintritt in die Anstalt im Jahr 1817 berufen gefühlt hatte. In der Überzeugung, dass eine Anstalt für Geisteskranke von allem befreit werden müsste, das an einen Kerker erinnerte, ließ er die Gitter vor den Fenstern herausbrechen. Im Dialog mit Dr. Windt (der fertiggestellten Szene vor dem Barocktor) hatte Ecki das Thema, das den Direktor charakterisierte, bereits anklingen lassen. Die Dreharbeiten zur »großen Szene« hatte er nahezu herbeigesehnt und in Gedanken bereits die anrührenden Bilder entworfen: erbarmungswürdige Gestalten, die ihre Hände hinauf zur Freiheit reckten – sinnbildlich als hellblauer Himmel dargestellt –, weil der menschenfreundliche Direktor den psychisch Kranken die Ketten abnehmen ließ. Nicht frei von Kitsch, zugegeben, doch ungeheuer wirkungsvoll. Dafür hatte Ecki zusätzlich zwei ausgezeichnete Maskenbildnerinnen und ein halbes Dutzend junger Komparsen engagiert.

»Was, um Himmels willen, ist los mit dir?«, fragte Nelly, und die Verunsicherung war ihrer Stimme anzuhören. »Du meine Güte, noch nie hast du einen Termin vergessen! Liegt es an deinem Kopf? Ist es eine Gehirnerschütterung? Wäre kein Wunder, aber zum Arzt wolltest du ja nicht.«

Ecki bemühte sich um eine beschwichtigende Antwort, nicht nur für Nellys, auch für seine eigenen Nerven, und eilte aus dem Zimmer.

34

Zur Mittagspause teilte Norma sich den Tisch wieder einmal mit Nelly und Marielle. Minuten später stießen Paul und Tom dazu. Ecki ließ sich kurz im Gastraum blicken, um sich gleich darauf mit zwei Frauen, die seit geraumer Zeit gewartet hatten, in ein Nebenzimmer zurückzuziehen. Marielle und Norma schauten beiden Besucherinnen hinterher.

»Das sind zwei absolut angesagte Maskenbildnerinnen«, erklärte Nelly, Normas Frage vorwegnehmend. »Sie arbeiten für die großen Wiesbadener und Mainzer Bühnen.«

»Morgen früh sollen sie hochmotivierte Schauspielschüler und -schülerinnen in derangierte Heiminsassen des 19. Jahrhunderts verwandeln«, ergänzte Paul.

Tom grunzte eine Zustimmung.

»Ach ja«, seufzte Marielle und kräuselte die Stupsnase. »Eckis Szene der Szenen. Wenn auch ohne mich! Wenigstens kann er mich nicht schikanieren. Bist du über den Drehplan im Bilde, Norma?«

»Ecki hat mir den Ablauf erklärt. Es wird der wichtigste Part des Films, sagte er.«

Es würde der Höhepunkt seines Werks, hatte ihr der Regisseur bei einer Arbeitsbesprechung vorgeschwärmt. Die anspruchsvolle Episode spielte, chronologisch gesehen, zu Beginn der Handlung und damit vor dem Einzug der Fürstin Sophie alias Frau von Roth. Ecki hatte Norma mit präzisen Instruktionen versorgt und ihr zur Unterstützung sogar weiteres Sicherheitspersonal zugesagt, das unter ihrer Leitung agieren sollte. Schauplatz des Spektakels wäre der Hof vor dem Hospitalgebäude. Extra dafür entworfene Kulissen wie hölzerne Verschläge und Mauern mit vergitterten Fenstern würden die beklemmende Atmosphäre einer Irrenanstalt schaffen. Zaungäste wären unvermeidlich, aber zu dulden, sofern sie sich still verhielten und hinter den Absperrungen blieben, hatte der Regisseur beschlossen.

»Wenn man vom Teufel spricht«, murmelte Nelly und schob den Teller von sich. »Der Job ruft. Die Komparsen sind da.«

Sie erhob sich und eilte drei Männern und drei Frauen entgegen, die soeben durch die Tür gekommen waren und sich suchend umschauten. Nellys Stuhl blieb nicht lange unbesetzt, Wenke nahm den Platz ein. Sie wirkte blass und vermied jeden Blickkontakt, was neben Norma auch Marielle nicht verborgen blieb.

»Du wirst uns doch nicht krank?«, fragte die Schauspielerin und tätschelte Wenkes Arm, als hätte sie einen unbeholfenen Welpen vor sich.

Wenke zuckte zusammen. Das Blut schoss ihr ins Gesicht. Norma musste an Eckis Anspielung denken. Falls Wenke und Marielle eine Liebesbeziehung hatten, wussten sie das geschickt zu verbergen. Eher stießen Wenkes Gefühle nicht auf die ersehnte Gegenliebe. Alles sei in Ordnung, behauptete die Kamerafrau ausweichend – was wohl glatt gelogen war, wie jeder am Tisch zu spüren schien. Die gelöste Stimmung war dahin. Die weitere Unterhaltung verlief zäh, während Wenke eisern schwieg und freudlos im Salat herumstocherte.

Als Norma sich am Kaffeeautomaten bediente, stand sie überraschend hinter ihr und fragte: »Können wir reden?«

Norma wandte sich um. »Jetzt gleich, wenn du möchtest. Ich hätte eine Stunde Zeit, dann fahre ich nach Wiesbaden.«

Wenke starrte an ihr vorbei. »Geht leider nicht, Ecki braucht mich wegen der Szene morgen, wir müssen die Details klären. Er will die Morgensonne nutzen, es soll sehr zeitig losgehen. Könntest du heute Abend?«

»Sorry, aber da bin ich mit meinem Freund verabredet.«

»Schon klar.« Wenke schien in sich zusammenzufallen. Lag ihr so viel an der Unterredung?

»Ein Vorschlag! Warum treffen wir uns nicht später am Abend? Ich schlafe nicht in meiner Biebricher Wohnung, sondern hier im Hotel, damit ich morgen rechtzeitig am Set bin. Ich melde mich bei dir. Auf jeden Fall vor Mitternacht, einverstanden?«

Wenke stimmte zu und ging mit gesenktem Blick davon.

35

Wiesbaden
Samstag, der 18. September

Ecki hatte ihr für den Rest des Tages offiziell freigegeben, um sich gemeinsam mit den Mitwirkenden der »großen Szene« für den kommenden Morgen zu wappnen. Norma nutzte den Nachmittag für einen Besuch bei Mark Abelmanns Schwester. Mit den Gedanken bei Wenke trat sie die Fahrt nach Wiesbaden an. Sie hatte die Kamerafrau als stillen, in sich gekehrten Menschen wahrgenommen und mit ihr bisher kaum mehr als Belanglosigkeiten gewechselt. Dass Wenke nun das Gespräch suchte, überraschte sie. Was auch der Grund sein mochte, gegen Mitternacht würde sie mehr wissen. Norma beschloss, nicht länger über Wenke nachzugrübeln und sich lieber auf die Stunden mit Timon zu freuen. Sie würden sich am frühen Abend bei ihm treffen und gemeinsam kochen, essen und ungestörte Zweisamkeit erleben. Die beste Gelegenheit, um ihm endlich von Evas Wohnung zu erzählen! Zwischenzeitlich war sie zu der Erkenntnis gekommen, dass es keinen Grund für ihr Zögern gab. Unter einem Dach und dennoch jeder im eigenen Reich: Was sollte falsch daran sein? Oder hatte sie Bedenken wegen der ungewohnten täglichen Nähe? Hin- und hergerissen zwischen Zweifel und Zuversicht ließ sie Kiedrich, das sich mit dem Zusatz »gotisches Weindorf« schmückte, hinter sich und erreichte die Bundesstraße, die sich nach kurzer Strecke zur Autobahn verwandelte. Beim Schiersteiner Kreuz bog Norma nicht wie gewohnt rheinwärts nach Biebrich ab. Ihr Ziel lag in der entgegengesetzten Richtung. Die Weiterfahrt führte sie durch den Wiesbadener Vorort Dotzheim und bis hinauf nach Klarenthal. Mit seinen Hochhausreihen, die sich vor den dunklen Taunushängen zackenartig abzeichneten, stand der Stadtteil für die betongewordenen Bau- und Wohn-Visionen der 1960er-Jahre. Beinahe wären sogar die heutzutage so hochgeschätzten Villenviertel des Historismus und der Gründerzeit der damaligen Stadtentwicklung zum Opfer gefallen, hätten sich nicht entschlossene Bürgerinnen und Bürger diesen Plänen entgegengestellt.

Das Navigationsgerät führte Norma in eine Reihenhaussiedlung mit liebevoll gestalteten Vorgärten. Sie parkte den Wagen neben einem Zaun, hinter dem knallgelber Sonnenhut mit violetten Astern um die Wette blühte. Dass Mark Abelmanns Schwester nach kurzem Zögern einem Treffen zugestimmt hatte, mochte ihrer Neugierde auf eine Privatdetektivin geschuldet sein. Zumindest war es Norma so vorgekommen. Hoffentlich würde sich der Besuch nicht als vertane Zeit erweisen. Bevor sie die Hand zur Klingel ausstrecken konnte, öffnete sich die Haustür. Mit der braunen Kurzhaarfrisur und dem offenen Lächeln wirkte Carola Abelmann so sympathisch, dass Normas Hoffnungen auf eine, falls nicht fruchtbare, so zumindest freundliche Unterhaltung wuchsen.

Die Hausherrin lud sie ins Wohnzimmer ein und räumte im Vorübergehen einen Stapel Schulbücher und Hefte vom Esstisch. »Meine Enkelin lässt gern alles stehen und liegen. Im Augenblick ist Emily auf dem Weg zum Training, sie spielt Handball in der Jugendmannschaft. Meine Tochter bringt sie hin. Wir sind also ungestört.«

»Sie wohnen gemeinsam hier?«

»Zu dritt, ja, eine echte Frauen-WG«, antwortete Carola Abelmann und zeigte erneut das gefällige Lächeln. »Ich bin geschieden, und meine Tochter ist alleinerziehend. Bitte, nehmen Sie Platz.«

Sie ließ Norma allein, um Getränke zu holen. Norma zog sich einen Stuhl heran.

Nachdem ihre Gastgeberin mit einer Kanne Tee und einer Schale voll Gebäck zurückgekehrt war und sich ebenfalls gesetzt hatte, kam Norma ohne Umschweife auf den Anlass ihres Besuchs zu sprechen. »Von Ihrem Bruder habe ich erfahren, dass Sie gut mit Yvette Betzmer bekannt waren. Yvette lebte in dem Pflegeheim, in dem Sie arbeiten, nicht wahr?«

»Das ist richtig, ich mochte Yvette, obwohl sie uns Pflegerinnen das Leben manchmal reichlich schwer gemacht hat«, bekannte Carola. »Am Telefon haben Sie gesagt, dass Sie Privatdetektivin sind und herausfinden wollen, was 1985 mit Yvette passiert ist. Hat ihr Sohn Sie beauftragt?«

»Ich handele aus eigenem Antrieb«, antwortete Norma aufrichtig. »Auf diese Geschichte bin ich zufällig gestoßen, und mich faszinieren rätselhafte Fälle wie dieser. 1985 hat sich anscheinend niemand ernsthaft um Aufklärung bemüht.«

»Es hätte mich sehr gewundert, wenn der Sohn Sie geschickt hätte.«

Norma beugte sich gespannt vor. »Was wäre so ungewöhnlich daran?«

Carola erklärte verärgert: »Der Mann hat sich in all den Jahren überhaupt nicht um seine Mutter gekümmert!«

»Ihr Bruder hat mir von Yvettes Sohn erzählt. 1985 war er neun Jahre alt, er heißt Jörg. Hat er sich denn selbst nach Yvettes Tod nicht im Pflegeheim gemeldet?«

»Oh, doch«, antwortete Carola. »Allerdings erst im Juni und nicht persönlich, wie es sich aufgrund des Trauerfalls gehört hätte. Eine Kollegin aus der Heimverwaltung, mit der ich befreundet bin, erhielt eine E-Mail von ihm. Sie hat mir die Nachricht zu lesen gegeben, weil sie so schockiert war. Darin behauptet der Sohn, die Großmutter hätte ihm 1988, als er ein Kind war, erzählt, dass die Mutter tot sei. Was auch deswegen hart gewesen sei, weil im Jahr davor der Vater gestorben wäre.«

Aufmerksam rückte Norma auf die Stuhlkante vor. »Die Großmutter hat dem Enkel den Tod der Mutter vorgegaukelt? Das erscheint mir …«, sie suchte nach einem passenden Wort, »herzlos! Warum flog die Lüge auf?«

»Weil die Großmutter starb. Das geschah im Juni, einen Monat nach Yvettes Tod. Ein Anwalt meldete sich beim Sohn und übergab ihm einen Brief, in dem ihm die Großmutter offenbarte, dass die Mutter nach ihrem angeblichen Ableben noch drei einsame Jahrzehnte in Heimen verbracht hatte.«

»Und da Yvette kein Wort gesprochen hat, hat sie auch nie nach Jörg gefragt«, stellte Norma fest.

»Das ist richtig. Yvette hat nie auch nur irgendwas gefragt. Sie lebte auf einem anderen Stern. Trotzdem habe ich gespürt, dass sie mehr von ihrer Umgebung und den Gesprächen mitbekam, als sie uns zeigen konnte. Oder wollte.«

Norma ließ für einen Moment nachwirken, was sie erfahren hatte, und griff nach der Teetasse. »Wer hat das Heim bezahlt, wenn der Sohn die Mutter für tot hielt?«

»Das Geld kam über ein Anwaltsbüro, wie ich von meiner Kollegin gehört habe.«

»Vermutlich im Auftrag von Yvettes Mutter?«

»So wird es gewesen sein«, stimmte Carola ihr zu. »Der Anwalt hatte sich auch um Yvettes Beerdigung gekümmert. Ihrer Mutter ging es nicht gut, sie ist ja bald darauf ebenfalls verstorben.«

»Die Großmutter hat all die Jahre an Yvettes Sohn vorbeigehandelt«, stellte Norma kopfschüttelnd fest.

»Manche Leute nehmen ihre Lebenslüge mit ins Grab.« Carola zuckte mit den Schultern, als wäre ihr so etwas nicht zum ersten Mal begegnet.

Norma versuchte, sich in die Situation der Großmutter zu versetzen. »Vielleicht hat sie sich gescheut, dem Enkel zu offenbaren, dass seine Mutter niemals wieder nach Hause kommen würde? Yvettes Zustand hätte das nicht erlaubt. Sie musste lebenslang in der Psychiatrie bleiben. Ihm den Tod der Mutter vorzumachen, erschien ihr als die einfachere Antwort, und aus der Unwahrheit fand sie nie mehr heraus.«

»So könnte es gewesen sein. Andererseits, wer weiß, ob das angebliche Nichtwissen des Sohnes nicht nur eine faule Ausrede ist? Auf diese Weise kann ihm niemand vorwerfen, er hätte seine Mutter vernachlässigt.«

Yvette Betzmer war Mitte 60, als sie starb, überlegte Norma und erschrak bei dem Gedanken an Lutz, der im selben Alter war. Ihrem agilen und sportlichen Freund standen hoffentlich noch eine Menge guter Jahre bevor. »Woran ist sie gestorben?«

Carola griff zur Zuckerdose und leerte gedankenverloren den Löffel über der Teetasse aus. Beim Umrühren sagte sie: »Der Hausarzt hat Herzversagen in den Totenschein geschrieben. Meiner Meinung nach ist sie an verlorenem Lebensmut gestorben.«

»Haben Sie eine Vorstellung davon, was Yvette im Herbst 1985 widerfahren ist?«

»Yvette hat sich kaum äußern können«, erklärte Carola mit betrübtem Lächeln. »Ein Nicken, ein Kopfschütteln, nur das war möglich. Zu einer direkten Kommunikation war sie nicht fähig.«

»Was ist mit Bildern?«, fragte Norma hoffnungsvoll. »In Therapien wird doch gezeichnet und gemalt?«

»In den letzten Jahren hatte sie tatsächlich mit dem Zeichnen begonnen, was ihr recht gut gelang. Sie hat Tiere aus Büchern abgemalt oder im Winter die Vögel am Futterhäuschen skizziert. Auch Landschaften mochte sie. Den Rhein, die Alpen, so was. Meistens nach Fotos.« Carola lächelte versonnen.

»Und dazu Persönliches?«

»Wenn ja, hat sie diese Bilder niemandem gezeigt. Einmal …« Carola brach ab.

»Bitte sprechen Sie offen! Was ist Ihnen aufgefallen?«

Die Pflegerin schien sich einen Ruck zu geben, bevor sie sagte: »In den Therapiestunden hat Yvette gern mit Aquarellfarben gemalt, so bunt, wie die Natur es vorgibt, darin war sie sehr genau. Wenn sie allein war, malte sie völlig anders. Wenige Monate vor ihrem Tod bin ich in ihr Zimmer gekommen, und sie hatte mein Klopfen überhört. Auf ihren Knien lag ein Zeichenblock, auf dem sie anstatt mit Farben mit einem Kohlestift hantierte. Das Blatt war über und über mit Schwärze bedeckt, es gab kaum weiße Flächen. Bevor ich Einzelheiten erkennen konnte, hat sie es mit einem losen Blatt abgedeckt.«

»Gab es weitere dieser Kohlezeichnungen?«

»Unsere Bewohner haben ein Recht auf ihre Privatsphäre. Wir gucken nicht in ihre Schränke.« Carola senkte den Kopf und sah zur Seite.

»Ich spüre doch, dass Ihnen Yvette nicht gleichgültig war. Hin und wieder wird etwas im Zimmer liegen geblieben sein«, vermutete Norma beiläufig, »was Sie fortgeräumt haben, auch wenn Yvette nicht dabei war. Und dabei haben Sie einen Blick auf ihre Bilder geworfen, ganz nebenbei?«

»Nebenbei?«, wiederholte Carola und gab ein unterdrücktes Murren von sich. »Das war nichts, was man auf die Schnelle durchblättern konnte, das hatte es in sich. Der reine Horror, sage ich Ihnen! Die pure Angst spiegelte sich darin. Ersparen Sie mir, das näher zu beschreiben.«

Norma erkannte, dass sie, was den Inhalt betraf, nichts Konkretes erfahren würde. Auf dem Smartphone öffnete sie die Datei mit der Zeichnung aus der Klostergasse. »Haben Sie dieses Bild bei Yvette gesehen?«

Carola stand auf, um ihre Brille zu holen. Aufmerksam studierte sie das Handydisplay. »Das kenne ich nicht, tut mir leid.«

»Könnte es von Yvette sein?«

»Gut möglich. Ich habe darauf verzichtet, mir alle Blätter anzusehen, so schlimm, wie sie waren.«

»Wo sind Yvettes Sachen geblieben?«, fragte Norma gespannt. Anders als die Pflegerin hätte sie allzu gern jede einzelne Zeichnung betrachtet.

»Nach Yvettes Tod hat meine Kollegin den französischen Anwalt informiert. Auf seine Veranlassung kam eine Frau, die Yvettes Besitztümer abgeholt hat. Viel war es nicht. Ich habe ihr beim Einpacken geholfen. Dabei bin ich auf etwas Überraschendes gestoßen.«

»Was haben Sie gefunden?«

»Nun ja«, sagte Carola bedächtig. »Yvette sprach nie auch nur ein Wort, und niemand hat je beobachtet, dass sie je etwas aufgeschrieben hätte. Trotzdem lag ganz unten in einer Schublade ein kleiner Stapel Notizhefte. Alle Seiten waren beschrieben.«

»Von Yvette?«

Carola zuckte die Achseln. »Anzunehmen, so chaotisch, wie die Schrift verlief. Ich habe nur wenige Worte lesen können. Verrat, Hinterlist, glühende Eisenstangen, Ketzerei.«

»Eisenstangen und Ketzerei? Sind Sie sicher?«

»Ja, diese Wörter sind mir im Gedächtnis geblieben, ich fand sie unheimlich! Bevor ich mehr entziffern konnte, hat die französische Dame mir das Heft freundlich, aber bestimmt aus der Hand genommen und alles eingepackt.«

»War sie eine Angehörige?«

»Nein, ausgeschlossen. Für Yvette selbst hat sie sich nicht im Geringsten interessiert, sie wollte nur fix ihren Auftrag erledigen. Sie sprach genug Deutsch, um sich zu verständigen.«

»Wie hieß die Frau?«

»Sie hat sich nicht vorgestellt.«

»Kennen Sie den Namen des Anwalts?« Als Carola auch dieses verneinte, fragte Norma nach der Kollegin, die ihn kontaktiert hatte.

Die Kollegin und Freundin sei unterwegs auf dem Jakobsweg. Ohne Handy. Diese Auszeit gönne sie sich jedes Jahr. »In einer Woche kommt sie zurück. Vorher kann ich sie nicht erreichen.«

Norma musste sich also gedulden. Sie verzichtete auf weitere Fragen und dachte über das Gespräch nach. Der Anwalt wird die Sachen dem Sohn übergeben haben, war zu vermuten. Einen »Jörg Betzmer« passenden Alters hatte sie bisher weder in den sozialen Netzwerken noch mithilfe von unterschiedlichen Suchmaschinen aufspüren können. Erstaunlicherweise gab es tatsächlich Menschen, die ohne sichtbare digitale Fußabdrücke durchs Leben gingen. Über die Korrespondenz des Pflegeheims müsste wenigstens die E-Mail-Adresse des Anwalts festzustellen sein, doch Norma würde auf Granit beißen, prophezeite Carola, als sie in den Vorgarten hinaustraten. Die Chefin wache wie ein Zerberus über den Datenschutz, und wenn herauskäme, fügte die Pflegerin besorgt hinzu, dass sie über eine Bewohnerin geplaudert habe, müsse sie mit einer Abmahnung rechnen. Bei diesem Thema sei ihre Chefin absolut kompromisslos, und sie selbst habe sowieso schon viel zu viel erzählt.

»Keine Sorge, von mir erfährt niemand etwas«, versprach Norma. Es gehörte zu ihren Prinzipien, mit Vertraulichem auch vertraulich umzugehen.

In den Blumenbeeten umkreisten Schmetterlinge den Sonnenhut. Am Bordstein hielt ein Wagen. Auf der Rückbank saß ein etwa zehnjähriges Mädchen und klopfte ausgelassen gegen die Fensterscheibe. Ihre Enkelin, bemerkte Carola freudig.

»Erlauben Sie mir eine allerletzte Frage?«, bat Norma. »Warum haben Sie so frei über Yvette gesprochen, obwohl Sie das eigentlich nicht dürften?«

Das Mädchen stieß die Autotür auf. Die Fahrerin stieg aus und ging zum Kofferraum, um eine Sporttasche herauszunehmen.

Carola winkte ihnen zu, bevor sie sich wieder Norma zuwandte. »Sie sollten wissen, Frau Tann, in meinem beruflichen Leben bin ich vielen psychisch kranken Menschen begegnet. Jeder hatte seine eigene Geschichte, sein ganz persönliches Leiden. Die meisten Patientinnen und

Patienten öffnen sich in Gesprächen, sobald sie Vertrauen gefasst haben. Aber an Yvette ist niemand herangekommen, weder ich noch die anderen Pflegerinnen. Nicht die Therapeuten, nicht die Ärzte. Die Narben auf Yvettes Händen, den Armen und ihrem Rücken sind über die Jahre verblasst, doch ihre Seele durfte nicht vergessen. Yvette hat ihr Geheimnis mit ins Grab genommen. Ich wüsste einfach gern, wer dieses Leben kaputtgemacht hat.«

Eine Frage, die auch Norma umso intensiver umtrieb, je mehr sie über Yvette zu hören bekam. Sie trat zur Seite, um den Weg freizugeben. Mit rudernden Armen stürmte das Kind seiner Großmutter entgegen.

36

Nach dem Gespräch mit Carola Abelmann fuhr Norma nicht sofort los, sondern nahm ihr Handy hervor, um im Polizeipräsidium anzurufen. Sie hätte ebenso gut Milanos oder Wolferts Mobilnummer wählen können. Der Festnetzanschluss ersparte ihr jedoch die Entscheidung zwischen den beiden Kommissaren. Ein aktueller Mordfall verlangte selbst am Samstagnachmittag den vollen Einsatz des Ermittlerteams. Die männliche Stimme, die sich am anderen Ende der Leitung meldete, klang weder so brummig wie Milanos volltönendes Organ noch so zuvorkommend wie Wolfert. Der Polizist, dessen Name ihr unbekannt war, bestätigte, dass beide Hauptkommissare im Haus seien. Gleich darauf war Wolfert persönlich am Apparat.

»Zeit für einen Kaffee?«, fragte sie. »Allerdings kann ich mir gut vorstellen, wie euch der Fall Teubener auf Trab hält.«

»Komm nur vorbei, Norma! Eine Pause täte Luigis Laune gut.«

Offenbar pflegte Milano einmal mehr seinen Ruf als Griesgram. Eine Viertelstunde später stellte sie den Wagen in einer Nebenstraße der Konrad-Adenauer-Allee ab und legte das letzte Stück zu Fuß zurück. Milano nahm sie im Foyer des Polizeipräsidiums in Empfang und hielt sich nicht mit einer blumigen Begrüßung auf. Sie folgte seiner massigen Gestalt über die langen Flure, denen – wenn man sich die breiten Türen anschaute – die ursprüngliche Konzeption des Gebäudekomplexes als Lazarett in den 1930er-Jahren anzusehen war. Von der Nachkriegszeit bis zur Jahrtausendwende hatte er den US-Streitkräften als Krankenhaus gedient, bis anschließend die hessische Polizei eingezogen war. Norma hatte einige Berufsjahre in diesem Präsidium verbracht.

Wolfert erwartete sie in der Cafeteria und hatte jeweils einen Milchkaffee und ein Stück Obsttorte für sich und Norma auf den Tisch gestellt. Norma hatte wenig Appetit auf Süßes, wollte jedoch nicht unhöflich erscheinen und bedankte sich.

»Und du?«, wandte sie sich an Milano, nachdem sie den ersten Bissen aufgegabelt hatte.

Milano saß vor einem Becher mit schwarzem Kaffee und sonst nichts, was erstaunlich war für ihn, der sich gewöhnlich keine Nascherei entgehen ließ. Bedächtig tätschelte er seinen stattlichen Bauch. »Intervallfasten! Befinde mich gerade in der Nicht-Essen-Phase. Das klappt super!«

Aha, der Grund für die Übellaunigkeit? Sein mürrischer Gesichtsausdruck wollte nicht zu der Aussage passen.

Trotzdem lobte Norma sein Vorhaben und fragte: »Seit wann hältst du das durch?«

»Seit heute«, brummte er grimmig.

Wolfert schmunzelte in sich hinein und kostete von seinem Tortenstück, bevor er auf den Angriff auf Winterstein zu sprechen kam. »Die Rheingauer Kollegen halten uns auf dem Laufenden. Es war der Malermeister persönlich, der vergessen hatte, sein Fahrzeug abzuschließen. Alle Utensilien, die im Zusammenhang mit dem Überfall aufgefunden wurden – Pinsel, Farbe und das Klebeband für das Vorhängeschloss –, stammen aus dem Wagen. Von der Schludrigkeit abgesehen, erscheint der Handwerker solide und absolut unverdächtig.«

»Das spricht gegen einen geplanten Überfall«, sagte Norma. »Da hat jemand die Gelegenheit beim Schopf gepackt.«

»Sehe ich auch so«, pflichtete Wolfert ihr bei. »Wie geht es Winterstein? Sind ihm irgendwelche Details eingefallen?«

»Ecki ist unverwüstlich und denkt nur an sein Projekt«, antwortete Norma. »Soweit ich weiß, hat er keine neuen Erinnerungen. Wie steht es mit eurem Verdacht gegen Daniel Lenges?«

»Wenn jemand Gründe hatte, Teubener zu töten, dann ein Mann, der Frau und Kind verloren hat und seinem Nachbarn die Schuld dafür gibt«, knurrte Milano und hielt den Blick starr auf Normas Kuchenteller gerichtet. »Isst du das alles auf?«

»Klar«, meinte sie und führte sich genüsslich den nächsten Bissen zum Mund. Wie so oft kam der Appetit beim Essen.

»Hol dir auch was Süßes«, schlug Wolfert munter vor. Sein Teller war beinahe geleert. »Ganz köstlich!«

»Ich habe keinen Hunger«, fauchte Milano.

»Daniel Lenges?«, fragte Norma wieder.

»Wir mussten ihn heute Morgen laufen lassen«, antwortete Wolfert mit einem resignierten Achselzucken. »Dem Richter genügen die Indizien für die weitere Untersuchungshaft nicht. Für uns bleibt er unter Verdacht, ist aber nicht der Einzige.« Der letzte Satz hatte entschieden geklungen.

Norma horchte auf. »Heißt das, ihr seid außerdem einem anderen auf der Spur?«

Milano schaute fragend auf Wolfert, der mit einem angedeuteten Nicken einwilligte, und sagte: »Teubeners Sohn Ricky! Wenn einer vom Mord profitiert, dann der Junge. Ihn knöpfen wir uns als Nächstes vor.«

Norma nickte. »Ich habe ihn kennengelernt. Was ist mit der Frau? Annegret Teubener erscheint mir wie eine Mutter, die alles für ihren Sprössling täte. Was hast du vor, Luigi?«

Der Kommissar hatte sich vom Stuhl hochgewuchtet.

»Die Käsesahnetorte macht mich wahnsinnig«, murmelte er und steuerte mit festen Schritten auf die Kuchenvitrine zu, um zwei Stücke auf einmal zu ordern.

37

Kloster Eberbach
Sonntag, der 19. September

Der Handywecker drängte sich jäh in ihren Traum hinein und ließ die bunten Bilder zu Nebelschleiern verblassen. Sie streckte den Arm aus und tastete über das Laken, bis ihr dämmerte, dass weder Timon an ihrer Seite lag noch sie ihre Fingerspitzen im Katerpelz vergraben könnte. Schläfrig brachte sie Ordnung in ihre Gedanken. Sie war allein, und ihr Bett stand nicht in der Biebricher Dachwohnung, sondern in einem Zimmer des Hotels Kloster Eberbach – daran ließ der Spruch des Bernhard von Clairvaux an der Wand keine Zweifel. Da sie gewöhnlich mit Mühe aus dem Tiefschlaf herausfand, hatte sie den Wecker mit einem Zeitpuffer gestellt. Die nächste Viertelstunde durfte sie im Bett verbummeln. Schlaftrunken richtete sie sich auf, stopfte sich das Kopfkissen in den Nacken und ließ den vergangenen Abend Revue passieren.

Die Stunden mit Timon waren wie im Flug vergangen. Beim Reden, Kochen, Essen und wieder Reden hatte sie eine tiefe Freude verspürt und die Sehnsucht, dass es für immer so sein sollte. Was würde sich ändern, wenn Timon und sie unter einem Dach wohnten? Wenn ihre Treffen, anstatt nur geplant, auch zufällig zustande kämen? Eine Begegnung im Treppenhaus, bei der jeder mit sich selbst beschäftigt wäre: sie in Gedanken bei einem Auftrag, er über eine Tatortspur grübelnd? Mit anderen Worten: War ihre Liebe zu zart und könnte im täglichen Trott zerrieben werden? Oder würde sie, ganz im Gegenteil, am gemeinsamen Alltag wachsen? Wären ihrer beider Marotten, Vorlieben und Gewohnheiten alltagstauglich? Diesen Fragen war sie im Stillen nachgegangen, während Timon mit dem Polieren der Gläser, die sie flüchtig abgespült hatte, beschäftigt gewesen war. Ein Satz über Evas Wohnung war ihr den ganzen Abend nicht über die Lippen gekommen, was sie auf der Fahrt in den Rheingau gewurmt hatte. Sollte sie ihr Schweigen abwartend oder einfach nur feige nennen?

Wenke war wie verabredet erschienen. Kurz vor Mitternacht hatten sie sich im Foyer des Klosterhotels getroffen. Die Kamerafrau machte einen nervösen Eindruck, wie ein Rennpferd vor dem Start. Warum habe ich mich darauf eingelassen?, fragte sich Norma auf dem Weg zu Wenkes Zimmer. Hundemüde hätte sie sich am liebsten ins Bett verkrochen. Die Trippelschritte, mit denen Wenke in ihrer Anspannung über den Flur voraushuschte, ließen sie angesichts ihrer sportlichen Erscheinung wie eine Karikatur wirken. Kaum im Zimmer angekommen, schenkte Wenke sich aus einer offenen Rotweinflasche großzügig ein. Norma lehnte ab und bat um ein Glas Wasser. So langsam wich ihre Unlust einer neugierigen Erwartung. Zu Recht, wie sich herausstellen sollte. Wenke hielt sich nicht mit Vorgeplänkel auf und kam gleich zur Sache.

Als hätte sich zu viel angestaut, sprudelte das Geständnis aus ihr heraus: »Ganz ehrlich, es war keine Absicht. Ich bin total erschrocken, als Ecki auftauchte. Aus einem Impuls heraus habe ich nach dem Lastenkran gegriffen und Ecki den Haken ins Gesicht geschleudert. Ecki ist vor meinen Füßen zusammengebrochen.«

Norma sank auf eines der beiden Sesselchen nieder, die sich vor dem Fenster aneinanderdrängten. »Also hast du das Hohle Rad mit Farbe bekleckert?«

Wenke war stehen geblieben und betrachtete mit niedergeschlagenem Blick das Weinglas in der Hand. »Liebst du jemanden, Norma?«

Eine Frage wie aus dem Nichts. »Ja, es gibt da jemanden. Meinen Lebensgefährten.«

»Und liebt er dich auch?«

»Ich hoffe es sehr.«

»Du Glückliche! Mein Schicksal ist es, mich immer in die falschen Menschen zu verlieben.«

»Marielle!«

Wenke sah auf und lächelte gequält. »Marielle mag mich, sie will meine Freundin sein, aber nicht … nicht so, wie ich es mir erhoffe. Das ändert nichts an meiner Liebe zu ihr. Ich war sauer auf Ecki, weil er so grob mit Marielle umgesprungen ist. Als ich an dem Malerfahrzeug vorbeikam, fiel mir auf, dass es nicht abgeschlossen war. Der Gedanke war mit einem Mal da, ich habe einfach losgelegt. Plötzlich stand Ecki vor mir. Ich wollte mich nur verteidigen.« Wie um Absolution heischend schaute sie Norma an.

»Und danach hast du den bewusstlosen Ecki ins Rad verfrachtet«, schloss Norma.

»Das war ich nicht!«, widersprach Wenke energisch.

»Ecki wird kaum allein ins Rad reingeklettert sein. Hast du niemanden bemerkt?«

»Keine Ahnung! Ich war völlig geschockt und bin abgehauen.«

»Ohne dich um Ecki zu kümmern?«

»Nein … ja, zugegeben. Nach etwa einer Stunde bin ich wieder hin. Mit der Taschenlampe habe ich den Boden abgeleuchtet, aber Ecki war fort. Er wird sich berappelt haben, dachte ich.«

»Du hast also gehofft, ihn nicht schlimm erwischt zu haben.« Norma ließ ihre Empörung durchklingen. Ob ein zweiter Täter real oder eine Erfindung Wenkes war, bliebe noch zu klären.

Wenke nahm einen Schluck Wein, stellte das Glas ab und hockte sich auf die Bettkante. »Was hätte ich tun sollen? Ecki suchen und ihn fragen, wie er meinen Angriff überstanden hat?«

»Zum Beispiel, ja!«

Wenke sank in sich zusammen wie ein gemaßregeltes Schulmädchen. »Versteh doch, es ist mir unendlich peinlich«, bekannte sie kleinlaut.

Norma wartete, ob Wenke noch etwas ergänzen wollte, bevor sie fragte: »Warum erzählst du mir das alles?«

»Weil ich mit dem zweiten Teil der Geschichte nichts zu tun habe«, sagte Wenke und richtete sich wachsam auf. »Irgendjemand treibt im Kloster sein Unwesen. Erst wird dieser Winzer ermordet, dann landet Ecki im Rad. Das wird mir unheimlich! Deshalb will ich reinen Tisch machen und mit Ecki sprechen. Mit deiner Hilfe hoffentlich, Norma!«

»Ich soll bei eurem Gespräch dabei sein?«

»Ja, bitte tu mir den Gefallen und begleite mich. Du hast erlebt, wie Ecki aus der Haut fahren kann.«

Den Zorn des Regisseurs fürchtete sie zurecht. Ob seine Verärgerung groß genug wäre, um Wenke zu feuern? Ohne die kompetente Kamerafrau geriet sein Projekt in Gefahr. Würde er das riskieren? Eher müsste Wenke mit einer Anzeige wegen Körperverletzung rechnen – was sie jedoch weniger zu belasten schien als die Frage, was wohl Marielle von dem Racheakt halten mochte. Am Ende des

Gesprächs waren beide übereingekommen, mit Wenkes Geständnis bis zum Sonntagabend zu warten. Dem Team stand ein anstrengender Drehtag bevor. Ecki sollte sich ungestört auf seine Arbeit konzentrieren dürfen. Danach könnte das Donnerwetter kommen.

Der Handywecker verkündete, dass die Viertelstunde verstrichen war. Norma erhob sich und ging ins Bad. In was für ein Labyrinth bin ich hineingeraten?, sinnierte sie, während sich das Duschwasser über ihren Körper ergoss. Anstatt Klarheit zu finden, musste sie sich mit immer mehr Fragen beschäftigen. Wer hatte Axel Teubener erdrosselt und warum? War Daniel Lenges der Täter? Oder hatte Ricky seinen Vater so brutal aus dem Weg geschafft? Welchen Monstern war Yvette Betzmer begegnet? Selbst Wenkes Geständnis hatte neue Ungereimtheiten zu Tage gebracht. Angenommen, sie sagte die Wahrheit – und Norma war geneigt, ihr zu glauben: Wer käme als zweiter Täter, als zweite Täterin infrage? Welchem Schauspieler wäre außerdem daran gelegen, Ecki einen deftigen Denkzettel zu verpassen? Standen die Ereignisse für sich, oder gab es eine Verbindung zwischen den Dreharbeiten von »Der Name der Rose« und Wintersteins Dokudrama? Wenn sie doch nur den Faden, der diesen Knäuel von Ungereimtheiten auflösen könnte, zu fassen bekäme, wünschte sie sich, als sie das Shampoon aus den Haaren spülte.

Mit gemischten Gefühlen verließ sie das Zimmer, um zu frühstücken. Für den bevorstehenden Dreh von Eckis »großer Szene« wäre sie als Sicherheitsbeauftragte stark gefordert und bräuchte Energie. Als sie kurz darauf das Hotel verließ, fingen sich die Strahlen der Morgensonne in den gotischen Fenstern der Basilika. Norma hielt inne, um den Anblick zu genießen. Ein Bild des Friedens, der die Menschen seit mehr als 800 Jahren berührte. Während sie den stillen Moment genoss, drängten sich die Fragen vom Morgen wieder in ihr Bewusstsein. Das Knäuel und der Faden, um es aufzulösen! Mit einem Mal begriff sie, wer ihr bei der Suche danach helfen könnte. Am liebsten wäre sie sofort aufgebrochen. Doch zuvor hatte sie ihren Job für Ecki zu erledigen. Die Privatermittlungen mussten warten.

38

Die Arbeiten zur »großen Szene« verliefen in unerwarteter Harmonie. Mittels aufwändiger Kulissen war der Bereich vor dem Hospitalkeller in das Jahr 1817 zurückversetzt worden. Ecki sprühte vor Energie, als wäre der Verband um seinen Schädel nichts als Dekoration, und Wenke las ihm jeden Wunsch von den Augen ab. Bonheur spielte den 23-jährigen Philipp Lindpaintner als einen Emporkömmling, der wie zerrissen schien zwischen der Genugtuung über die frisch erworbene Direktorenstellung und den Befürchtungen, den eigenen Ansprüchen nicht gewachsen zu sein.

Seine Kunst war den anderen Schauspielern Herausforderung und Ansporn. Die zuvor so adretten Komparsen, von den Maskenbildnerinnen in verlorene Seelen verwandelt, gaben ihr Bestes, nachdem sie die erste Scheu überwunden hatten. In Lumpen gehüllt, schrien sie ihren Wahnsinn heraus und wanden sich verzweifelt in den Ketten. Norma fand das Ganze reichlich dick aufgetragen, aber Ecki strahlte vor Zufriedenheit. Sie staunte, wie geduldig der Regisseur mit den Nachwuchsschauspielern umging. Sofern er wollte – und es seinen Zwecken diente –, konnte er tatsächlich Nachsicht üben.

Noch vom Set aus telefonierte sie mit Mark Abelmann. Ihrer Bitte, sich an diesem Sonntagnachmittag zu sehen, stimmte er erfreut zu und empfahl ein Café. Norma wollte lieber zu ihm kommen, was ihm zu widerstreben schien. Zögernd willigte er dem Treffen in seiner Wohnung ein. Um 17 Uhr hielt sie in der Sonnenberger Straße, die sich mit einer Reihe stattlicher Villen und Bürgerhäuser schmückte. Hinter den Grundstücken erstreckten sich der Kurpark und das sich anschließende grüne Band der Kuranlagen, durch das, wer gut zu Fuß war, bis hinauf in den Rambacher Wald wandern konnte. Eine der wohlhabenden Wohngegenden der Landeshauptstadt, in der Norma sich auskannte, seit Timon dort für eine Weile ein durchgestyltes Apartment gehütet hatte. Dessen Besitzer, ein hoher Beamter des Bundeskriminalamts, war vorübergehend nach Brüssel beordert worden.

Über den breiten Treppenlauf stieg sie zu Abelmanns Dachwohnung hinauf. Fünfter Stock, kein Aufzug, abblätternde Farbe an den Flurwänden und die Stufen von unzähligen Tritten ausgedünnt: Es schien nur eine Frage der Zeit zu sein, bis der angestaubte Charme der Jugendstilvilla einer Luxusverschönerung weichen müsste. Abelmann erwartete Norma vor der Wohnungstür. Als sie ihm in den Flur folgte, fragte sie sich, ob ihr Gastgeber ein Messi wäre, worüber sie sich allerdings kein Urteil erlauben wollte. Er verlor kein Wort über den schmalen Weg, der sich durch das Gerümpel hindurchschlängelte, und befreite in einem Zimmer, dem Wohnraum vermutlich, mit stoischer Miene einen Sessel von seiner Last, die wie auch bei allen übrigen Sitzgelegenheiten aus einem hohen Stapel Kartons bestand. Dort sollte Norma sich setzen. Abelmann zwängte sich in eine Lücke auf dem als Ablage zweckentfremdeten Sofa.

»Meine Schwester hat mich angerufen und mir von Ihrem Besuch erzählt«, sagte er, während er über seine Knie hinweg zu ihr aufblickte. Erst jetzt fiel Norma auf, dass die Couch nicht zu den übrigen Polstermöbeln passte und wesentlich niedriger war als der Sessel, dessen bequeme Sitzhöhe ihr ersparte, die Beine wie Abelmann auf Storchenart zusammenzufalten. »Also geht Ihnen Yvettes Schicksal genauso nahe wie Carola und mir. Was kann ich für Sie tun?«

»Mich interessieren die Leute, mit denen Yvette in Eberbach zusammen war. Ich dachte, wir könnten uns zusammen Ihr Fotoarchiv anschauen, wenn Sie einverstanden sind.«

Sie spürte, wie ihr die Zunge pelzig am Gaumen klebte. Der Drehtag war ebenso abwechslungsreich wie anstrengend gewesen. Norma war mit der Aufsicht kaum nachgekommen und hatte vor lauter Beschäftigung das Trinken vergessen. Sie bat Abelmann um ein Glas Wasser.

»Möchten Sie es sich selbst aus der Küche holen? Hinten links, nicht zu verfehlen«, schlug er vor.

Norma drückte sich aus dem Sessel heraus. »Und die Fotos?«

Der Zweifel in ihrer Frage war ihm nicht entgangen. »Keine Sorge, es mag chaotisch aussehen, aber ich weiß, wo was liegt. Bis Sie mit dem Wasser zurück sind, habe ich alles parat.« Er holte Schwung und katapultierte sich vom Sofa hoch.

Die Küche war vergleichsweise aufgeräumt. Norma fand sogar ein halbwegs sauberes Trinkglas, das sie sorgfältig ausspülte, bevor sie es mit kaltem Leitungswasser auffüllte und es leer trank. Dann ließ sie erneut Wasser einlaufen und nahm das Glas mit zurück zu Abelmann. Der Fotograf hatte, wie auch immer es in der kurzen Zeit zu schaffen gewesen war, den Tisch von allem bis auf einen einzigen Karton befreit, der an einer Seite von Hand gekennzeichnet worden war. »NdR, Eberbach, Komparsen u. a.«, stand dort in Schönschrift zu lesen.

Im Karton befanden sich zahlreiche Briefumschläge im DIN-A5-Format, jeweils mit einer Aufschrift. Der Fotograf durchforstete den Bestand mit flinken Fingern, angelte den einen und anderen Umschlag heraus und schichtete seine Funde auf der Tischplatte auf. »Damit müssten wir alles haben.«

Vom Sessel aus hatte Norma der Suche zugesehen. »Das ging schnell!«

»Ich kenne jedes meiner Bilder, auch wenn es tausende sind, und kann mich auf mein Ablagesystem verlassen. Das mag Sie verwundern, Frau Tann, angesichts des Zustands meiner Behausung.« Er warf ihr einen herausfordernden Blick zu.

»Ich will ja nicht hier einziehen«, erwiderte sie lax und stand auf. »Mich interessieren die Fotos.« Sie griff nach einem Umschlag. »18. November 1985. Darf ich?«

»Nur zu! Die Fotos entstanden einen Tag vor Yvettes Verschwinden.«

In der kommenden Stunde eröffnete sich ihr eine aufregende Welt. Abelmanns Aufnahmen waren fantastisch. Schwarz-weiß und grobkörnig fingen sie wie surreale Gemälde die Stimmung der Dreharbeiten ein. Sie meinte fast, die zugige Kälte in den riesigen Klosterhallen zu spüren, erkannte die Anspannung in den Gesichtern der Komparsen, die auf ihre Auftritte als Franziskanerbrüder warteten, und den Stolz und die Glückseligkeit, wenn der Moment des Drehens hinter ihnen lag.

Auf einem Foto entdeckte Norma endlich die junge Frau mit dem übermütig in die Höhe gestylten Pferdeschwanz. An ihrer Seite schauten zwei junge Männer in die Kamera. Ihre dunklen Mönchskutten und die kahlen Köpfe, auf denen sich lediglich ein schmaler Haarkranz erhalten hatte, bildeten einen wundersamen Gegensatz zum breitschultrigen Blazer der 1980er-Mode. Hatte die Tonsur Norma irritiert? Wie auch immer, aber sie brauchte einen Augenblick, um zu erkennen, wen Abelmann gemeinsam mit Yvette Betzmer aufs Bild gebannt hatte.

»Mit diesen Jungs hing Yvette gern ab«, erklärte der Fotograf, der ihr über die Schulter gesehen hatte. »Der eine arbeitete auf einem Weingut, der andere war Zivi im Eichberg. Ich erinnere mich gut an ihn. Er hielt sich für was Besseres und hat mich und Jörg schikaniert, wo es ging!«

»Ein giftiger Typ, der später groß rauskommen wollte?«

»Könnte man so sagen«, stimmte er ihr zu. »Er wollte unbedingt zum Film. Woher wissen Sie das?«

»Annegret Teubener hat mir von ihm erzählt. Der zweite der Jungs ist ihr späterer Ehemann.«

Die folgenden Lebensjahrzehnte hatten die Gesichtszüge schärfer werden lassen, jedoch nicht so weit verändert, dass Zweifel angebracht wären. Sie war sich absolut sicher, wer dort neben Yvette in Abelmanns Kamera griente. Axel Teubener war der eine, und an seiner Seite stand Ecki Winterstein!

Der Fotograf nickte zufrieden. »Freut mich, dass ich helfen konnte.«

Norma seufzte unwillkürlich. »Keine Ahnung, wo mich das hinbringt.«

Mit seinem Einverständnis nahm sie das Foto mit der Handykamera auf. »Annegret Teubener hat eine Conny erwähnt. Sagt Ihnen der Name etwas?«

»Stimmt, es gab eine andere junge Frau, angeblich war sie Yvettes Freundin. Zumindest Yvette ging davon aus.«

»Das müssen Sie mir erklären«, bat Norma.

»Ach, mit der Freundschaft war es nicht weit her, jedenfalls nicht, was diese Conny betraf. Kaum war Yvette außer Sicht, fing Conny zu lästern an. Damals habe ich das nicht verstanden. Aus heutiger Sicht würde ich sagen, Conny war eifersüchtig auf Yvette. Obwohl sie ausgebildete Schauspielerin war, hatte sie nur einen Aushilfsjob in der Kantine ergattert.«

»Selbst eine Kim Basinger wäre in ›Der Name der Rose‹ außen vor geblieben. Bei nur einer einzigen Frauenrolle unter 20 männlichen Hauptdarstellern, von den Komparsen abgesehen. Haben Sie auch Conny porträtiert?«

»Bedaure, ich konnte sie nicht ausstehen und wollte meine Sammlung nicht mit dem Gesicht dieser Frau verhunzen. Verzeihen Sie einem 13-Jährigen diesen unprofessionellen Eigensinn.«

»Erinnern Sie sich an den Nachnamen?«, fragte Norma ohne große Hoffnung.

»Kein Ahnung, aber lassen Sie uns in meinen Listen nachsehen.«

Zu ihrem Glück war der 13-Jährige professionell genug gewesen, um über alle Mitwirkenden penibel Buch zu führen. Die Listen in kindlichem Schriftbild füllten einen Schnellhefter.

»Damals habe ich abgeschrieben, was ich finden konnte. Die Besetzungsliste ist mir im Büro des Produzenten in die Hände gefallen, und ich habe die Namen heimlich kopiert. Nicht wenige Schauspieler haben danach eine ordentliche Karriere hingelegt. Zudem es gab Aufzeichnungen über Komparsen und Hilfskräfte.«

Er überflog die Namen und zeigte schließlich mit dem Zeigefinger auf das vergilbte Papier. »Hier haben wir sie: Conny Plaschke aus Hamburg.«

Weil er einmal dabei war, suchte er auf ihre Bitte hin nach den Namen Eckhard Winterstein und Axel Teubener. Zwei Treffer! Norma fühlte sich ein bisschen schwindelig.

»Noch eine Frage, bevor ich gehe. Am 19. November – dem Tag, an dem Yvette verschwand – brannte in der Nähe des Klosters ein Waldarbeiterwagen aus. Erinnern Sie sich daran?«

Abelmann zeigte ein jungenhaftes Grinsen. »Und ob! Ich gehörte zu den Verdächtigen für das Feuer! Man warf mir vor, in dem Wagen gekokelt zu haben, was nicht stimmte. Der Brand wurde nie aufgeklärt, soweit ich weiß. Es sollen Obdachlose gewesen sein, hieß es später. Eine einfache Erklärung, weil man keinen Täter gefunden hatte.«

»Geschah der Brand vor oder nach Yvettes Verschwinden?«

Abelmanns Antwort kam zügig. »Yvette ist zur Mittagszeit verschwunden, da wurde sie zuletzt gesehen. Der Wagen brannte am Abend, der Feuerschein leuchtete durch die Dunkelheit. Möglicherweise …«

»Was meinen Sie?

»Ach, nur eine Idee, die ich damals hatte. Vielleicht wurde Yvette in den Wagen gesperrt, und ihr gelang die Flucht, indem sie Feuer legte. Zu ihren Verletzungen gehörten auch Brandwunden.«

Dieser Gedanke beschäftigte auch Norma seit einer Weile. »Was hieße, dass ihr in dem Wagen etwas angetan wurde. Sie flüchtete in den Wald, verirrte sich und lief umher, bis sie viele Kilometer weiter an der Zauberhöhle aufgefunden wurde.«

»So könnte es gewesen sein.«

Norma seufzte zum zweiten Mal. »So oder ganz anders. Auf jeden Fall vielen Dank für Ihre Hilfe.«

Auf dem Weg zum Parkplatz überschlugen sich ihre Gedanken. Eine von schwarzgrünen Eiben beschirmte Treppe brachte sie hinunter in den Kurpark. Am Ufer des Weihers fand sie eine freie Bank. Die Strahlen der untergehenden Sonne glitzerten auf dem Wasser und wärmten ihre Haut. Die vergangenen Septembertage hatten den Sommer verlängert. Der kühle Hauch, der nun durch die Bäume strich, schien den Herbst mit sich zu bringen. Lange würde Norma es hier ohne Jacke, die sie im Wagen gelassen hatte, nicht aushalten. Für zehn Minuten sollte es gehen.

In die beschauliche Abendstimmung schlich sich ein Gefühl der Enttäuschung, begleitet von einem grummelnden Zorn. Als Privatdetektivin erhoffte sie sich von jedem Auftraggeber Offenheit und Ehrlichkeit. Ein frommer Wunsch – sie war nicht naiv – und dennoch kränkte sie Eckis Unaufrichtigkeit. Wie schamlos er sie belogen hatte, einfach unverfroren! Er hatte das Mordopfer gekannt. Axel Teubener war ein Kumpel aus früheren Zeiten. Das ließ Winterstein zwar nicht unmittelbar zum Hauptverdächtigen werden, weckte jedoch allerhand Zweifel. War es Bequemlichkeit, die ihn dazu getrieben hatte zu bestreiten, Axel Teubener jemals begegnet zu sein? Selbstverständlich könnte Ecki sich damit herausreden, ihm wäre der Name des damaligen Bekannten entfallen. Nach vier Jahrzehnten wäre es nachvollziehbar, obwohl die jungen Männer auf dem Foto die Köpfe freundschaftlich zusammensteckten. Was Ecki aber gewiss nicht vergessen hatte, war sein Einsatz als Komparse bei einem Kinoklassiker! Ausgerechnet der Regisseur, der ansonsten keine Gelegenheit versäumte, seine Besonderheiten herauszustreichen, ließ niemanden wissen, dass er quasi Seite an Seite mit Sean Connery und anderen Weltstars gedreht hatte. Warum erwähnte er das mit keinem Wort?

Da er sicher nicht unter Amnesie litt, konnte Norma sich nur einen Grund vorstellen: Ecki wollte partout nicht mit den Dreharbeiten von »Der Name der Rose« in Verbindung gebracht werden. Hatte er sich als Komparse blamiert? Wohl kaum, bei den geringen Erwartungen, die an Laien gestellt wurden. Warum spielte Ecki den Ahnungslosen und verfiel in mürrisches Schweigen, sobald sich die Tischgespräche, wie so oft, um das berühmte Mönchsepos drehten?

Yvettes zweitägiges Verschwinden ging Norma nicht aus dem Sinn. Hatte Ecki womöglich etwas damit zu tun? Und falls er involviert gewesen war: Könnte auch Axel Teubener darin verstrickt gewesen sein? Was sie unmittelbar zur nächsten Frage führte: Gab es eine Verbindung zwischen dem aktuellen Mord und Yvettes rätselhaftem Schicksal? Vielleicht hätte Conny Plaschke, eine Augenzeugin von damals, Antworten auf diese Fragen. Ob die Frau zu finden wäre? Außerdem sollten Milano und Wolfert erfahren, dass sich Ecki und Teubener gekannt hatten. Norma nahm ihr Handy hervor. Im Präsidium erfuhr sie, dass sich beide Kommissare den Sonntagnachmittag freigenommen hatten. Sie kannte den Stress und die Anspannung, die die akute Phase einer Mordermittlung mit sich brachten, aus eigener Erfahrung und gönnte den Ex-Kollegen die Ruhepause. Ihre Neuigkeiten hätten bis Montag Zeit.

Sie brannte darauf, Ecki zur Rede zu stellen. Vielleicht ergab sich die Gelegenheit, wenn Wenke ihre Beichte abgelegt hatte. Das Gespräch sollte nach dem Abendessen stattfinden.

Der auffrischende Abendwind mahnte Norma zum Aufbruch. Sie kehrte in die Sonnenberger Straße und zum Auto zurück. Auf der Fahrt in den Rheingau änderte sie ihren Plan. Wenn sich ein Prahlhans wie Winterstein nicht mit seinen Erlebnissen bei »Der Name der Rose« brüstete, mussten seine Gründe gewichtig sein. Zumal, wenn sein ehemaliger Gefährte Jahrzehnte später erdrosselt wurde. Hatte Ecki Sorge, ebenfalls in den Fokus des Mörders zu geraten? Wenn er unbedingt den Heimlichtuer geben wollte: Das konnte sie auch. Abwarten und beobachten, beschloss sie. In diesem verworrenen Geschehen, das sich zusehends komplizierter entwickelte, konnte es nicht schaden, anderen einen Schritt voraus zu sein.

39

Vom Abendbuffet hatte Ecki sich eine Flasche Eberbacher Cabernet Sauvignon mitgeben lassen und diese mit auf sein Zimmer genommen. Sein innerer Aufruhr ließ sich durch den Alkohol nur geringfügig besänftigen. Dabei hätte es eine Menge guter Gründe gegeben, sich entspannt zurückzulehnen. Der dokumentarische Teil seines Projekts lag im eigenen Studio bereits fertig vor, nachdem er in mühsamer Detektivarbeit Archive aller Art nach Filmen und Fotos durchstöbert hatte. Mit der entscheidenden Szene vor dem Hospitalkeller waren die wichtigsten Dreharbeiten abgeschlossen. Lediglich die Szene vor der Orangerie, die am Samstag wegen des Überfalls nicht hatte stattfinden können, musste nachgeholt werden. Dafür hatte er den Montagvormittag vorgesehen. Zudem gab es diverse Aufnahmen, mit denen er nicht zufrieden war und die in den kommenden Tagen wiederholt werden sollten. Solche Korrekturen gehörten zum Handwerk. Nichts, über das er sich Sorgen zu machen bräuchte. Seine ruhelosen Gedanken kreisten um Wenke. Was für eine falsche Schlange! Von Herzen gern hätte er die Kamerafrau im Genick gepackt und an den Haarzotteln bis runter an den Rhein geschleift! Sollte sie in den Fluten verrecken, diese Verräterin. Ihn so feige zu überfallen! Wie er nun zwischen Bett und Bad auf und ab lief, meinte er, geradezu körperlich zu spüren, wie ihm der Zorn durch die Adern sprudelte und sein Blut zum Köcheln brachte.

Sich in Grund und Boden schämend, war sie mit ihrem Vergehen herausgerückt – händchenhaltend mit Norma, ohne die sie sich nicht zu ihm getraut hätte. Wenke hatte das Hohle Rad mit Farbe verunziert und ihn mit dem schweren Metallhaken angegriffen. Wie armselig! Aus Rache wegen Marielle? Welch eine Anmaßung! Marielle hätte das niemals gewollt. Auf seinen Befehl war sie nach Wenkes Geständnis dazugestoßen. Sie sei »superirre happy« – O-Ton Marielle – über die Rad-Szene, hatte sie mit scheelem Blick zu Wenke geflötet. Und sie sei überhaupt die »Allerallerallerletzte«, die einen derartigen »Support« eingefordert hätte. Ecki war wie ein Seismograf für Lüge und Wahrheit. Ihm machte niemand etwas vor und erst recht keine Schauspielerin. Marielle war absolut ahnungslos gewesen, was Wenkes Hinterhalt betraf. Das bezweifelte er nicht. Wenke ihrerseits bestritt vehement, ihn ins Rad bugsiert zu haben. Was er ihr durchaus glaubte, weil er sie lange genug kannte, um zu wissen, dass ihr dafür der Biss fehlte. Ein gezielter Hieb im Zorn, okay! Das mochte sie hinbekommen. Dagegen konnte er sich keinesfalls eine Wenke vorstellen, die ihn ums Rad herumgeschleppt und in den Hohlraum gefrachtet hätte. Obwohl ihm diese Erklärung angenehmer gewesen wäre als die Frage, wer zum Teufel Wenkes miesen Hinterhalt für sich ausgenutzt hatte.

Uralte Bilderfetzen verstärkten seine Beklemmungen. Das alles lag so lange zurück. Eine desillusionierende Zeit, die er aus seinem Gedächtnis ausradiert hatte. Endgültig ausradiert, wie er geglaubt hatte. Was für ein Irrtum! Sosehr er auch dagegen ankämpfte und sich mit Arbeit ablenkte, Axel und sein abruptes Dahinscheiden ließen sich aus seinen Gedanken nicht länger ausblenden. Die Dämonen der Vergangenheit hatten geruht wie hungrige Krokodile unter der Wasseroberfläche und schossen nach Wenkes Geständnis mit blitzenden Zähnen und peitschenden Schwänzen aus dem schwärzesten Wasser seiner Erinnerungen hervor … Schluss, aus! Die Fantasie geht mit dir durch, Winterstein! Schwer atmend rang er um Fassung. Dabei musste er gerade jetzt einen kühlen Kopf bewahren. Mit dem Weinglas in der Hand trat er von einem Bein auf das andere, darum bemüht, sich zur Ordnung zu rufen. Am liebsten wäre er umgehend abgereist. Flucht war jedoch keine Option. Es sei denn, er wollte seine Zukunft aufs Spiel setzen. Seine komplette Existenz war auf Gedeih und Verderb an dieses Dokudrama gebunden. Finanziell wie beruflich würde ein Scheitern im Desaster enden. Die nächsten Tage musste er also durchstehen. Überleben im wahrsten Sinne des Wortes.

Auf etwas Trost hoffend, griff er nach der Weinflasche, die sich enttäuschend leicht anfühlte. Er rief bei der Rezeption an und bat um Nachschub. Wenige Minuten später erschien Moritz Kawalek. Eilfertig stellte der junge Hotelangestellte ein Tablett auf dem Schreibtisch ab.

Zur Weinflasche und einem Glas hatte er einen Briefumschlag mitgebracht, den er Ecki mit einer angedeuteten Verbeugung überreichte. »Für Sie, Herr Winterstein.«

Verwundert nahm Ecki das Kuvert entgegen. Weißes Papier, das auf der Vorderseite in Druckbuchstaben mit »E. Winterstein« beschriftet war. Sonst nichts, kein Absender, keine Marke, kein Stempel. Er hielt sich nicht mit der Suche nach einem Brieföffner auf und riss das Papier in der bangen Hoffnung auf, der Inhalt würde sich als harmlos erweisen. Als das Schreiben eines Fans mit der Bitte um ein Autogramm oder als Bewerbung für eine Komparsenrolle. Kommunikationswege, die im digitalen Zeitalter aus der Mode gekommen, wundersamerweise trotzdem nicht völlig untergegangen waren. Zugleich war ihm bewusst, dass es etwas anderes sein würde. Ahnungsvoll zog er ein Blatt heraus und faltete es auf. Es war eine Farbkopie. Am Original hätte man sich womöglich die Hände eingefärbt, so großzügig war der Zeichner mit dem Kohlestift umgegangen.

Er wandte sich dem Jungen zu. »Wer hat den Umschlag abgegeben?«

Moritz warf einen verstohlenen Blick auf das Werk, als er antwortete: »Bedaure, das weiß ich nicht. Heute Abend bin ich allein an der Rezeption und habe einem Gast etwas aufs Zimmer gebracht. Als ich zurückkam, entdeckte ich den Brief auf dem Tresen. Ist etwas nicht in Ordnung, Herr Winterstein?«

»Wie lange hat der Umschlag dort gelegen?«

»Ich war keine fünf Minuten fort. Ich wollte Ihnen den Brief gerade bringen, als Ihr Anruf kam.«

»Das will ich hoffen, Moritz! Ich muss wissen, wer den Umschlag hinterlegt hat. Sie werden Ihre Kollegen befragen, verstanden? Und mir auf der Stelle mitteilen, wenn Sie etwas in Erfahrung gebracht haben, kapiert?« Ecki hatte ein gehöriges Maß an Schärfe in die Stimme gelegt.

Der Junge schluckte, nickte und schielte zur Tür. »Selbstverständlich werde ich mich erkundigen, Herr Winterstein!«

»Davon gehe ich aus. Raus jetzt!«

Ecki trat zur Seite, um den Jungen vorbeizulassen. Wieder allein, überwand er seinen Widerwillen und betrachtete die Zeichnung ausgiebig. Pechschwarze Partien wechselten sich mit grauen Stellen in unzähligen Schattierungen ab. Obwohl kaum Einzelheiten auszumachen waren, hatte er keine Zweifel, was ihm das Bild sagen wollte. Die einzigen verbliebenen weißen Punkte stellten die Augen der

Frau dar, die sich angstvoll in eine Ecke des Waldarbeiterwagens drückte. Ihr Körper war lediglich ein zusammengekrümmter schwarzgrauer Umriss. Auffällig waren die Linien aus grellem Karminrot, die ihre Gestalt wie die Fangarme eines Kraken umschlossen. Ecki schaltete die Nachttischlampe ein und hielt das Blatt ins Licht. Sogar auf der Kopie war zu erkennen, wie sorgfältig der Zeichner nachträglich Ölfarbe auf die Kohle getupft hatte. Das Rot war in Schlieren getrocknet und teilweise wieder abgeblättert, was die Wirkung nicht schmälerte. Als Kunstwerk hätte Ecki das scherenschnittartige Machwerk nicht bezeichnen wollen, seiner Wirkung jedoch konnte er sich nicht entziehen. Die leuchtenden Zacken: Das war das Feuer. Züngelnde Flammen, die bereit waren, sich in die Wangen der Frau hineinzufressen.

Plötzlich meinte Ecki, wie damals die Hitze des Feuers auf der Haut zu spüren und den beißenden Rauch einzuatmen, der sich in seine Lunge hineinfraß.

40

Norma lag auf dem Hotelbett und tippte auf dem Tablet herum. Gleich nach dem Gespräch zwischen Wenke und dem Regisseur hatte sie sich zurückgezogen. Die Enthüllung seiner Kamerafrau hatte er mit einer bemerkenswerten Selbstbeherrschung aufgenommen. Wie Wenke war auch Norma so sehr auf einen Tobsuchtsanfall gefasst gewesen, dass sie sein kontrolliertes Verhalten sogar als beunruhigend empfunden hatte. Immerhin war ihr erspart geblieben, sich zwischen ihn und seine Mitarbeiterin werfen zu müssen. Anstatt wie ein gereizter Stier auf Wenke loszustürmen, hatte er ihr befohlen, ihre Arbeit wie besprochen abzuschließen. Lediglich der eiskalte Tonfall hatte seinen Zorn verraten. Ob beide in Zukunft wieder zusammenarbeiten würden, war unausgesprochen geblieben. Alles ins allem war Wenke sichtlich erleichtert aus der Unterredung herausgegangen.

Enttäuscht legte Norma das Tablet beiseite. Sie hatte auf das Abendessen verzichtet, weil sich die gute Küche der Klosterschänke auf ihren Rippen bemerkbar machte und sie die Zeit lieber für die Suche nach Conny Plaschke nutzen wollte. Bisher führten ihre Recherchen ins Leere. Weder eine Conny noch eine Cornelia Plaschke, die altersgemäß ins Raster gepasst hätte, war im weltweiten Netz aufzutreiben, obwohl sie den unscheinbarsten Spuren gefolgt war und alle ihr bekannten Kniffe fürs digitale Aufspüren von Personen angewendet hatte. So kam sie nicht weiter. Unzufrieden stand sie auf und trat ans Fenster heran. Dem Hoteltrakt gegenüber lag ein langgestecktes Gemäuer: der Konversenbau aus dem 13. Jahrhundert, das größte Gebäude des Klosters. Hinter den zahlreichen Fenstern brannte weder Licht noch ließ sich irgendeine Regung ausmachen, was Norma nicht wunderte. In den Räumen, die als Büros dienten oder für Veranstaltungen angemietet wurden, hielt sich am Sonntagabend niemand mehr auf. Auch das Standesamt – wer mochte, konnte inmitten der altehrwürdigen Klostermauern heiraten – lag wie zu erwarten verlassen im schwindenden Abendlicht. Der Gebäudekomplex verdeutlichte anschaulich die Höhenunterschiede, denen sich die frühen Baumeister auf dem Klostergelände hatten stellen müssen. Die oberen Geschosse erreichten gerade so die Höhe von Normas Zimmer. Der tiefe Klostergraben trennte den Konversenbau, in dem sich das alte Brauhaus sowie das Laiendormitorium und -refektorium befanden, von dem weit höheren Niveau, auf dem das Hotel Kloster Eberbach angesiedelt war. Schließlich löste Norma sich vom Anblick der uralten Mauern, die stürmischen Zeiten getrotzt hatten und mit ihrer Standhaftigkeit eine wohltuende Unerschütterlichkeit ausstrahlten.

Sie machte es sich aufs Neue auf dem Bett bequem. Ihr Gedankenkarussell kreiste weiter um die mysteriöse Conny, die in den 1980er-Jahren Schauspielschülerin in Hamburg gewesen war. Was könnte der Unbekannten seitdem nicht alles widerfahren sein? Ein Namenswechsel durch Heirat, ein Umzug ins Ausland oder, nicht auszuschließen, der Tod? Und davon abgesehen: Wie sollte sie sicher sein, dass Mark Abelmann den Namen damals korrekt festgehalten hatte? Ecki Winterstein hätte ihr höchstwahrscheinlich weiterhelfen können. Doch solange sie nicht wusste, warum er ein Geheimnis um seine Eberbacher Zeit machte, scheute sie sich davor, ihn auf Conny anzusprechen.

Und Nelly? Zwar war sie, wie sie mehrmals betont hatte, zum ersten Mal im Kloster Eberbach. Was jedoch die deutschsprachige Schauspielerszene betraf, brüstete sie sich gern damit, alle und jeden zu kennen. So wäre es nicht auszuschließen, dass Nelly irgendwann einmal von einer Conny Plaschke gehört hatte. Andererseits konnte die umtriebige Mutter der Kompanie nichts für sich behalten. Normas Frage würde im kompletten Team die Runde machen und auf schnellstem Weg auch Ecki zu Ohren kommen. Aber, dachte Norma und setzte sich spontan auf, es gab ja Wolfgang Bastiani! Der Fernsehstar war, wie er selbst gesagt hatte, seit gefühlten Urzeiten im Film- und Fernsehgeschäft und gut vernetzt. Nelly hatte sicher seine Telefonnummer … nein, entschied Norma. Diffizile Erkundigungen sollte man von Angesicht zu Angesicht angehen. Warum nicht an diesem Abend? Bei der Gelegenheit könnte sie nachfragen, ob Bastiani etwas über die Manipulation des Sattels in Erfahrung gebracht hatte.

Im Foyer begegnete ihr Roman Bonheur. Beinahe hätte sie innegehalten und ihn angestarrt. Der Mann sah einfach unverschämt gut aus! Dabei war er alles andere als ein Schönling. Eine geheimnisvolle Melancholie, die die Aufmerksamkeit auf sich zog, lag in seinen markanten Gesichtszügen. Seinen beruflichen Erfolg auf sein Äußeres zu reduzieren, hätte ihm Unrecht getan. Sein außergewöhnliches Schauspieltalent hatte sie selbst am Vormittag beobachten dürfen.

Mit einem Lächeln, das ihre Gedanken an Bastiani, Conny Plaschke und offene Fragen hinwegfegte, blieb er vor ihr stehen. »Alle scheinen ausgeflogen zu sein. Lust auf ein Glas Wein, Norma? Oder bist du auch auf dem Sprung?«

»Oh, das eilt nicht.«

Zu Bastiani könnte sie eine Stunde später fahren. Mit seinem Gipsarm würde er den Sonntagabend vermutlich zu Hause verbringen, und sie wollte ihn nicht lange aufhalten. Was mochte Bonheur von ihr wollen? Bisher war er ihr zwar nicht ausgewichen, hatte sie aber kaum beachtet. Ein Mitarbeiter begleitete sie in eine ruhige Ecke der Klosterschänke. Die Gäste an den angrenzenden Tischen sahen verstohlen zu ihnen herüber und tuschelten hinter vorgehaltenen Händen. Bonheur bestellte eine Käseplatte für zwei, dazu Wein und Wasser.

»Du isst doch mit mir?« Eine Feststellung, keine Frage. Beim Abendessen mit dem Team habe er kaum Appetit verspürt. Anstrengende Drehtage schlügen ihm auf den Magen. Jetzt habe ihn der Hunger eingeholt. »Danke, Norma.«

»Gern geschehen«, gab sie betont lässig zurück, um ihn nicht spüren zu lassen, dass ihr seine Gegenwart durchaus schmeichelte. An einem Tisch allein mit dem bedeutenden Bühnenstar! »Wenn ich nur wüsste, wofür du mir danken willst?«

»Ich danke dir für deine Gesellschaft.«

Norma lachte. »Das ist nicht dein Ernst, Roman. Du und einsam?«

»Oh, doch! Was könnte für einen Franzosen deprimierender sein, als allein zu trinken und zu essen? Leider scheinen die Leute Hemmungen zu haben, sich an meinen Tisch zu setzen.«

»Das wundert dich aber nicht wirklich.«

Seine Antwort war ein ironisches Lächeln.

Als der Kellner die Getränke serviert hatte, fragte sie: »Du stammst ursprünglich aus Wiesbaden, hat mir Nelly erzählt?«

»Das ist wahr, doch ich habe kaum Erinnerungen an die Stadt. Ich bin als Kind nach Frankreich gezogen.«

Eine zweite Bedienung trug ein rustikales Holzbrett heran, auf dem sich Käse verschiedener Sorten und Brotscheiben aneinanderdrängten. Norma vergaß ihre guten Vorsätze, leistete im Stillen eine Abbitte an Milano wegen ihres geheimen Spotts über seinen mangelnden Durchhaltewillen und griff beherzt zu. Beim Essen kamen sie ins Plaudern. Bald geriet der Bühnenstar in den Hintergrund. Norma lauschte einem Mann, dem der Erfolg nicht in die Wiege gelegt worden war und der sich, nach eigenen Worten, den Weg auf die Bühne hatte hart erkämpfen müssen. Bonheur glänzte nicht unbedingt mit Bescheidenheit. Trotzdem fühlte Norma sich in seiner Gegenwart wohl.

»Wie gefällt dir der Rheingau?«, fragte sie.

»Ich war überrascht, wie schön es hier ist«, antwortete er gut gelaunt. »Wein und Genuss, eine beinahe französische Lebensart. Und dieses fantastische Kloster Eberbach! Ein so gut erhaltenes Gebäudeensemble hatte ich nicht erwartet.«

»Du bist aber nicht zum ersten Mal in der Gegend«, warf Norma ein.

»Und ob. Und ich genieße es.« Er stutzte, als hätte er ihre Bemerkung erst im Nachhinein begriffen. »Wie meinst du das?«

»Ich weiß von Wolfgang Bastiani, dass du ihn im Frühjahr besucht hast.«

»Ach, das!«, rief Bonheur und entblößte die Zähne zu einem breiten Lächeln. »Wolfgang hatte mich mit dem Wagen aus Frankfurt abgeholt, und in den zwei Tagen gab es für mich nichts anderes zu erleben als Pferde und Wald und Wald und Pferde. Das hätte sonst wo sein können, war die reine Erholung.«

Norma erinnerte sich daran, was Ecki bei ihrer ersten Begegnung berichtet hatte. »Für die Dreharbeiten bist du am Mittwoch angereist?«

»Neugierig bist du gar nicht, oder? Nun gut, es stimmt. Am frühen Nachmittag bin ich eingetroffen. Ich kam auf direktem Weg von meinem Landgut in Frankreich. Schlimm, was an dem Abend passiert ist. Dieser scheußliche Mord!«

Er verfiel ins Schweigen. Ganz die sensible Künstlerseele, dachte Norma. In den nächsten Minuten widmeten sie sich still der Käseplatte.

»Darf ich dich etwas Persönliches fragen?«, bat Norma dann.

»Tust du das nicht die ganze Zeit? Aber nur zu«, forderte er sie auf und hieb die Gabel in eine übrig gebliebene Ecke Camembert.

»Wir alle rätseln, wie Ecki es geschafft hat, dich ins Team zu bekommen.«

Verblüfft legte er das Besteck nieder. »Das behauptet er also?«

»Er glüht vor Stolz, könnte man sagen.«

»Dieser Aufschneider!« Bonheur hieb mit der flachen Hand auf die Tischkante. »Glaubst du wirklich, ich komme angekrochen, weil ein Herr Winterstein ruft? Nicht zu fassen!«

»Also war es umgekehrt? Du hast Ecki um das Engagement gebeten?«

Er starrte sie an. »Es wird Zeit, Norma! Der Tag war anstrengend. Schönen Abend noch. Ich übernehme die Rechnung.«

Mit diesen Worten sprang er auf, strebte hinaus und ließ Norma verblüfft zurück.

Zehn Minuten später steuerte sie den Wagen über die kurvenreiche Landstraße durch den nachtschwarzen Wald. Eine Bewegung am Straßenrand schreckte sie auf: ein Fuchs. Sein rotes Fell schimmerte im Scheinwerferlicht, bevor er ins Dickicht eintauchte. Sie ging vom Gas und fuhr deutlich langsamer weiter. Es gab viel Wild in der Region, und einen Zusammenstoß mit einem Reh oder Wildschwein wollte sie keinesfalls riskieren. Um entgegenkommende Fahrzeug musste sie sich nicht kümmern. Sonntagabends war kaum jemand unterwegs. Nach einer halbstündigen Fahrt lag der Wald hinter ihr. Aus Sorge um das Auto bog sie nicht auf den buckligen Wiesenweg ab, sondern vertraute auf das Navigationsgerät, das sie offensichtlich auf den Umweg schickte, den Bastiani bei ihrer gemeinsamen Fahrt erwähnt hatte. Nach wenigen Kilometern führte ein schmales Sträßchen wieder in ein Waldstück hinein und ließ das Fähnchen auf dem Bildschirm näherrücken. Als sie noch 200 Meter vom Ziel entfernt war, wurde aus der Asphaltstraße ein geschotterter Feldweg, der sich ein Stück weiter auf einer Grasfläche verlor. Allem Anschein nach war Norma auf eine weitere Nebenstrecke geraten. Im Scheinwerferlicht blinkte ein heller Streifen auf. Sie trat auf die Bremse und brachte den Wagen vor einem Elektrozaun aus gespannter Litze zum Stehen.

Sollte sie kehrtmachen? Die Lichter weiter vorn müssten zum Hof gehören. Norma stieg aus. Die kühle Abendluft zog in ihre Jackenärmel hinein. In einer Baumkrone rief ein Käuzchen. Sie versuchte sich zu erinnern, ob rund um Bastianis Anwesen Rinder geweidet hatten. Als Tochter eines Landwirts fürchtete sie sich nicht vor Milchkühen. Vor einer aus ihrer Nachtruhe aufgeschreckten Herde mit Kälbern und gar einem Bullen hätte sie allerdings einen

Heidenrespekt. Nichts war zu hören außer der unermüdlich tönenden Eule und einem zweiten Nachtvogel. Es gibt keine Rindviecher, entschied sie unerschrocken, und duckte sich zwischen den Litzen hindurch, um sich keinen Schlag einzufangen. Danach hielt sie auf den Hof zu. Ein gelb leuchtendes Rechteck wies ihr den Weg.

41

Wispertaunus
Sonntag, der 19. September

Als Küchenwein gönnte sich Wolfgang Bastiani gerne einen Assmannshäuser Spätburgunder. Genüsslich sog er die Aromen durch die Nase ein, bevor er den ersten Schluck zelebrierte. Wenn er allein war, stand er nicht jeden Tag am Herd und begnügte sich mit Brot, Wurst und Käse. An diesem Abend hatte ihn der Appetit auf einen herzhaften Auflauf in die Küche getrieben: Charlottes Lieblingsgericht, unzählige Male gemeinsam zubereitet, in dem sich vieles verwerten ließ, was in Kühlschrank und Speisekammer zu finden war. Sorgsam verarbeitete er Kartoffeln und Zucchini zu dünnen Scheiben, würfelte Tomaten, sparte nicht an Knoblauch und schichtete alles zusammen in einer Form auf. Bevor er das Gericht in den heißen Backofen schob, goss er Sahne darüber und bestreute es mit reichlich geriebenem Bergkäse. Beim Kochen fühlte er sich seiner Frau nahe. Er vermisste ihren warmen, weichen Körper, ihren Duft, selbst ihren liebevollen Spott. Hätte sie nicht verreisen müssen, würde er nicht in diesem Schlamassel stecken und bräuchte sich keine Gedanken über den kommenden Vormittag machen. Um 11 Uhr erwartete man ihn im Wiesbadener Polizeipräsidium!

Der aus der Situation geborene Geistesblitz, sich mit einem Schwindel aus dem lästigen Vertrag zu befreien, kostete ihn wesentlich mehr Ausdauer und Nerven, als er vorhergesehen hatte. Allein dieser leidige Gips! Mit jedem weiteren Tag schien ihm das starre Ding unerbittlicher ins Fleisch zu drücken. Wenn er den Panzer fortließ, musste er damit rechnen, von Klaus, dem Briefträger oder sonst wem ertappt zu werden. Eine Spontanheilung wäre hilfreich, aber wer sollte ihm das abnehmen? Nein, so bald käme er aus der Rolle nicht heraus. Missgestimmt regulierte er die Ofentemperatur, schenkte sich Wein nach und schaute zum Fenster hinaus. Die Nacht umhüllte den Hof wie ein Kokon. Das helle Rechteck, das aus der Küche auf das Pflaster fiel, war dort draußen die einzige Lichtquelle. Vor Mitternacht würden die Sterne nicht aufgehen. Im Wispertaunus erlebt man es noch: das unvorstellbar hell glimmende Firmament. Seine Gedanken glitten zum kommenden Vormittag. Eine Autofahrt von einer Dreiviertelstunde stand ihm bevor. In einer ersten Idee hatte er sich vorgenommen, den eigenen Wagen zu nehmen und in einer Seitenstraße des Konrad-Adenauer-Rings zu parken, um sich dort den Gipsarm überzustülpen und die letzten 200 bis 300 Meter bis zum Präsidium zu Fuß zurückzulegen. Nun kamen ihm Zweifel, ob eine solche Chuzpe nicht das Schicksal herausfordern würde. Was, wenn ihm unterwegs unverhofft ein Bekannter über den Weg lief? Der Teufel ist ein Eichhörnchen. Also doch besser mit dem Taxi.

Auf der Sahnesoße, die zwischen den Gemüsestückchen herumblubberte, schlug der Käse ölige Blasen. Der Duft von Knoblauch erfüllte die Küche. Der Wein stieg ihm zu Kopf, weil er tagsüber kaum etwas gegessen hatte. Er nahm einen Teller aus dem Schrank, kramte in der Schublade nach Messer und Gabel und trug alles hinüber in die Diele, die zugleich Esszimmer und Wohnbereich war. Der Esstisch stand in der Nähe des Holzofens. Die Buchenscheite hatte er weniger für sich selbst als für Cleo angezündet. Die Katze liebte es, die Abendstunden auf den warmen Kacheln zu verdösen, bevor sie zur Mäusejagd aufbrach.

Wolfgang kehrte in die Küche zurück. Ein Blick in den Ofen verriet: Der Auflauf würde noch eine halbe Stunde brauchen. Um die Wartezeit zu überbrücken, schenkte Wolfgang sich ein zweites Glas ein und spülte Messer, Reibe und Schneidebrett ab. Er war soeben mit dem Abtrocken fertig geworden, als es an der Haustür klingelte. Wolfgang fuhr zusammen wie Püppi, wenn neben ihr ein Fasan gackernd in den Himmel aufstob. Wer könnte das sein, wenn nicht Klaus, verdammt? Wieso hatte er das Auto nicht bemerkt? Die Scheinwerfer ließen sich doch sonst immer aus der Ferne ausmachen, und der kaputte Auspuff des alten Diesels war kaum zu überhören. Das Klingeln wiederholte sich, anschließend pochte der Besucher ungeduldig an der Haustür.

Polizei, schoss es Wolfgang durch den Kopf. Der dicke Polizist und sein dürrer Kollege wollten mit ihrem Kreuzverhör nicht bis morgen warten.

»Herr Bastiani? Auf eine Minute, bitte!«

Eine Frauenstimme, die ihm bekannt vorkam. Die Gipshülse lag auf dem Esstisch. Mit einem Anflug von Panik wollte er danach greifen. Das Hemd!, fiel ihm ein. Lange Ärmel und Gips, das passte nicht zusammen. Zum Glück trug er darunter ein T-Shirt. Hastig zog er sich das Hemd über den Kopf und schleuderte es zusammengeknüllt hinter das Sofa. Cleo sprang fauchend auf, als der Stoff an ihr vorbeiflog, und flüchtete auf drei Beinen in die Küche, während Wolfgang den Arm im Gips verstaute und einmal durchschnaufte, bevor er seinem Gast öffnete.

Norma Tann! Mit viel Glück hatte sie ihn nicht durchs Küchenfenster beobachtet. Doch der Ausdruck auf ihrem Gesicht ließ ihn diese Hoffnung begraben. Ihre herausfordernde Miene sprach Bände.

»Darf ich?« Ohne seine Erlaubnis abzuwarten, drängte sie sich dreist an ihm vorbei und in die Diele hinein. Sie schaute sich um, ein schnelles, konzentriertes Scannen des Raums, ein Innehalten beim gedeckten Esstisch. »Wie geschickt Sie sind, Herr Bastiani! Es sieht aus, als könnten Sie einhändig Messer und Gabel führen.« Die Häme war nicht zu überhören.

»Was wollen Sie?«

Sie fuhr herum, heftete den Blick nun auf ihn. »Ihnen jedenfalls nicht hinterherspionieren. Das war keinesfalls meine Absicht. Leider ließ es sich nicht verhindern, dass ich Sie durchs Küchenfenster sehen konnte. Warum spielen Sie aller Welt den Kranken vor?«

Impertinenter ginge es kaum! Erst drängte sich diese Person in sein Haus hinein, dann spielte sie sich als Moralapostel auf. Wolfgang packte die Wut. »Das geht Sie gar nichts an!«

»Da irren Sie sich, Herr Bastiani. Schließlich arbeite ich für den Mann, den Sie durch Ihren Betrug schädigen.«

»Ach, was! Das Honorar übernimmt die Ausfallversicherung. Ecki kann das egal sein.« Er hatte seine Antwort kaum ausgesprochen, als ihm klar wurde, wie lahm und eigennützig diese Rechtfertigung klang.

Kein Wunder, dass die Tann sofort zum Angriff überging. »Selbstverständlich kommt Ecki durch Ihren Betrug zu schaden. Oder glauben Sie etwa, ein prominenter Künstler wie Roman Bonheur begnügt sich mit Ihrem mickrigen Honorar?«

Roman verdiente so viel mehr als er? Was für ein beschämender Gedanke! Woher wollte sie das überhaupt wissen? Vielleicht nur eine freche Behauptung, um ihn aus der Reserve zu locken?

»Was Sie hier aufführen, nennt man schlicht und einfach Versicherungsbetrug«, urteilte sie scharf. Man könnte meinen, es machte ihr ein besonderes Vergnügen, ihn zu demütigen. »Aber das ist nur ein netter Nebeneffekt. In Wirklichkeit dient Ihr Theaterspiel einem anderen perfiden Zweck. Sie haben Axel Teubener ermordet und wollen sich mit dem gebrochenen Arm als Tatverdächtigen ausschließen!«

»Was für ein Unsinn!«

»Sie hatten die Zeit und die Möglichkeit, den Winzer am Sonntagabend hinter der Basilika zu erdrosseln. Ihre Frau spielte den Lockvogel.«

Wolfgang musste seine ganze durch anstrengende Regisseure geschulte Beherrschung aufbringen, um nicht aus der Haut zu fahren. »Charlotte ist in Bratislava.«

»Es gibt täglich Flüge nach Frankfurt und wieder zurück«, behauptete sie unverdrossen.

»Aha. Klar! Und unser Motiv liefern Sie gleich dazu?«

»Aber bitte sehr! Hätte Teubener Ihnen die Pacht gekündigt, wäre Ihr Ponyhof-Idyll verloren gewesen. Wo sollten Sie hin mit den Tieren? Das konnten Sie nicht zulassen. Teubener musste weg. Von Annegret droht keine Gefahr. Ohne ihren Axel wird sie niemals hierher übersiedeln. Das hat sie mir persönlich erzählt.« Ihr schmales Gesicht spiegelte den Triumph der Siegerin wider. Er musste sich bremsen, um nicht mit der geballten Faust mitten hineinzuschlagen.

»Mit Ihrer ausschweifenden Fantasie sollten Sie Drehbücher für Daily Soaps schreiben«, fauchte er.

»Legen Sie ein Geständnis ab, Herr Bastiani«, verlangte sie kaltblütig.

42

Mit verzerrtem Gesicht riss Bastiani den rechten Arm aus der überflüssig gewordenen Attrappe. Mit einem dumpfen Plopp landete der Gips auf dem Dielenboden. Der Schauspieler rang wie in Verzweiflung die Hände. Ein Schuldeingeständnis? Norma entging nicht, wie er sich zum Ofen umwandte und den Schürhaken musterte, als überlegte er ernsthaft, ihr mit dem Eisenstab eins über den Schädel zu ziehen.

Sie riss sich zusammen, um ihn ihre Verunsicherung nicht spüren zu lassen. So stoisch, wie es ihr in dieser Situation gelang, verkündete sie: »Ich zeige Sie wegen Mordes an. Verlassen Sie sich darauf!«

Obwohl sie mit einem Angriff rechnen musste, drehte sie sich um und ging Schritt für Schritt auf die Haustür zu. Ihr Rückgrat kribbelte wie unter einer Ameisenstraße, als sie endlich draußen war. Vor der Tür schlug ihr ein eisiger Lufthauch entgegen, der poetisch gepriesene Wisperwind, der ihr um die heiße Stirn strich. Welcher Teufel hatte sie geritten, Bastiani dermaßen zu reizen? Sie hätte ihre unerwartete Erkenntnis besser für sich behalten. Dem Mann hatte die Angriffslust im Gesicht gestanden. Keine Spur vom zartfühlenden Pferdemann, der von seiner Püppi schwärmte. Mit zitternden Knien stolperte sie die Treppenstufen zum Hof hinab, fing sich, hastete in die Nacht hinein. Ihr Herz raste. Ob er ihr hinterherkäme? Fraglos würde er ihr nachsetzen! Ein Mann, der alles zu verlieren hatte: seinen Ruf, seine Arbeit, seine Pferde, sein Heim, seine Freiheit! Das Knarren einer Tür sollte ihr Warnung genug sein. Norma erspähte, als sie herumfuhr, eine Gestalt auf der Schwelle, einen Schemen, der abtauchte, über die Stufen huschte. Im nächsten Moment hörte sie ein Schrappen, als würden harte Sohlen auf Kies treten. Stoßende Atemzüge in Hörweite. Sie schlich, von Panik getrieben, auf das Küchenfenster zu, hinter dem das Licht brannte, das sie hergeleitet hatte. Eine Armlänge davon entfernt duckte sie sich an die Hauswand, vom Schatten verborgen, so hoffte sie, und lauschte mit angehaltenem Atem. Wenn er ihr etwas antun wollte, hätte er leichtes Spiel. Wer würde sie auf seinem Hof suchen? Und falls doch, wie sollte man sie finden? Landwirtschaftliche Betriebe boten allerhand Verstecke für eine Leiche: die Güllegrube aus der Zeit, als hier noch Milchvieh gehalten wurde, ein baufälliger Schuppen, eine tief eingeschnittene Schlucht im Wald.

An welcher Stelle würde er ihr auflauern? Wo vermutete er ihren Wagen? Soweit sie wusste, führten drei Wege zum Hof: die Zufahrt über eine Straße, die Bastiani am Freitag erwähnt hatte, der bucklige Grasweg, den sie stattdessen genommen hatten, sowie der Feldweg, auf dem sie geparkt hatte. Inzwischen hatten sich ihre Augen auf die Dunkelheit eingestellt. Sie erkannte die Umrisse von Stall und Scheune, und ihre alarmierten Sinne nahmen das Prusten der Pferde wahr, die ihre Runden durch den Paddock zogen. Irgendetwas hatte die Tiere aufgeschreckt. Ein scharfes Prusten erklang, dem eine geflüsterte Beruhigung folgte. Bastiani! Er versteckte sich am Stall, hatte offenbar auf die Buckelpiste gesetzt. Norma hielt es nicht länger in ihrer Deckung. Im Schutz der Hauswand tastete sie sich voran, zwang sich, obwohl sie am liebsten gerannt wäre, bedächtig zu handeln, um nicht ins Stolpern zu kommen und Bastiani auf ihre Fährte zu locken. Sie war heilfroh, dass es hier keinen Hofhund gab! Endlich erreichte sie den Feldweg. Gespenstisch hell schimmerte der Schotterbelag im aufgehenden Sternenlicht. Der Weg war frei. Norma sprintete los zum rettenden Wagen.

43

Wiesbaden
Sonntag, der 19. September

»Warst du von allen guten Geistern verlassen, Norma?« Timon hielt es nicht länger auf seinem Platz, nachdem sie ihm von der verhängnisvollen Begegnung mit Bastiani berichtet hatte. Er sprang auf und blieb vor ihrem Sessel stehen. »Du gehörst nicht mehr zur Polizei! Du bist unbewaffnet und allein auf dich gestellt. Nicht auszudenken, was passiert wäre, wenn er dich überwältigt hätte!«

»Du hast vollkommen recht. Die Konfrontation mit Bastiani war leichtsinnig und unnötig.«

Ihr unumwundenes Eingeständnis überraschte ihn. »So reumütig kenne ich dich gar nicht. Der Kerl muss dir einen ordentlichen Schrecken eingejagt haben.«

»Und wie! Beim Losfahren wäre ich vor lauter Panik beinahe im Graben gelandet.«

Sie stand auf, um ihn zu umarmen. Einer zarten Berührung gleich strich sein Zopf über ihre auf seinem Rücken zusammengefalteten Hände. Nach all der Aufregung hatte sie die Nacht nicht allein im Klosterhotel verbringen wollen und war geradewegs ins Wiesbadener Rheingauviertel gefahren. In der mehrstöckigen Häuserzeile reihten sich verspielte Jugendstilgebäude an pompöse Gründerzeitbauten. Timons vorübergehendes Domizil lag im dritten Stock eines roten Backsteinbaus aus dem Jahr 1908, wie die schmiedeeisernen Ziffern über dem Portal kundtaten. Der Hauptmieter der Wohnung, ein Kollege des LKA, befand sich als Anti-Terror-Experte für ein Vierteljahr im Auslandseinsatz und gewährte Timon Unterkunft als Haushüter.

Timon erwiderte die Umarmung mit sanftem Druck. »Ich bin nicht bibelfest. Trotzdem fällt mir ein Spruch für dich ein. Hochmut kommt vor dem Fall, Norma! Was hat dich geritten, dem Mann deinen Mordverdacht ins Gesicht zu sagen?«

»Übermut? Selbstüberschätzung?«, murmelte sie in seine Schulter hinein. »Der Anblick, wie er mit zwei gesunden Händen hantierte, hat mir die Augen geöffnet. Bastiani hat seine Verletzung vorgetäuscht, um scheinbar körperlich nicht in der Lage zu sein, Teubener zu ermorden.« Trotzdem hätte sie sich unwissend geben und unbedarft ihre Frage nach Conny Plaschke stellen sollen. Stattdessen hatte sie sich zu diesen Beschuldigungen hinreißen lassen und wäre aus naivem Übermut beinahe einem Mörder in die Falle gegangen. Und hatte zudem nichts über Conny Plaschke in Erfahrung gebracht!

Die Umarmung wurde fester. »Ich mag dich so, wie du bist. Aber bitte pass in Zukunft besser auf dich auf.«

Mit einem liebevollen Knuff löste sie sich aus seinen Armen und nahm wieder im Sessel Platz. Müde zog sie die Füße hoch. Timon reichte ihr einen Becher mit Tee. Er selbst ließ sich in der angrenzenden Sofaecke nieder. In der Polstergruppe hätte man eine Großfamilie unterbringen können, doch der saalartige Raum mit seiner überhohen Stuckdecke bot genügend Platz für ausladende Möbel. Die gesamte Wohnung war zwar geschmackvoll, aber nur mit dem Nötigsten ausgestattet. Der Besitzer lebte allein und befand sich die meiste Zeit sowieso auf Reisen. Timon nahm seine wechselnden Behausungen, wie sie waren. Ob er nun ein karges Loft in einer ehemaligen Fabrikhalle hütete oder in einem Luxusapartment residierte, er kam überall zurecht. Demnach wohl auch in Evas Fachwerketage?

Timon unterbrach ihren Gedankengang. »Du bist also überzeugt, Dirk und Luigi sollten Daniel Lenges und Ricky Teubener von ihrer Liste der Verdächtigen streichen? Wolfgang Bastiani hat Teubener ermordet, um seinen Hof zu behalten?«

Norma hielt den Becher mit beiden Händen und pustete in den heißen Früchtetee hinein, bevor sie antwortete: »Wenn du ihn mit seinen Pferden erlebt hättest … Er liebt sein Zuhause mit jeder Faser seines Körpers. Das ist ein starkes Motiv.«

»Und wer hat Teubener aus der Klosterkirche gelockt?«, überlegte Timon laut. »Zeugen haben eine Frau beobachtet.«

»Was den Verdacht noch erhärtet! Bastianis Frau arbeitet zwar zurzeit in Bratislava. Aber was spricht dagegen, dass Charlotte kurzerhand nach Frankfurt geflogen ist?

Als seine Komplizin agierte sie als Lockvogel und hat sich danach wieder davongemacht.«

»Das ließe sich überprüfen. Wenn es so war, hat die Frau viel riskiert. Jemand hätte sie in der Basilika erkennen können.«

»Vergiss nicht, dass Bastiani Schauspieler ist. Vielleicht hat er ihr geholfen, sich zu verkleiden. Perücke, Schminke, eine andere Körperhaltung. Wir waren selbst in der Klosterkirche. Es war dunkel genug, um mit einer halbwegs geschickten Maskerade mögliche Zeugen in die Irre zu führen.«

»Hmm«, sagte Timon nachdenklich.

Norma nahm einen Schluck Tee, der heiß, süß und tröstlich schmeckte. »Teubener hat zeitlebens mit seiner Statistenrolle in ›Der Name der Rose‹ geprahlt. Und es war kein Geheimnis, dass er sich keine Aufführung in Eberbach entgehen ließ. Der Winzer hat sich seinem Mörder sozusagen selbst auf dem Silbertablett präsentiert.«

»Das klingt so weit schlüssig, Norma. Doch warum geschah der Mord in der Klostergasse und beinahe vor den Augen aller? Bastiani hätte seinem Kontrahenten im Weinberg auflauern und ihn dort niederschlagen können. Still und heimlich. Warum dieses Risiko?«

Norma zuckte mit den Schultern. »Der Mann ist Schauspieler. Vielleicht hat er einen Hang zur Dramatik? Oder er fühlte sich in der Menge sicher. Teubener hatte es sich mit so vielen Leuten verdorben. Bastiani durfte darauf hoffen, dass sich einige Verdächtige in der Basilika aufhalten würden.« Ihrer eigenen Erklärung zum Trotz spürte sie, wie ihre Überzeugung ins Wanken geriet. Was sollte Bastiani mit der Kohlezeichnung zu tun haben? Hatte sie dem Bild eine zu große Bedeutung zugeschrieben?

Timon nahm eine andere Spur auf. »Du hattest mir neulich von Bastianis Reitunfall erzählt. Die Nägel in der Satteldecke, die das Pferd dazu brachten, seinen Reiter abzuwerfen. Hat er den Sturz vorgetäuscht?«

»Ich bin sicher, der Unfall hat stattgefunden. Es sei denn, Bastiani hätte seinen Freund und Nachbarn Klaus geschickt hinters Licht geführt, was ich nicht glaube. Vielleicht hatte es zunächst tatsächlich nach einer schwereren Verletzung ausgesehen. Bastiani hat die Gelegenheit genutzt und den fiesen Anschlag zu seinem eigenen Vorteil verwendet.«

»Was geht dir durch den Kopf?« Offensichtlich war ihm ihre grüblerische Miene nicht entgangen.

»Bei meinem ersten Besuch hat Bastiani gesagt, Teubener könnte den Unfall arrangiert haben, um ihn vom Hof zu vertreiben. Ich frage mich, warum er mir so offen von dieser Vermutung erzählt hat. Dieser Verdacht untermauert schließlich sein Motiv für den Mord an seinem verhassten Verpächter.«

»Sein Verhalten lässt sich auch genau andersherum interpretieren«, widersprach Timon. »Sein Konflikt mit Teubener wegen des Hofs wäre sowieso herausgekommen. Deswegen ist er von sich aus darauf zu sprechen gekommen, in der Hoffnung, seine Glaubwürdigkeit zu erhöhen.«

»Dass sich Bastiani mir gegenüber als ahnungsloses Opfer ausgegeben hat, passt zu diesem begnadeten Lügner«, ergänzte Norma. Ihre Hypothese hatte wieder Oberwasser bekommen. »Gibt es noch Tee?«

Timon schenkte ihr nach und bekannte: »Ich würde gern die Gesichter von Dirk und Luigi sehen, wenn sie erfahren, wie du ihnen im Mordfall Teubener zuvorgekommen bist.«

Norma hielt die Hand vor den Mund und gähnte hörbar. »Wenn Bastiani klug ist, stellt er sich selbst. Übrigens habe ich eine weitere Neuigkeit für meine Ex-Kollegen.«

»Warum überrascht mich das nicht?«, fragte er mit einem Lächeln. »Du hast immer einen Trumpf im Ärmel. Worum geht es?«

»Ecki Winterstein hat gelogen mit seiner Behauptung, Axel Teubener nicht zu kennen. Sie waren 1985 beste Kumpel und spielten beide als Komparsen in der Eco-Verfilmung mit.« In wenigen Sätzen erzählte sie von ihrem Besuch bei Mark Abelmann.

»Zum Mordverdächtigen macht Winterstein das nicht. Er hat ein Alibi für die Tatzeit, nicht wahr?«

Norma gähnte zum zweiten Mal. Gut, dass sie saß. Sie war zum Umfallen müde. »Marielle und Nelly haben bestätigt, dass er sich während der Aufführung und in der Pause nicht vom Fleck gerührt hat. Das ist wasserdicht.«

»Warum bist du überhaupt zu Bastiani gefahren?«

Norma stieß einen erschöpften Seufzer aus. »Ach, wegen eines Hinweises, der Yvette Betzmer betrifft. Ich hatte gehofft, er könnte mir etwas über eine Schauspielerin namens Conny Plaschke erzählen.«

Nach ihrer Erklärung, warum sie sich für die Frau interessierte und was sie bisher in Erfahrung gebracht hatte, sank Timon rücklings auf die Couch nieder. Er ließ die Füße über die Lehne baumeln und sinnierte laut vor sich hin. »Cornelia, Conny, Nelly …«

Norma fuhr kerzengerade auf. »Kann das sein?«

»Was meinst du?«

Sie schüttelte den Kopf. »Nur so ein Gedanke.«

»Raus mit der Sprache«, verlangte Timon. »Ich liebe deine Spekulationen, Norma.«

»Nelly Nebelsiek! Ecki und sie sind seit Jahrzehnten befreundet.«

»Verstehe, und nun vermutest du, Nelly ist gleich Conny?«

»Nelly behauptet, nie zuvor in Eberbach gewesen zu sein. Falls sie lügt, ist sie in bester Gesellschaft. Wo ist mein Handy?« Sie griff nach dem Rucksack.

Timon tat es ihr gleich und setzte sich auf. »Was hast du vor?«

»Auf Nellys Webseite ist ein Porträt von ihr zu sehen. Ich schicke den Link an Mark Abelmann. Ich glaube nicht wirklich, dass Nelly die Conny von damals ist, aber wenigstens bekomme ich so ein Hirngespinst aus dem Kopf.«

Mit einem Grinsen deutete Timon auf die Wanduhr. »Manche Menschen schlafen um diese Zeit.«

»Morgen früh würde mir reichen.« Eilig hantierte sie mit dem Handy. Sie konnte kaum noch die Augen offen halten. Eine Sache allerdings musste sie noch loswerden, bevor sie ins Bett sank. Sie wechselte auf das Sofa hinüber und rückte an Timons Seite. »Was hältst du davon, sesshaft zu werden? Evas Wohnung wird frei. Willst du mit mir unter einem Dach wohnen?«

Die Antwort flüsterte er ihr ins Ohr.

44

Kloster Eberbach
Montag, der 20. September

Mark Abelmann ließ sich Zeit mit einer Antwort, was verzeihlich war, da es erst 8 Uhr war. Norma saß allein am gläsernen Tisch in der Wohnküche. Timon war frühzeitig aufgebrochen, um in Frankfurt vor Gericht zu erscheinen. Dort sollte er als medizinischer Gutachter in einem Mordprozess auftreten. Mit dem Kaffeebecher in der Hand dachte Norma an Milano und Wolfert. Höchstwahrscheinlich waren sie um diese Uhrzeit schon im Dienst. Sie wählte die Büronummer im Polizeipräsidium.

Milano nahm ab. »Grüß dich, Norma! Willst du mich wieder einmal aushorchen, was?«

»Dieses Mal habe ich Neuigkeiten für euch.«

»Hoffentlich etwas zur Aufmunterung«, knurrte er. »Wir könnten neue Ansätze für die Ermittlungen gebrauchen. Ricky Teubener bringt uns nicht weiter.« Im Hintergrund war das Rascheln von Papier zu hören. Norma tippte auf eine Brötchentüte. Nervennahrung würde Milano in dieser Lage weit besser bekommen als eine Diät.

»Ricky ist also nicht mehr verdächtig?«

»Ihm ist eingefallen, dass er auf dem Wispersteig einen Bekannten getroffen hat: seinen ehemaligen Lehrer aus der Berufsschule. Der Mann hat Rickys Angaben bereits bestätigt.«

»Und der Lehrer ist glaubwürdig?«

»Es gibt keinen Zweifel an seiner Aussage. Er konnte uns

sogar auf die Minute genau sagen, wann er Ricky begegnet ist, weil er seine Wanderung per App aufgezeichnet hat. Zur Tatzeit befand sich Ricky mitten im Wald. Damit geht die Suche von vorn los. In zehn Minuten ist Teamsitzung. Ich muss dir nicht erklären, in welcher Stimmung die Leute sind! Mit Ricky ist uns nach Daniel Lenges der zweite Verdächtige verschüttgegangen.«

Bevor sie ihre Bombe platzen ließ, wollte sie ihn etwas zappeln lassen. »Danke für die Auskunft, Luigi!«

Das Knistern wurde lauter, und Milano mampfte hörbar, als er nuschelte: »Eine Hand wäscht die andere. Was hast du für uns?«

»Was den Fall Teubener betrifft, wird sich der Frust im Team in Euphorie verwandeln.«

»Nun sag schon, bitte! Fürs Rätselraten fehlen mir die Nerven.«

»Hat sich Wolfgang Bastiani bei euch gemeldet?«

»Er hat eine Vorladung für heute um 11 Uhr. Warum? Dein Verdacht geht doch nicht …«

»Und ob! Wolfgang Bastiani ist euer Mann.« Sie fasste zusammen, was sie zu berichten hatte.

Ausnahmsweise nahm Milano ihr unrühmliches Verhalten auf dem Hof nicht zum Anlass, seinen Spott über ihr auszugießen. »Wir werden nicht warten, bis Bastiani zu uns kommt, sondern fahren zu ihm raus. Alle Achtung, du bist uns zuvorgekommen. Das ist Wasser auf Dirks Mühlen. Er hätte dich am liebsten wieder im Team, und ich könnte auch damit leben.«

Das Lob rührte sie. »Danke, Luigi. Ich weiß das zu schätzen. Allerdings …«

»Du liebst deine Freiheit, schon klar. Was hast du jetzt vor?«

»Einer kalten Spur Leben einhauchen, wenn du so willst. Vorher werde ich meinen Job in Eberbach erledigen.«

»Verfolgst du immer noch diese uralte Vermisstensache? Du bist unverbesserlich, Frau Privatdetektivin. Kannst du es nicht einfach mal gut sein lassen? Ich bin gespannt darauf, was uns Bastiani zu erzählen hat.« Mit einem zuversichtlichen Gruß beendete er das Gespräch.

Norma räumte die Küche auf und machte sich anschließend auf den Weg ins Kloster. Mit der Szene vor der Orangerie erwartete sie einer ihrer letzten Einsätze für das Filmprojekt. Außer ihr sollten sich Marielle, Nelly, Sören und Bonheur sowie Tom, Paul und Wenke bereithalten, wie sie dem Drehplan entnommen hatte. Die ursprünglich für den Samstag vorgesehenen Aufnahmen waren an den Schluss des Projekts gerutscht. Kaum zu glauben, dass erst zwei Tage vergangen waren, seit sie den verletzten Regisseur im Hohlen Rad aufgespürt hatte, überlegte Norma, als sie auf die A 66 einbog.

Der rollende Berufsverkehr brachte sie gemächlich, aber flüssig voran, während die Rebflächen in sanften Wellen vorbeizogen. Deutlich mehr Wagen waren auf der entgegengesetzten Fahrbahn in Richtung Mainz, Wiesbaden und Frankfurt unterwegs. Die Autobahn mündete in die vierspurige Bundesstraße. Hinter Eltville setzte Norma den Blinker, um in Richtung Kiedrich abzubiegen – mit ihren Gedanken beim Regisseur. Bevor das Präsidium keine offizielle Pressemeldung zum Winzermord herausgegeben hätte, würde sie vor ihm und dem Team kein Wort über ihren Verdacht gegen Bastiani verlieren. Diese Verschwiegenheit war sie den ehemaligen Kollegen und auch ihrer eigenen Berufsehre schuldig. Was ihre Nachforschungen im

Fall Yvette betraf, konnte sie frei entscheiden, wie sie damit umgehen wollte. Ecki müsste sich endlich zu seiner Eberbacher Zeit äußern, das war keine Frage. Wie und wann das allerdings geschehen sollte, würden ihr ihre Intuition und Erfahrung sagen.

In Kiedrich erhaschte sie einen Blick auf den Turm der gotischen Basilika St. Valentin, in der an Sonntagen die Kiedricher Chorbuben zu hören waren. Abelmann hatte erzählt, dass die Filmleute ihn für einen der Chorbuben gehalten und deswegen nicht fortgeschickt hätten. Der Regisseur Jean-Jacques Annaud soll von den gregorianischen Chorälen, die in Kiedrich seit 1333 in einem uralten germanischen Dialekt gepflegt wurden, dermaßen beeindruckt gewesen sein, dass er die jugendlichen Sänger für seinen Film engagiert hatte. Hinter dem Weinstädtchen öffnete sich der Blick auf die Rheinebene mit ihrer welligen Hügellandschaft. Bald führte die Straße unterhalb des Eichbergs vorbei, der Norma an die aktuellen Dreharbeiten denken ließ. Die dortigen psychiatrischen Einrichtungen hatten ihren Ursprung in der Eberbacher Heilanstalt. Nach einer weiteren Kurve bog sie auf den klostereigenen Parkplatz ab. In einer Stunde sollte Drehbeginn sein. Zeit genug für einen Sprung aufs Zimmer und einen Anruf bei Abelmann, der sich bisher nicht gerührt hatte. Verbrachte der Filmfreak die Nächte mit Kinohits und kam morgens nicht aus dem Bett? Sie nahm den Weg durch die Grünanlagen. Vor der Orangerie traf sie auf Tom und Paul, die damit beschäftigt waren, ihr Material heranzutragen. Tom rief ihr einen Gruß zu und wandte sich der nächsten Kiste zu.

Paul dagegen unterbrach seine Arbeit. Schnaufend setzte er seine Last ab. »Norma, dich schickt der Himmel! Tu mir den Gefallen und kümmere dich um Romans Groupies. Sie lauern ihrem Helden auf und stehen uns vor den Füßen rum.«

Ungehalten deutete er auf zwei Frauen, die sich hinter die Eibenreihe zurückgezogen hatten. Im sicheren Gespür, Gegenstand der Unterhaltung zu sein, näherten sie sich mit erwartungsvollen Mienen. Die Damen waren im mittleren Alter, sportlich in Jeans und pastellfarbene Kapuzenpullis gekleidet, die Hüften rundlich, die Gesichter bebrillt, die Kurzhaarfrisur der einen ergraut, die der anderen strohblond. Sie hätten Schwestern sein können. Die Grauhaarige trug eine prall gefüllte Mappe unter dem Arm, die Blonde hielt einen Pappumschlag in der Hand. Widerstrebend besann sich Norma ihres Auftrags im Filmteam. Das Gespräch mit Abelmann musste warten.

»Frau Tann wird sich um Sie kümmern«, erklärte Paul erleichtert und machte auf dem Absatz kehrte, um zu seinen Kisten zu eilen.

»Wir warten auf Roman Bonheur«, sagte die Grauhaarige mit seligem Lächeln.

»Wir wissen von den Dreharbeiten hier im Kloster«, fügte die Blonde eilig hinzu, »und möchten ihn überraschen.«

»Er kennt uns, weil wir uns am vergangenen Montag im Baumarkt begegnet sind«, erläuterte die Begleiterin. »Heute Morgen möchten wir ihn um zwei Autogramme bitten.«

»Sie sind Roman Bonheur im Baumarkt begegnet?«, wiederholte Norma ungläubig. »Am Montag der vergangenen Woche?«

»Ei sicher«, flötete die Blonde. »Heut vor acht Tagen in Rüdesheim. Uns hat's glatt die Sprache verschlagen!«

Wie wollten die Damen den Star am Montag in Rüdesheim getroffen haben, wenn er doch erst am Mittwochmorgen von seinem französischen Landgut aufgebrochen war? Am Montag war er noch gar nicht als Darsteller des Direktor Lindpaintner vorgesehen gewesen. Bastiani stürzte am Dienstag vom Pferd.

»Sie müssen sich irren«, widersprach Norma. »Entweder war es ein anderer Tag oder ein anderer Mann. Das kann sonst unmöglich sein.«

»Doch, doch«, krähte die Graue. »Sehen Sie nur, junge Frau! Im Laden durften wir Selfies mit Roman aufnehmen.«

»Von den Fotos haben wir Ausdrucke machen lassen«, erklärte die Blonde in übertrieben geduldiger Stimmlage, als redete sie mit einem störrischen Kind. »Roman soll uns die Fotos signieren. Das ist unsere Bitte.«

»Schließlich sind wir nicht irgendwer«, erklärte die Andere selbstbewusst. »Wir sind die Vorsitzenden des ersten deutschen Roman-Bonheur-Fanclubs. Wollen Sie mal sehen?«

Nein, das wollte Norma bestimmt nicht. Bevor sie widersprechen konnte, hatte die Frau jedoch die Mappe unter dem Arm vorgezogen und hielt ihr eine aufgeschlagene Seite vor die Nase. Mit triumphierendem Blick und dem Buchrücken vor der vollbusigen Brust blätterte sie weiter um. Hinter den beiden Fanclub-Vorsitzenden amüsierte sich Paul königlich und zeigte ihnen heimlich einen Vogel.

Flüchtig verfolgte Norma die Folge der Seiten, die über und über mit Zeitungsreportagen, Fotos sowie Film- und Theaterrezensionen beklebt waren. Wie nicht anders zu erwarten, drehte sich alles um den berühmten deutsch-französischen Schauspieler. Sie hob abwehrend die Hände und wollte dem Ganzen ein Ende bereiten, als die Dame ein

Blatt mit zwei Aufnahmen zum Vorschein brachte, deren Motive Norma äußerst vertraut waren. Ein Bild zeigte die Eberbacher Basilika, das andere den bärtigen Sean Connery in der Franziskanerkutte des William von Baskerville. Neben den Abbildungen klebte ein Zeitungsausschnitt in der Form eines Interviews.

»Darf ich?«, fragte Norma und streckte die Hände aus.

»Bitte sehr«, flötete die Grauhaarige mit dankbarem Lächeln.

Norma legte sich die Mappe auf den Unterarm und überflog den Text im Stehen. In dem Interview, das einige Jahre alt und in einem deutschen Boulevardblatt erschienen war, gab Roman Bonheur Auskunft über seine Kindheit in Wiesbaden, den Umzug nach Frankreich, die Schauspielschule und erste Engagements auf Pariser Bühnen. Eine Frage galt möglichen Idolen. Seine Antwort lautete:

Eines meiner frühsten und größten Vorbilder ist der einzigartige Sean Connery. Ich lüge nicht, wenn ich sage, dass ich ihm einst sehr nahekommen durfte. 1985, als im Kloster Eberbach bei Frankfurt »Der Name der Rose« gedreht wurde, hatte ich mich tagelang unter das Filmvolk gemischt und alles aufgesogen, was ich von ihm und anderen grandiosen Profis mitbekommen habe. Das war eine aufregende Zeit, die mein späteres Leben prägen sollte. Im Guten wie im Schlechten.

Norma schnalzte unwillkürlich mit der Zunge. Nicht zu fassen! Hatte Roman nicht erst gestern Abend mit Dackelblick versichert, den Rheingau und das Kloster zuvor nicht gekannt zu haben? Willkommen im Club!, hätte Ecki ihm zurufen können. Was zum Teufel trieb nun auch noch den Star des Ensembles, die Erlebnisse mit Sean Connery und anderen Filmgrößen ausgerechnet hier am Originaldrehort zu verschweigen? Hatte es in »Der Name der Rose« womöglich eine Rolle für einen kleinen Jungen gegeben, die später herausgeschnitten worden war? Verwirrt reichte sie die Mappe zurück.

»Ein begnadeter Künstler, der Roman, nicht wahr?«, schwärmte die Blonde. »Möchten Sie jetzt die Fotos sehen?« Sie hantierte mit dem großen Umschlag.

»Unbedingt!«

Begierig nahm Norma zwei Ausdrucke entgegen. Im Hintergrund waren Regale mit Bohrern, Hämmern und allerhand anderem Werkzeug auszumachen, wie es in einem Baumarkt nicht anders zu erwarten war. Beide Aufnahmen glichen sich weitgehend, nur die Dame, die triumphierend in die Kamera lächelte, wechselte. Der Mann an ihrer Seite trug eine helle Hose, ein blaues Hemd und die karierte Kappe, deren Schirm sein Gesicht nicht ganz verbergen konnte. Um seinen Hals baumelte die Kette mit dem silbernen Kreuz, die Bonheur nur abnahm, wenn er in die Rolle des Direktor Lindpaintners schlüpfte. Er war es, eindeutig! Nicht allein diese Erkenntnis brachte ihren Puls in Fahrt. Verblüfft starrte sie auf das, was der Schauspieler in der Hand trug: unverkennbar eine Schachtel mit Nägeln. Sie holte das Indiz aus Bastianis Sattelkammer aus ihrem Rucksack hervor und verglich es mit der Abbildung auf Bonheurs Einkauf. Der Nagel in ihrer Hand war kurz und dick, genau wie seine Nägel.

»Dürfte ich das Originalfoto sehen?«, bat sie.

Bereitwillig reichte ihr die Grauhaarige ein Handy. Die Damen hatten die Wahrheit gesagt. Das Foto war auf Montag, den 13. September, datiert.

»Entschuldigung«, murmelte Norma und wandte sich von den Frauen ab.

Hochkonzentriert überschlug sie die Abläufe. Am vergangenen Montag hatte Bonheur Nägel gekauft, am Tag danach war Bastiani verunglückt. Hatte Roman den Anschlag auf Bastiani verübt, um auf Teufel komm raus in Eckis Dokudrama mitzuwirken? Sogar auf die Gefahr hin, dass sich sein Kollege beim Sturz das Genick brach? Plötzlich fügte sich eins zum anderen. Bonheur kannte Püppi und ihr Handicap von seinem Aufenthalt im Wispertaunus. Als erfahrener Reiter hatte er sich die Reaktion der Stute auf einen schmerzhaften Druck ausmalen können. Norma sah bildhaft vor sich, wie er sich in der Nacht von Montag auf Dienstag auf den Hof pirschte, um die Satteldecke mit den Nägeln zu präparieren. Danach musste er nur noch in einem Hotelzimmer abwarten, bis Eckis verzweifelte Suche nach einem neuen Hauptdarsteller einsetzte. Sicherlich hatte Bonheur sich geschickt selbst ins Spiel gebracht und den Anschein erweckt, er halte sich in seinem Landgut auf, um sich zur Mitwirkung »überreden« zu lassen. Und Ecki? Führte der Regisseur auch in diesem Stück die Regie? Norma glaubte es nicht. Winterstein war der eitle Nutznießer, der sich im Glanz des Stars sonnte und lieber keine Fragen stellte. Wolfgang Bastiani war der Dritte im Bunde, der die Gelegenheit am Schopf gepackt hatte, um sich als Tatverdächtigen für den Mord auszuschließen. Wegen der einmaligen Chance, endlich den verhassten Verpächter aus dem Weg zu räumen.

»Alles in Ordnung?«

Die Frage riss Norma aus ihrem Gedankengang. Mit einem Dank gab sie den Frauen das Telefon zurück.

»Wann können wir Roman treffen und wo?«, fragte die Blonde ungeduldig.

Norma vertröstete die Frauen mit der vagen Zusage, sie würde sich kümmern. Sie brannte darauf, sich Bonheur vorzuknöpfen. Was mochte ihn zu dieser heimtückischen Inszenierung getrieben haben? Sie müsste es geschickt anstellen, sonst machte er dicht, und sie wäre so schlau wie zuvor. Mit etwas Glück traf sie ihn beim Frühstück an. Viele Puzzlestückchen ergeben ein Ganzes! Mit diesem Klischee im Kopf stieg sie die Treppe zum oberen Geländeareal hinauf und nahm zwei Stufen auf einmal. Das Handy meldete sich. Im Gehen angelte sie den Apparat aus dem Rucksack. Eine Sprachnachricht von Abelmann!

»Nelly Nebelsiek ist die Conny von 1985«, hörte sie den Filmfreund sagen. Seine Stimme klang sehr entschieden, als er anfügte, sich absolut sicher zu sein.

45

Unschlüssig legte Norma auf der oberen Stufe eine Pause ein. Ihre Hypothese, Nelly und Conny könnten ein und dieselbe Person sein, war äußert gewagt gewesen. Dass sie sich als zutreffend herausstellte, hatte sie nicht wirklich erwartet. Was sollte sie als Nächstes tun? Wäre es nicht besser, zuerst mit Nelly zu sprechen und ihre Erklärung abzuwarten, bevor sie Bonheur zur Rede stellte? Sie eilte zum Frühstücksraum, wo ihr die Entscheidung abgenommen wurde. Sie konnte unter den Gästen weder Nelly noch Roman ausmachen. Auch Ecki war nicht anwesend. Stattdessen fiel ihr Marielle auf, die allein am Fenster saß und sich in eine Textmappe vertieft hatte.

»Büffeln auf den letzten Drücker? Lernst du für die Szene vor der Orangerie?«

Marielle zuckte zusammen. »Norma, hast du mich erschreckt! Im Grunde kenne ich meinen Part, aber du weißt, wie leicht Ecki mich manchmal aus dem Konzept bringt.«

Vermutlich erwartete sie aufmunternde Worte. Im Augenblick fehlte Norma jedoch der Sinn für Marielles Befindlichkeiten, und sie erkundigte sich geradewegs nach Nelly und Roman. Keinem der beiden war Marielle an diesem Morgen begegnet. Den Regisseur hatte sie ebenfalls noch nicht zu Gesicht bekommen, obwohl sie sehr zeitig gefrühstückt und den Tisch nur verlassen hatte, um sich mit frischem Kaffee zu versorgen. Wobei sie nicht besonders aufmerksam gewesen sei. Sie habe sich auf den Text konzentriert.

Abrupt klappte Marielle die Mappe zu. »Es wird Zeit. Ich muss mich umziehen und in die Maske. Wir sehen uns später am Set.«

Norma folgte ihr zu den Hotelfluren und klopfte an Nellys Tür, erhielt aber keine Antwort. Roman und Ecki waren auch nicht in ihren Zimmern. Keiner der drei reagierte auf ihren Anruf. Norma lief hinaus, nahm aufs Neue die Treppe, dieses Mal abwärts, und erreichte auf dem unteren Niveau den Torbogen, der das Areal vor der Basilika mit dem Fußweg zur Orangerie verband. Vor dem Barockgebäude waren Paul und Tom immer noch damit beschäftigt, letzte Hand an den Aufbau ihrer Gerätschaften zu legen. Auch Wenke war dazugestoßen und bereitete ihre Kameras vor. Die Damen vom Roman-Bonheur-Fanclub strolchten über den Rasen und beobachteten das Geschehen mit lauernden Blicken. Von ihrem Helden keine Spur, auch die zwei anderen Gesuchten fehlten. Immerhin erschien Sören und gesellte sich zu Norma und Wenke. Er war bereits komplett ausstaffiert als Dr. Windt, weil er als Erster bei der Maskenbildnerin gewesen sei. Soeben hätte sich Marielle dort eingefunden, berichtete er. Roman habe seinen Termin verpasst und müsse sich ranhalten, um noch rechtzeitig fertig zu werden.

»Solange Ecki nicht da ist«, knurrte Wenke übellaunig, »läuft hier rein gar nichts.«

»Was ist mit Nelly?«, fragte Norma verwundert. »Sie ist heute als Wilhelmine gefragt. Ist sie schon geschminkt?«

Sören hob ratlos die Schultern und fügte unwirsch hinzu: »Soweit ich weiß, hat Nelly sich in der Maske nicht blicken lassen. Ist man jetzt schon frühmorgens in Feierabendlaune?«

»Ans Handy bekomme ich weder Ecki noch Nelly oder Roman«, schimpfte Wenke. »Das habe ich erfolglos versucht.«

»Ging mir genauso! Ich sehe noch einmal im Hotel nach«, verkündete Norma.

Also wieder retour: durch den Torbogen hindurch und die Treppe hinaufgespurtet. Ich sollte Kilometergeld verlangen, dachte sie grimmig. Mittlerweile ging es auf dem oberen Klostergelände lebhafter zu. Vor dem Standesamt, das dem Prälatengarten gegenüberlag, hatte sich eine festlich gekleidete Gruppe zusammengefunden und applaudierte dem Brautpaar, das vor dem von Säulen umrahmten Sandsteinportal für Fotografen posierte. Norma eilte an der Hochzeitsgesellschaft vorbei. Im Hotel begab sie sich sofort zur Rezeption. Den jungen Hotelmitarbeiter, der ihr hinter dem Tresen entgegenlächelte, hatte sie in den vergangenen Tagen als höflich und zuvorkommend kennengelernt.

»Bedaure, Frau Tann«, antwortete Moritz Kawalek auf ihre Frage nach Nelly, Ecki und Bonheur. »Heute Morgen ist mir keiner der Herrschaften begegnet. Herrn Winterstein habe ich zuletzt gestern Abend …« Errötend hielt er inne, als wäre ihm diese Vertraulichkeit peinlich.

»Ich bin die Sicherheitsbeauftragte des Filmteams«, erklärte Norma freundlich. »Herr Winterstein wäre dankbar, wenn Sie mich unterstützen.«

Nervös schaute sich Moritz im Foyer um, als wollte er sich überzeugen, dass es keine Zuhörer gab. Norma hatte niemanden bemerkt. Trotzdem senkte er die Stimme, als er erklärte, Winterstein eine Flasche Wein aufs Zimmer gebracht zu haben. Und einen Umschlag.

»Ein Brief? Von wem?«

»Es gab keinen Absender, und ich habe nicht gesehen, wer ihn auf den Tresen gelegt hat. Auch meine Kollegen wissen nichts darüber. Herr Winterstein wollte, dass ich mich umhöre. Er wirkte sehr erschrocken über das Bild.«

»Ein Bild? Was war darauf zu sehen?«

»Frau Tann, ich bitte Sie!« Der Konflikt, ihr einen Gefallen zu tun, ohne indiskret zu werden, quälte ihn sichtlich.

Norma beugte sich vor und raunte verschwörerisch: »Hier im Kloster ist ein Mord geschehen, wie Sie wissen. Wenn Sie nicht wollen, dass es noch mehr Opfer gibt, müssen Sie mir helfen.« Sie hatte eine gewisse Dramatik in die Stimme gelegt, um ihrer Aufforderung Nachdruck zu verleihen.

»Ist dafür nicht die Polizei zuständig?«, gab er zweifelnd zurück. »Diese zwei Kommissare? Sie haben mich befragt, ob mir was aufgefallen ist.«

»Das sind meine früheren Kollegen Dirk Wolfert und Luigi Milano.« Sich noch weiter vorlehnend, flüsterte sie: »Nur für Sie und im Vertrauen: Ich bin hier im Auftrag der Mordkommission. Undercover, verstehen Sie?«

Die Notlüge zeigte Wirkung. Er rang einen Moment mit sich, bis er mit einem vorsorglichen Blick über die Schulter murmelte: »Genau genommen müsste man es wohl eine Zeichnung nennen. Jede Menge Schwarz mit roten Spritzern darauf!«

Weiter kamen sie nicht. Ein Anruf unterbrach ihr Gespräch. Moritz wandte sich mit einem entschuldigenden Lächeln ab. Solange er telefonierte, spähte Norma unauffällig den Schreibtisch hinter dem Tresen aus. Neben der Computertastatur lag eine kurze Kette mit einem kompakten Plastikchip. Die Generalschlüsselkarte für die Gästezimmer? Liebend gern hätte sie auf der Stelle zugegriffen. Moritz drehte ihr den Rücken zu und lauschte mit straffer Körperhaltung ins Telefon hinein, ohne einen wesentlichen Teil zur Unterhaltung beizutragen. Der Mensch am anderen Ende der Leitung schien bedeutend zu sein.

Mit einem überschwänglichen Dank legte er auf und wandte sich Norma glückselig zu. »Bitte entschuldigen Sie, Frau Tann, ich werde im Personalbüro erwartet. Es gibt etwas zu besprechen. Ich soll eine Auszeichnung bekommen. Als bester Auszubildender!«

»Gratuliere! Gehen Sie nur.«

»Meine Kollegin wird hier übernehmen, bis ich zurück bin«, rief er und stürzte davon.

In der Hoffnung, dem Vorzeigelehrling damit nicht die Belobigung zu verpatzen, langte sie über den Tresen und schnappte sich den Chip, den Moritz in seiner Euphorie liegen lassen hatte.

46

Das Zimmer des Regisseurs war das erste Ziel ihrer verbotenen Inspektion. Als sich auf ihr Klopfen nichts rührte, testete sie den Chip, der ihr wie erhofft die Tür öffnete. Das Bett war gemacht und der Papierkorb geleert. Auf dem Schreibtisch lag die ihr aus dem Wohnmobil vertraute Anhäufung von Listen, skizzierten Szenen und handgeschriebenen Drehanweisungen. Mit flinken Fingern durchstöberte Norma die Papiere und zog schließlich die Fotokopie einer Kohlezeichnung hervor, die in ihrer Schwärze und Düsternis dem Bild mit dem Waldarbeiterwagen glich. Aufgebauschte Haare fielen einer Frau über die in Panik aufgerissenen Augen, die zu den verbliebenen weißen Tupfen gehörten. Auf der übrigen Fläche war der Künstler großzügig mit dem schwarzen Kohlestift umgegangen, ergänzt von roten Zacken, die vermutlich Flammen darstellen sollten. Was an Kunstfertigkeit fehlte, wurde mit expressivem Ausdruck wettgemacht. Die Zeichnung stammte aus derselben Hand, das schien Norma sicher. Ihr wurde klamm ums Herz. Sie schob das Papier zurück unter den Stapel, unter dem es verborgen gewesen war, und lugte in den Flur hinein, um ungesehen aus dem Zimmer herauszukommen.

Der Generalschlüssel erwies sich als wahrer Glückgriff, mit dem sie ebenso unkompliziert in Nellys Zimmer gelangte. Wo mochte seine Bewohnerin hingegangen sein? Was Norma zusammenzucken ließ, war der Briefumschlag auf dem Bett. Hatte auch Nelly eine seltsame Botschaft erhalten? Das Kuvert war an der Seite aufgeschlitzt worden. Norma griff mit spitzen Fingern hinein. Was zum Vorschein kam, überraschte sie nicht. Der Stil in vertrauter Düsternis, das Motiv leicht verändert: Die Frau mit dem markanten Haarbüschel kroch über den Boden, über ihr nur Schwärze, zerrissen von roten Feuerblitzen.

Norma steckte das Blatt zurück in den Umschlag, legte diesen wieder aufs Bett und huschte auf den Flur hinaus. Unbemerkt von anderen Gästen erreichte sie die nächste Etage. Auch der Bühnenstar reagierte nicht auf ihr drängendes Klopfen. Aufmerksam schaute sie sich im Zimmer um. Auf dem Nachttisch häuften sich Bücher und Zeitschriften, obenauf ein Script mit Bonheurs Rollentext. Was mochte die altmodische Aktenmappe bereithalten? Norma hatte sie im Schrank entdeckte und holte sie hervor. Zu ihrer Enttäuschung war die Mappe leer. Falls Bonheur ebenfalls eine Kohlezeichnung zugespielt worden war, hatte er sie mitgenommen oder vernichtet. So heimlich, wie sie gekommen war, verließ Norma das Zimmer und kehrte ins Foyer zurück. Ob der Generalschlüssel bereits vermisst wurde? An der Rezeption hatte sich eine Angestellte des Hotels eingefunden. Moritz Kawaleks Vertretung wandte ihr den Rücken zu, was Norma gern ausgenutzt hätte. Dummerweise befand sich die Frau in Gesellschaft von Katalin Schatzer. Die Mitarbeiterin der Klosterverwaltung schaute in Normas Richtung und nickte ihr grüßend zu. Sie wirkte besorgt.

Mit böser Vorahnung trat Norma näher heran. »Gibt es Schwierigkeiten?«

Katalin Schatzer runzelte verärgert die Stirn. »Uns wurde ein Schlüssel gestohlen.«

»Es tut mir leid, ich möchte mich …« Normas Gestammel verstummte in peinlichem Schweigen. Das Blut schoss ihr in die Wangen. Der Chip schien ein Feuerloch in ihre Faust zu brennen. Wie um alles in der Welt käme sie aus dieser Misere heraus?

»Entschuldigen Sie, Frau Tann«, bat Katalin. »Ich möchte Sie nicht aufhalten und mit meinen Sorgen belästigen. Aber dass nun ausgerechnet der Schlüssel vom Cabinetkeller in die falschen Hände …«

Aufatmend fiel ihr Norma ins Wort. »Verstehe, Sie sorgen sich um die Weine.«

»So ist es! Sie wissen sicherlich, dass wir unter dem Kreuzgewölbe Feierlichkeiten und Schlenderweinproben veranstalten und dafür viele Flaschen bereithalten«, bestätigte Katalin. »Außerdem bewahren wir im Cabinetkeller wertvolle Raritäten auf.«

Norma rief sich den Ort vor Augen. Der Zugang lag im zentralen Bereich des Klosters, der ausschließlich Besuchern mit Eintrittskarten vorbehalten war. Frei zugänglich war nur die vordere Halle. Der hintere Bereich, in dem unter anderem die Weine lagerten, konnte nur im Rahmen von Führungen besichtigt werden. Ein stabiles Gittertor verwehrte den Zutritt.

»Jeder Gästeführer achtet penibel darauf, den Cabinetkeller nach der Besichtigung abzuschließen und den Schlüssel an der Klosterkasse zu hinterlegen«, erklärte Katalin und schüttelte ratlos den Kopf. »Der Dieb muss ziemlich kaltschnäuzig vorgegangen sein.«

Norma hatte Verständnis für Katalins Sorgen, fühlte sich jedoch von dem dringenden Wunsch getrieben, das eigene Diebesgut unauffällig loszuwerden, bevor Moritz zurückkehrte. Der Zufall kam ihr zu Hilfe. Während die Angestellte die Fragen eines Gastes beantwortete, erhielt Katalin einen Anruf auf ihrem Handy. Norma nutzte den Moment der Ablenkung und ließ den Chip hinter den Tresen gleiten.

Katalin beendete das Telefonat und schob das Mobiltelefon in ihre Hosentasche. »Noch immer keine Spur vom Schlüssel«, bemerkte sie nervös.

»Haben Sie heute Morgen jemanden vom Drehteam gesehen?«, fragte Norma. »Speziell meine ich Nelly Nebelsiek, Ecki Winterstein und Roman Bonheur?«

»Roman Bonheur scheint sehr gefragt zu sein«, antwortete Katalin mit einem Lächeln. »Zwei Damen haben sich mehrmals nach ihm erkundigt.«

»Das können nur die Vorsitzenden seines Fanclubs gewesen sein.«

»In der Tat. So haben sie sich vorgestellt. Nur konnte ich ihnen nicht weiterhelfen. Herr Bonheur ist mir heute noch nicht begegnet, auch nicht Frau Nebelsiek. Herrn Winterstein habe ich soeben im Prälatengarten gesehen. Er hielt sich gemeinsam mit einer Dame am Brunnenbecken auf.«

»Ach, mit einer der Fanclub-Frauen?« Bei deren Beharrlichkeit hätte es Norma nicht überrascht, wenn sie den Weg zu ihrem Star über den Regisseur gingen.

»Nein, nein«, widersprach Katalin. »Es war jemand anders, mir völlig fremd. Sie und Herr Winterstein schienen sehr vertraut miteinander. Sie standen, wie soll ich mich ausdrücken, beinahe in Tuchfühlung beieinander.«

»Wie sah die Frau aus?«

»Groß und kräftig, aber nicht dick, und retro gekleidet. Langer dunkler Rock und ein heller Blazer mit übertriebenen Schulterpolstern wie aus den 80ern. Bei der Mode kommt bekanntlich alles wieder«, fügte Katalin achselzuckend hinzu.

»Oder sie blieb, wie sie war«, murmelte Norma perplex und fragte auf gut Glück: »Und die Frisur? Ein aufgebauschter Pferdeschwanz?«

»Wenn Sie das so nennen wollen, ja. Kennen Sie die Dame?«

»Würde ich an Wiedergänger glauben … entschuldigen Sie mich bitte!«

Sie verabschiedete sich und stürmte ins Freie. Wenn sie sich beeilte, traf sie Ecki vielleicht noch im Garten an. Und mit ihm die ominöse Unbekannte.

47

Draußen im Hof klangen ihr besorgte Stimmen entgegen. Unter die Hochzeitsgäste hatte sich eine Schar Wanderer gemischt. Ob mit High Heels oder Wanderstiefeln: Alles lief und rief aufgeregt durcheinander, mit Ausnahme einer Frau im hellen Kostüm, die in konzentriertem Ton telefonierte. Norma fing die Wörter »Krankenwagen«, »Notarzt« und »Polizei« auf. Die meisten Menschen hatten sich vor der Mauerkante versammelt, hinter der sich der Klostergraben zum unteren Gelände auftat, und starrten in die Tiefe.

»Dort liegt er!«, rief ein Mann und ruderte hilflos mit den Armen. »Da ist jemand abgestürzt!«

Auch Norma rannte zur Mauer. Sie robbte mit dem Oberkörper über die Kante hinweg und erspähte eine menschliche Gestalt, die geschätzte acht Meter unter ihr mit ausgebreiteten Armen und Beinen wie eine achtlos weggeworfene Marionette reglos verharrte. Ein Mann. Er war mit dem Rücken auf einer Steinstufe aufgeprallt. Dichter dunkler Haarschopf. Schwarze Hose. Schwarzes Hemd. Der Stoff wurde durchtränkt von dem Blutstrom, der aus einer klaffenden Bauchwunde quoll.

Zwei Männer stürmten durch den Tunnel, der in den Klostergraben hineinführte. Wenige Schritte vor der Gestalt verlangsamten sie ihr Tempo und kamen beinahe zum Stillstand, als wäre ihnen soeben bewusst geworden, dass es auf Eile nicht mehr ankäme. Von ihrem hohen Standpunkt aus beobachtete Norma, wie sich einer der Männer zu dem Gestürzten herabbeugte, die Finger an dessen Kehle legte und den Kopf schüttelte. Inzwischen hatten sich weitere Leute an der Unfallstelle eingefunden. Norma wurde bewusst, wie still es um sie herum geworden war. Die Menschen hier oben schienen den Atem anzuhalten, während man unten schweigend neben dem Toten verweilte. Sie fühlte sich wie gelähmt, geradezu unfähig, sich von den Steinen unter ihren Händen zu lösen. Allen Willen musste sie aufbringen, um ihr Handy hervorzuholen und eine Nachricht an Wolfert und Milano zu senden: *Ecki Winterstein in Eberbach zu Tode gestürzt.*

Ein Schrei zerriss die Stille, und eine weibliche Stimme rief fassungslos: »Ecki! Ecki! Ecki!«

Marielle wäre neben dem Körper zusammengebrochen, hätte Sören sie nicht aufgefangen. Beide trugen ihre Kostüme als Sophia von Roth und Dr. Windt. Doch dies war kein Film. Der Tod war Wirklichkeit. Norma erkannte Wenke, Tom und Paul, die durch den Tunnel gerannt kamen. Wo blieb Nelly?

Das Handy vermeldete eine Nachricht von Wolfert: *Wir sind in der Nähe. Bis gleich!*

»Es sah aus wie ein Dolch«, hauchte der Mann neben Norma, als spräche er zu sich selbst. »Oder wollte sie ihn nur festhalten?«

Norma löste sich von dem Bild unter ihr und wandte sich ihm zu. »Was genau haben Sie gesehen?«

Die Wörter sprudelten aus ihm heraus: »Ich hörte jemanden hinter mir, und als ich mich umdrehte, habe ich die Frau und den Mann in Schwarz bemerkt. Der Mann stand mit dem Rücken zur Mauer, es sah aus, als würden beide miteinander ringen. Die Frau hielt etwas in der Hand. Eine Klinge! Plötzlich löste sich der Mann von der Frau, kippte nach hinten und war weg. Nicht mehr zu sehen! Hat sie ihn erstochen?« Um Luft ringend brach er ab.

Ob erstochen oder zu Tode gestürzt: Wie Ecki letztendlich gestorben war, erschien Norma im Augenblick nicht die dringlichste Frage. Sie rief die Phantomzeichnung des Lockvogels aus der Basilika auf, die sie von Wolfert erhalten hatte. »Ist das die Frau?«

»Sie sieht ihr ähnlich! Die Frau hatte etwas Helles und etwas Dunkles an. Rock und Jacke, glaube ich. Und groß war sie, sie überragte den Mann.«

»Wohin ist sie gelaufen?«

»Dort entlang!« Er hob den Arm und deutete zwischen Hotelgebäude und Konversenbau hindurch zum hinteren Durchgang in der Klostermauer.

»Die Frau ist aus dem Kloster geflüchtet?«, schloss Norma daraus.

»Nein, nein! Sie ist hinter dem großen Haus nach rechts abgebogen.«

Demnach war die Unbekannte in Richtung der Klosterhöfe verschwunden. Mit einem Dank spurtete Norma los. Im Laufschritt ließ sie den Konversenbau hinter sich, joggte über den Großen Klosterhof und hastete um den Giebel des Cabinetkellers herum. Ihr Ziel war die Klosterkasse. Sie erreichte den Raum durch den Hintereingang. Eine Mitarbeiterin war damit beschäftigt, die Prospekte in der Auslage zu sortieren. Norma kannte die junge Frau, die in jeder freien Minute den Dreharbeiten zugeschaut und Norma in ein Gespräch verwickelt hatte. Sie wollte unbedingt auf die Filmhochschule, wie sie nie zu erwähnen vergaß.

»Guten Morgen, Frau Tann«, sagte sie, legte eine Handvoll Flyer beiseite und fuhr flüsternd fort: »Wir stecken in der Klemme. Ein Schlüssel vom Cabinetkeller wurde geklaut. Können Sie uns nicht helfen? Sie waren doch Polizistin!« Hoffnungsvoll blickte sie auf. Von der tödlichen Attacke hatte sie offensichtlich noch nicht gehört.

»Um den Diebstahl kümmere ich mich später«, versprach Norma. »Vorher muss ich eine Besucherin finden. Ist Ihnen diese Frau aufgefallen?« Sie beschrieb die großgewachsene Unbekannte, soweit es ihr möglich war, und holte die Abbildung des Lockvogels hervor. Und hatte Glück!

»Oh, ich erinnere mich! Die Besucherin hat heute Morgen bereits vor der Öffnungszeit eine Karte gekauft. Hineingegangen ist sie gerade eben.«

Durch das Fenster erspähte Norma die Fanclub-Vorsitzenden, die auf die Klosterkasse zuhielten. Kaum hatten die Frauen den Raum betreten, entdeckten sie Norma und näherten sich zielstrebig. Norma fühlte sich von zwei fordernden Augenpaaren fixiert.

»Wir warten auf unser Treffen mit Roman«, erklärte die Blonde ungeduldig.

»Ich weiß nicht, wo Herr Bonheur sich aufhält«, erwiderte Norma höflich, aber entschieden.

»Wenn Sie uns nicht helfen wollen, suchen wir eben allein weiter«, entgegnete die Grauhaarige eingeschnappt. Entschlossen packte sie ihre Begleiterin am Ellenbogen und zog sie mit sich hinaus.

Die Angestellte zwinkerte Norma vertraulich zu und raunte fröhlich: »Pech für die Damen. Mir hat Roman Bonheur eine persönliche Widmung versprochen. Als Dankeschön, weil ich ihn vor der Öffnungszeit durchgelassen habe.«

»Wie bitte? Roman ist im Klausurbereich?«, staunte Norma.

»Ob er noch dort ist, kann ich nicht sagen. Was ich aber sicher weiß: Roman ist vor Frau Nebelsiek hineingegangen.«

»Was, auch Nelly ist drinnen?«

»Aber ja, sie und Roman wollten sich im Kreuzgang treffen. Er hat sie gebeten, mit ihm die bevorstehende Szene durchzusprechen. Das hat mir Frau Nebelsiek selbst gesagt.«

Also hat die Filmfreundin die anderen Crewmitglieder ebenfalls mit ihren Fragen gelöchert, schloss Norma daraus. »Warum im Kreuzgang? Die Szene wird vor der Orangerie gedreht.«

»Roman liebt die inspirierende Atmosphäre der Klausur. So hat er es mir höchstpersönlich erklärt.«

Normas Gedanken schienen in alle Richtungen auseinanderzustieben. Mit der Zusicherung, damit die Spur des Diebes aufzunehmen, ließ sie sich einen Schlüssel zum Cabinetkeller aushändigen. Surrend sprang die Sperre auf. Norma hatte keine Vorstellung davon, welchen Motiven die Unbekannte folgen mochte. An deren Entschlossenheit zweifelte sie keinesfalls: Bonheur und Nelly drohte der Tod.

Wenn es nicht längst passiert war.

48

Einst hatte das Herz des Klosters im Kreuzgarten geschlagen: einem begrünten, quadratischen Innenhof, der an drei Seiten von Arkaden gesäumt wurde. Fieberhaft spähte Norma die Besucherinnen und Besucher aus, die durch die Kreuzgänge schlenderten und auf ihrer Tour durch die mittelalterliche Anlage anschließend den Kapitelsaal, die Basilika oder das dank seiner außergewöhnlichen Innengestaltung berühmte Mönchsdormitorium erkunden wollten. Weder Bonheur noch Nelly waren darunter auszumachen. Eilig wandte sie sich nach rechts und huschte in die Fraternei hinein. Der Eingang führte in eine Halle. Die zur Schau gestellten Fässer schmückten sich mit den Namen der berühmten Weinlagen des Klosters. Eine hohe Mauer schirmte den begehbaren Teil vom weit größeren Bereich, dem eigentlichen Cabinetkeller, ab. Eine Gittertür versperrte den Zugang: eben jene Tür, von der ein Schlüssel abhandengekommen war. Noch befand Norma sich allein in der vorderen Halle. Die Fraternei lag am Ende der Erkundungsrunde und leitete die Gäste zum Ausgang hin. Gruppenführungen würden zu einem späteren Zeitpunkt beginnen.

Ein fernes Geräusch lockte Norma auf Zehenspitzen zur Gittertür. Im Schutz der Mauer spähte sie durch die Stäbe hindurch. Ihre Augen hatten sich an das Zwielicht gewöhnt. Schon zu Zeiten der Zisterzienser waren die gotischen Fensteröffnungen mit Mauersteinen verschlossen worden. Die gewaltige Halle machte vergessen, dass die steinernen Bodenplatten nicht im Untergrund, sondern ebenerdig lagen. Die weitgespannten Streben der spitzbögigen Gewölbe zogen sich tief herunter, um auf massive Säulen aufzusetzen. An den Wänden und mitten im Raum reihten sich Weinfässer diverser Volumen aneinander und ließen einen Gang frei, der zur Stirnseite der Halle führte. Alles Denkbare und Undenkbare könnte sich in den nicht einsehbaren Nischen abspielen.

Norma horchte mit angehaltenem Atem. War da ein Stöhnen zu hören? Ein ängstliches Keuchen? Geraunte Laute, die aus dem hinteren Teil des Saals stammten? Die Akustik der Gewölbe machte die Ortung schwierig. Sie ging in die Hocke und tastete sich auf den Knien an die Tür heran. Langsam streckte sie die Hand zur Klinke aus. Abgeschlossen! Behutsam, um das leiseste Klicken zu vermeiden, schob sie den Schlüssel ins Schloss. Aufatmen! Es drehte sich wie gut geölt. Sie schlüpfte durch die Tür und drückte sie lautlos zu. Wie ein Jäger auf der Pirsch kroch sie tiefer in den Raum hinein, bei jedem Weinfass nach Deckung suchend, bis weiter hinten eine Lampe aufflackerte. Der Lichtkegel strich über die groben Mauern, fing sich in den Fensternischen und glitt über die Bodenplatten, als hantiere dort jemand mit einer Handleuchte. Norma verharrte still und lauschte. Die Stimmen schälten sich klarer heraus, doch ihr Echo hallte an den Wänden wider und machte die Unterscheidung der Wörter von ihrer Position aus unmöglich. Immerhin war sie sich sicher, eine Frau und einen Mann herauszuhören. Nelly und Roman? Ja, sie lebten! Nelly klang schrill vor Panik. Sie schrie auf, danach wurde es schlagartig still.

Norma musste näher heran. Ihre Sohlen gaben auf dem Steinboden ein gedämpftes Quietschen von sich. Vorsichtshalber robbte sie auf Händen und Knien weiter voran –

auch, um im Dunkeln nicht unversehens irgendwo anzustoßen und sich zu verraten. Wo war die Mörderin? Und vor allem: Wer war sie? Tatsächlich Yvette, die im Frühjahr angeblich verstorben war? Hatte sie alle über ihren Geisteszustand getäuscht? War sie am Leben und ins Kloster Eberbach zurückgekehrt, um Rache für das Unrecht zu nehmen, das ihr vor vier Jahrzehnten die Zukunft geraubt hatte? War es Yvette gelungen, den Schlüssel zu stehlen, Ecki zu töten und Nelly und Bonheur im Cabinetkeller in die Falle zu locken? Wo verbarg sie sich? Die gesprochenen Worte wurden deutlicher. Norma vernahm Nellys Wimmern und Bonheurs Stimme, die – obwohl er flüsterte – herrisch und entschieden klang, als hätte er nichts zu befürchten. Er schimpfte und fluchte! War es ihm gelungen, Yvette zu überwältigen?

Abrupt brach Nellys Jammern ab. Norma krabbelte schneller vorwärts, ohne jedoch die Vorsicht außer Acht zu lassen. Der tanzende Lichtkegel wies ihr den Weg. Als sie um eine Säule herumlugte, erblickte sie eine Gestalt am Boden. Nelly! Sie war an Händen und Füßen gefesselt und zuckte am ganzen Leib. Ihr Mund wurde von einem Klebestreifen bedeckt, der ihr plötzliches Schweigen erklärte. An ihrer Seite stand, mit dem Rücken zu Norma, die Frau. Yvette! Hochgewachsen, in Rock und Blazer, die langen Haare aufgewühlt, beugte sie sich zu Nelly herab und ließ den Schein der Taschenlampe über deren Gesicht gleiten. Was Norma den Schreck in die Glieder fahren ließ, war das, was Yvette in der Hand hielt: ein Dolch, dessen Klinge im Lichtschein glänzte.

Im Schatten kauernd, verdeckte Norma das Smartphone mit dem Oberkörper und tippte einen weiteren Notruf an Wolfert. Nicht allein Nellys Situation war höchst gefährlich. Was mochte mit Bonheur geschehen sein? Hatte er einen Stich abbekommen und lag sterbend in einer dunklen Nische in seinem Blut? Norma rang mit sich. Sollte sie den Überraschungseffekt nutzen in der Hoffnung, Yvette zu überrumpeln und ihr den Dolch aus der Hand zu schlagen?

Nelly versuchte vergeblich, sich wegzudrehen, als sich die Angreiferin niederbeugte, die messerscharfe Spitze auf die Augäpfel ihrer Gefangenen richtete und eine Handbreit darüber wie ein Pendel hin- und herschwingen ließ.

»Du hast zugesehen! Gegafft und geschwiegen. Zur Strafe werde ich dir die Augen ausstechen, bevor ich dir die Kehle aufschlitze. Als letzten Gruß deiner einstmals besten Freundin Yvette!«

Es war nicht allein der Inhalt der Drohung, der Norma Schauer über den Rücken jagte. Die Stimme verstörte sie. Sie erklang in der Tonlage einer älteren Frau. Doch Melodie und Duktus gehörten zu Roman Bonheur.

49

Es gab keine Yvette. Es gab einen Mann, der sich als Yvette verkleidet hatte. Nein, »verkleidet« war ein zu schwaches Wort für das, was Norma in dieser grotesken Aufführung geboten wurde. Bonheur hatte sich eine Rolle geschaffen, die seinem Ruf als großartiger Bühnenkünstler zur Ehre gereicht hätte. Allerdings spielte er kein Theater. In seiner Inszenierung ging es um das reale Leben und den wirklichen Tod. Ich bin im falschen Film, erkannte Norma entsetzt. Ein Mann in Frauenkleidern droht seinem Opfer, ihm die Augen auszustechen und anschließend die Kehle durchzuschneiden. Und ihr als Zuschauerin blieb vorerst nichts anderes übrig, als ohnmächtig auszuharren. Sie musste sich gedulden und Nerven bewahren. Wenn sie sich zu früh zu erkennen gäbe, könnte Bonheur seine Absichten umgehend wahrmachen.

Eilig sandte sie eine dritte Nachricht. Der Text bestand aus kurzen Sätzen und endete mit der Bitte: *Abwarten! Bereithalten auf mein Zeichen!*

»Dummerchen, Conny«, säuselte die Frauenstimme. Der Täter hielt den Lichtstrahl unablässig auf das Gesicht seiner Gefangenen gerichtet. »Du hast ihn nicht erkannt, den Sohn deiner Freundin, die du verraten hast. Auch der kleine Jörg hat seinen Namen geändert. Jedoch nicht, um wie du die Vergangenheit abzustreifen wie ein verdrecktes Hemd. Er tat es aus rein praktischen Gründen. ›Jörg Betzmer‹ wäre eine immerwährende Herausforderung für französische Zungen.«

Ungläubig ließ Norma die Worte auf sich wirken. Roman Bonheur war Yvettes Sohn! Wo waren ihre Instinkte geblieben? Während sie im Netz nach Jörg Betzmer gesucht hatte, war er ihr höchst lebendig vor Augen gewesen. Den Wald vor lauter Bäumen nicht sehen, hieß das wohl.

In Romans Stimme verfallend, führte er seinen Monolog fort. »Nelly, willst du wissen, wie ich euch auf die Schliche gekommen bin? Ecki, Axel und dir? Am Ende ihres Lebens hatte meine Mutter lichte Momente. Durch ihre Zeichnungen wollte sie erklären, was ihr in Eberbach widerfahren war. So wirr sie auch zunächst schienen, dank meiner eigenen Erinnerungen begriff ich, was ihr meiner Mutter angetan habt. Axel hat dafür bezahlt. Ich fand es angemessen, ihn mit einem Winzerdraht ins Jenseits zu befördern.«

Tief in das Versteck geduckt, lauschte Norma – und wurde zunehmend nervöser. Bonheur drückte sich so gewählt aus wie ein Schulmeister, was seine Drohungen noch irrsinniger erscheinen ließ. Dazu kam der Wechsel zwischen seiner ureigenen Person und dem bizarren Auftritt in der Rolle der Mutter, der es Norma erschwerte, die Situation einzuschätzen und zu erkennen, ob er als Herr seiner Sinne gezielt handelte oder vollkommen übergeschnappt war. Eindeutig schien indessen sein Vorhaben, die Entführte zu töten. Weswegen hätte er auch zögern sollen, nachdem er bereits zwei Menschen umgebracht hatte?

»Deine Eifersucht hat dein Herz vergiftet, Conny«, erklärte er mit Yvettes Stimme. »Udo hatte mit mir und Jörg eine kleine Familie. Du hattest … nichts! Bei ›Der Name der Rose‹ war ich beliebt, und ich bekam wertvolle Aufgaben anvertraut. Und du? Dir blieben nur schmutziges Geschirr, deine Verlogenheit und der Hass, den du in dich reingefressen hast!«

Nelly gab ein Lebenszeichen von sich. Sie schlug mit dem Kopf hin und her und brummte Unverständliches in den Klebestreifen hinein.

Bonheur betrachtete sie mit verzerrtem Lächeln und urteilte unverstellt: »Ihr habt drei Leben zerstört. Das meiner Mutter, die bis zu ihrem Dahinscheiden weggesperrt war. Das meines Vaters, der sich im Kummer zu Tode stürzte. Nicht zu vergessen mein persönliches Dasein. Man hatte mir die geliebte Mutter geraubt und mich im Glauben aufwachsen lassen, sie sei tot.«

Uralter Staub kitzelte Norma in der Nase. Jetzt bloß nicht niesen! Verzweifelt drückte sie die Hand aufs Gesicht, während sich Bonheur herabbeugte und die Dolchspitze tiefer sinken ließ. Die Frau am Boden bäumte sich auf. Blut tropfte über ihre Wange.

»Überraschung, Nelly! Ecki leistet seinem Kumpel Axel in der Hölle Gesellschaft. Mit dem Messerstich im Bauch kann er den Sturz nicht lebend überstanden haben. Konntest du nicht wissen, liegst hier seit heute Früh. Hättest mir nicht vertrauen sollen. Keine Sorge, falls dir kalt ist. Es ist gleich vorbei.«

Er richtete sich auf, ordnete die Perücke und fuhr urplötzlich herum. Der Lichtkegel der Taschenlampe streifte Normas Schlupfwinkel. Zum Glück hatte sie sich rechtzeitig geduckt. Ein Fingertippen, und die nächste Nachricht ging auf den Weg, nachdem Bonheur sich abgewandt hatte.

»Schau mich an!«, schrie er seine Gefangene an. »Mein Gesicht – Yvettes Gesicht – soll das Letzte sein, das du in diesem Leben erblicken wirst.«

Er beugte sich über sie, steckte sich die Taschenlampe in den Mund, packte Nelly mit der linken Hand an den Haaren und riss die rechte Faust in die Höhe. Der Dolch blitzte auf. Norma katapultierte sich aus der Hocke nach oben und stürmte mit einem schrillen Schrei auf Bonheur zu. Der Überraschungsangriff glückte. Der Schauspieler verlor den Halt, stolperte über Nelly und schlug auf dem Steinboden auf. Mit größter Wucht trat Norma auf seine Hand und schoss die Stichwaffe mit dem Fuß unter ein Weinfass.

Das Deckenlicht flammte auf.

»Achtung, Polizei! Polizei!«

Die kräftige Männerstimme hallte unter dem Steingewölbe wider. Milano! Norma sah aus den Augenwinkeln, wie er sich – seiner Masse zu Trotz – behände näherte und dabei Wolfert abhängte, der ihm hinterherrannte. Zwei uniformierte Beamte eilten ihnen nach. Überrumpelt von der polizeilichen Übermacht, gab Bonheur auf, ließ sich festnehmen und abführen.

»Alles in Ordnung, Norma?«, fragte Wolfert besorgt.

»Das war knapp, aber auf den Punkt«, schnaufte sie und rang nach Luft.

Wolfert und Milano halfen ihr, Nelly aus ihren Fesseln zu befreien.

»Ich schäme mich so«, jammerte Nelly. »Ich schäme mich so.« Sie wirkte völlig überdreht, was Norma kaum wunderte.

»Kommen Sie«, bat Wolfert. »Draußen warten die Sanitäter.«

Nelly betastete ihre kreideweiße Wange, das Blut benetzte ihre Fingerspitzen. »Ich möchte mit Norma reden.«

»Lass zuerst deine Wunde versorgen«, bat Norma. »Ich komme gleich zu dir.«

Durch das Versprechen beruhigt, ließ Nelly sich von einer Polizistin hinausbegleiten.

Norma blieb mit ihren früheren Kollegen zurück. »Danke, Jungs! Welch ein Glück, dass ihr so schnell hier wart.«

»Reiner Zufall«, meinte Milano. »Wir hatten uns Bastiani vorgeknöpft und waren auf dem Rückweg ins Präsidium. Den Mord an Teubener hat er übrigens vehement bestritten.«

»Mein Irrtum«, räumte Norma ein. »Bastiani ist tatsächlich unschuldig. Bonheur hat sich damit gebrüstet, den Winzer erdrosselt zu haben.«

Wolfert fasste zusammen, was der Schauspieler ihm und Milano gegenüber eingeräumt hatte. »Der Dreh in Eberbach wäre quasi ein Heimspiel gewesen. Deswegen hat Bastiani seinem alten Freund Winterstein spontan zugesagt, es jedoch kurz darauf bereut. Ihm sei die Lust vergangen, sich mit Eckis kindischen Zornesausbrüchen, albernen Phobien und dem aufgeblasenen Gehabe herumzuschlagen. Ohne Gesichtsverlust wäre Bastiani jedoch nicht aus dem Vertrag herauskommen. In der Notaufnahme erwies sich seine Verletzung als harmloser als befürchtet. Daraufhin kam ihm die Idee, die Gelegenheit beim Schopf zu packen.«

»Den Verband hat er sich mit Gipsbandagen aus dem Atelier seiner Frau angelegt«, erklärte Milano. »Bastiani hat uns ihre Werke vorgeführt. Sie soll eine talentierte Bildhauerin sein.« Das Grinsen verriet, dass er diese Einschätzung nicht teilte.

»Verrückt«, warf Norma kopfschüttelnd ein. »Der hinterhältige Unfall kam Bastiani also gar nicht ungelegen.«

Betreten überdachte sie ihre panische Flucht von seinem Hof. Hatte sie sich von ihren überspannten Nerven dermaßen in die Irre führen lassen? Wie auch immer, für diese Überlegungen gäbe es später genügend Gelegenheit. Draußen wartete Nelly.

Es war längst noch nicht alles gesagt.

50

Nelly hockte auf der kniehohen Brüstung einer Fensteröffnung. Die Sonne warf die scharfkantigen Schatten der gotischen Streben und Bögen auf die Sandsteinplatten des Kreuzgangs in ihrem Rücken. Nelly hatte sich beruhigt. Ein Pflaster überspannte die verletzte Wange. Die Farbe war in ihr Gesicht zurückgekehrt.

»Ist Ecki tatsächlich tot?«, fragte sie entsetzt.

Norma erzählte, was geschehen war, und fragte, nachdem Nelly sich etwas gefasst hatte: »Wofür schämst du dich?«

»Ich schäme mich … ich schäme mich für die Frau, die ich in Eberbach war«, antwortete Nelly stockend und blickte verunsichert auf.

»Yvette war deine Freundin, nicht wahr?«

»Mehr als das«, hauchte Nelly und begann nach kurzer Pause zu erzählen: »Wir waren ein Herz und eine Seele, wie man so sagt, obwohl wir uns nur in den Sommerferien trafen. Ich wohnte in Hamburg und Yvette in Wiesbaden. Eine Brieffreundschaft, wir schrieben uns seit der Grundschulzeit. Zu meinem 17. Geburtstag besuchte sie mich in Hamburg. Stolz stellte ich ihr Udo vor, er war meine große Liebe und ich seine … so dachte ich, was ein Irrtum war.«

»Yvette hat ihn dir … ausgespannt?« Norma war kein besseres Wort eingefallen.

Nelly lachte auf, es klang verbittert. »Udo und Yvette schauten sich in die Augen, und ich – Conny – existierte nicht mehr. Kurz darauf war Yvette schwanger, und Udo zog zu ihr nach Wiesbaden. Yvette brachte noch vor dem

Abitur ihren Sohn auf die Welt. Udo hielt in allem zu ihr, sie führten eine Musterehe. Das war unerträglich für mich!«

Ein Paar näherte sich Hand in Hand und schlenderte vorüber. Norma wartete, bis die Besucher außer Hörweite waren, bevor sie fragte: »Wie ist Yvette damit umgegangen?«

Mit einer wegwerfenden Handbewegung sagte Nelly: »Für mich war die Freundschaft beendet. Das wollte Yvette nicht akzeptieren. Sie hat mir geschrieben, mehrmals im Jahr. Ich habe nie geantwortet.«

»1985 seid ihr euch hier in Eberbach wiederbegegnet. Wie kam es dazu?«

»Zu der Zeit war ich auf der Schauspielschule. Yvette wusste davon, weil sie den Kontakt zu meiner Mutter aufrechterhalten hatte. Sie rief mich an, erzählte begeistert von den Dreharbeiten zu ›Der Name der Rose‹ und lud mich ein, ein Versöhnungsangebot. Ob wir uns nicht gemeinsam für einen Job bei der Filmproduktion bewerben wollten? Naiv, wie ich war, hatte ich auf weit mehr gehofft als auf einen Aushilfsjob in der Kantine. Yvette dagegen mauserte sich zum Liebling der Crew. Ich bekam sie kaum zu Gesicht und vertrieb mir die Zeit mit zwei jüngeren Kerlen, Ecki und Axel. Das wäre besser nicht geschehen. Axel brachte Alkohol mit, und Ecki besorgte uns Drogen. Ich war völlig unerfahren damit, es wuchs mir über den Kopf. Das war jedoch nicht das Schlimmste.«

»Du wurdest Zeuge ihrer Tat?«

Nelly schüttelte den Kopf. »Nein, so war es nicht, ich bin genauso schuldig wie sie. Ecki und Axel waren wie besessen von Horrorfilmen und dachten sich die abstrusesten Geschichten aus. Erinnerst du dich an die Szene in ›Der Name der Rose‹, als der grausame Inquisitor Bernard

Gui dem Ketzer Salvatore mit Folter droht? Wir hatten zusehen dürfen, als die Aufnahmen stattfanden. Ecki hielt Annauds Darstellung für Kinderkram und entwickelte eigene Ideen. Axel machte bei der Spinnerei mit. Wir waren völlig berauscht von Schnaps und anderem Zeug, als beide vorschlugen, ihre Folterszene mit mir als Opfer nachzuspielen. Worauf ich meinte, wieso nur spielen? Macht es richtig, wenn ihr euch traut. Aber mit einer anderen.«

»Also hast du Yvette in den Waldarbeiterwagen gelockt?«

Zögerlich nickte Nelly. »Zuerst wollte sie nicht, weil sie sich um Jörg sorgte. Der Junge verbrachte die Nachmittage bei ihr. Mark wird sich kümmern, sagte ich. Das war ein Junge, der wie besessen fotografierte. Ich weiß nicht mehr, wie ich sie überreden konnte, mitzukommen. Wahrscheinlich machte sie sich Gedanken um mein Wohlergehen, weil wir kifften und tranken. Ecki und Axel wurden immer hemmungsloser. Ecki heizte den Ofen an und brachte das Schüreisen zum Glühen. Axel quälte Yvette mit seinem Winzermesser. Und ich habe tatenlos zugesehen. Es geschieht ihr recht, dachte ich, weil sie mir Udo weggenommen hat.«

»Wieso brannte der Waldarbeiterwagen?«

»Ecki wollte die Spuren verwischen. Deswegen zog er die Scheite aus dem Ofen und befahl mir und Axel, das glimmende Holz im Wagen zu verteilen. Die Gardine fing sofort Feuer. Wir sind raus, haben die Tür zugeschlagen und sind abgehauen. Keine Ahnung, wie Yvette sich befreien konnte. Sie war gefesselt.«

Norma rückte unwillkürlich ein Stück ab und fragte bestürzt: »Ihr habt den Wagen in Brand gesetzt, obwohl Yvette darin gefangen war?«

»Wie gesagt, Ecki sorgte sich um die Spuren«, erklärte Nelly tonlos. »Es hätte uns allen die Zukunft versaut, wenn die Sache herausgekommen wäre. Der Wagen war verbrannt und Yvette mit ihm, so glaubten wir. Als man sie zwei Tage später verletzt, aber am Leben auffand, dachte ich, jetzt ist alles aus. Geschehen ist aber gar nichts. Es hieß, sie habe ihre Sprache verloren. Ich habe sie nie wiedergesehen.«

»Wann und warum du hast deinen Namen geändert?«

»Gleich nach den Dreharbeiten in Eberbach habe ich meinen Künstlernamen angenommen. Nebelsiek war der Nachname meiner Großtante, die ich sehr liebte. Mit Conny Plaschke wollte ich nichts mehr zu tun haben. Und alles hinter mir lassen.«

In Norma brodelte es. »Warum hast du Yvette nicht wenigstens später geholfen, Klarheit zu finden? Möglicherweise hätte sie ihr Trauma überwinden können.«

Nelly schlug die Hände vor das Gesicht, als müsste sie sich sammeln, und sagte, wieder Norma ansehend: »Ecki machte Karriere, und ich bekam immer öfter kleinere, dann größere Rollen. Er empfahl mich weiter, verstehst du?«

»Du hast ihn erpresst!«

Nelly zuckte mit den Schultern. »Zunächst ja. Anders als ich hatte er sehr viel zu verlieren. Später entstand zwischen uns so eine Art … Freundschaft.«

Norma hielt es nicht länger auf dem Platz, sie sprang auf. »Ich habe genug gehört.«

Sie zwang sich, nicht Hals über Kopf davonzustürzen. Mit schnellen Schritten durchquerte sie den Kreuzgang.

»Kapierst du, warum ich mich schäme?«, kreischte Nelly ihr nach.

51

Kloster Eberbach
Mittwoch, der 22. September

Seite an Seite schritten Norma und Timon bergauf, bis sich der Waldweg zu einem Pfad verengte und Norma ihrem Partner vorausging. Zum zweiten Mal innerhalb weniger Tage folgten sie dem ausgeschilderten Klostersteig-Rundweg. Norma war nach Eberbach zurückgekehrt, um den Schlüssel zum Cabinetkeller, den sie in der Aufregung eingesteckt hatte, zurückzugeben. Der gestohlene Schlüssel war in Bonheurs Hosentasche gefunden worden.

Als sich der Wald öffnete und das Kloster in Sicht kam, hielt Norma auf eine Bank zu.

»Vor genau einer Woche haben wir in der Basilika ›Der Name der Rose‹ gesehen«, sagte sie, nachdem Timon aufgeholt und neben ihr Platz genommen hatte. »Nach allem, was geschehen ist, kommt mir die Zeit vor wie ein Monat.«

»Gut, dass alles überstanden ist«, entgegnete er und schaute sie aus den Augenwinkeln an. »Was dein Handeln im Cabinetkeller betrifft, haben Dirk und Luigi …«

»… ordentlich herumgemeckert«, vollendete sie den Satz.

Nach Bonheurs Festnahme hatten die Kommissare alle Hände voll zu tun und kaum Zeit für sie gehabt, was verständlich gewesen war. Immerhin mussten die Arbeitsabläufe rund um den Klostergraben und zugleich im Cabinetkeller koordiniert werden. Keine halbe Stunde später war die Tatortgruppe des Wiesbadener Polizeipräsidiums eingetroffen. Norma hatte das Filmteam zusammengerufen und die Ereignisse so schonend wie möglich weitergegeben. Der Schock darüber, einen Mörder in ihrer Mitte gehabt zu haben, war erwartungsgemäß groß. Nelly hatte sich in ihrem Zimmer verkrochen und nicht mehr blicken lassen. Ein Gerichtsverfahren drohte ihr nicht. Sie hatte Yvette nicht eigenhändig Gewalt angetan, und abgesehen davon war die Tat verjährt. Leicht würde es für sie dennoch nicht werden. Spätestens als Zeugin vor dem Gericht, das Bonheurs Motive beleuchten und ihm den Prozess machen würde, müsste sie sich dem Verrat an der Freundin vor aller Augen und schonungslos stellen.

Die Sorgen der Crew galten der Frage, was nun aus Eckis Projekt werden würden. Wäre die Arbeit vergebens gewesen? Nach einer aufgeregten Diskussion schlug Sören vor, sich mit der Sendeanstalt zu beraten. Mit gutem Willen und vereinten Kräften würde sich das Dokudrama zu einem überzeugenden Ende bringen lassen. Die Szenen mit Bonheur sollten allerdings besser dem Schnitt zum Opfer fallen und mit einem anderen Schauspieler erneut aufgenommen werden.

»Wenigstens musste ich mir von Dirk und Luigi keine Vorwürfe anhören, als ich meine Aussage gemacht habe«, fügte sie hinzu. Das Gespräch hatte am Tag zuvor im Präsidium stattgefunden und sich vor allem um die konkreten Abläufe gedreht. Für Persönliches war kein Raum gewesen.

»Ganz im Gegenteil, Norma! Ich habe Dirk und Luigi heute zufällig wegen einer anderen Sache getroffen. Sie platzen vor Stolz auf ihre ehemalige Kollegin. Du hättest alles richtig gemacht.«

»Schmeichler!«

Timon lachte leise. »Das darfst du gern glauben. Sogar Luigi hatte nur Lob für dich übrig. Leider hatten wir keine

Gelegenheit, über Eberbach zu sprechen. Was weißt du Neues?«

Norma fasste zusammen, was sie von den Kommissaren erfahren hatte. »Roman Bonheur hat bereitwillig über beide Morde gesprochen und seine Gründe beschrieben. Innerhalb kurzer Zeit starben die Großmutter, mit der er liebevoll verbunden gewesen war, und die Mutter, die er längst für tot gehalten hatte. Die Erkenntnis, dass seine Mutter über Jahrzehnte in Heimen gelebt hatte, ohne dass er davon wusste, hat ihn in eine tiefe Krise gestürzt. In den Wochen danach befasste er sich mit ihren Bildern und Aufzeichnungen, die er von dem Anwalt erhalten hatte und die ihm das wahre Ausmaß der Tragödie offenbarten. Als er von Eckis Filmprojekt erfuhr und begriff, dass er alle drei Täter gemeinsam am Ort des Geschehens antreffen würde, plante er seine Rache. Bastiani, den er von früheren Dreharbeiten kannte, diente ihm als Mittel zum Zweck. Bonheur arrangierte den Reitunfall, um die Hauptrolle zu bekommen.«

»Wie passt der Überfall am Hohlen Rad hinein?«, fragte Timon nachdenklich.

»Wenke hat die Wahrheit gesagt. Es war Bonheur, der den bewusstlosen Ecki in den Hohlraum gesperrt hat, um ihm Angst einzujagen. Den Mord wollte sich Bonheur für eine andere Gelegenheit aufheben.«

»Für die Inszenierung in der Öffentlichkeit. Wie kaltblütig!«

»Roman muss unter einem enormen psychischen Druck gestanden haben. Im Cabinetkeller habe ich mich gefragt, inwieweit er überhaupt zurechnungsfähig ist.«

»Das zu klären, wird die Aufgabe der Psychiater sein«, sagte Timon. »Wie hat er sich zu den Kohlezeichnungen geäußert?«

»Die Originale stammten tatsächlich von Yvette! Mit den Blättern wollte er Teubener, Ecki und Nelly beunruhigen, sie sollten nicht unvorbereitet in den Tod gehen. Sie sollten wissen, weshalb sie starben. Die erste Kopie hatte er in der Nähe aller vier Zugänge zur Basilika ausgehängt, weil er nicht wissen konnte, welchen Weg Teubener nehmen würde, und nach dem Mord wieder eingesammelt.«

»Und wenn der Winzer die Drohung ernst genommen und auf dem Absatz kehrtgemacht hätte?«

»Dann wäre ihm sein Mörder im Weinberg oder Keller begegnet. Bonheur hätte nicht aufgegeben.«

»Lass uns über etwas Erfreuliches reden«, schlug Timon vor. »Was hältst du von einer Tour durch die Einrichtungshäuser? Nächste Woche vielleicht?«

»Immer gern! Bis die Möbel geliefert werden, helfe ich dir beim Renovieren. Du kannst mit dem Skalpell umgehen, aber Farbrollen und Pinsel sind ganz andere Herausforderungen.«

»Wie bitte? Ich habe mir mit Streichen und Tapezieren das Studium verdient.«

»Augenblick, das Handy …« Norma kramte das Telefon aus dem Rucksack. »Es ist Eva. Sie wollte uns noch sagen, wann genau die Wohnung frei wird.«

Erfreut begrüßte sie die Vermieterin. Es wurde ein längeres Gespräch.

»Schlechte Nachrichten?«, fragte Timon, nachdem Norma aufgelegt hatte.

»Das kann man wohl sagen«, antwortete Norma unglücklich. »Evas Schwager hatte einen Autounfall, es hat ihn schwer getroffen. Operationen, Reha, das ganze Programm steht dem armen Mann in den kommenden Monaten bevor. Solange hat Evas Schwester allein die Verantwortung für die Firma. Eva wird sich um ihre kleinen Nichten kümmern.«

»Und ihr Umzug nach Köln?«

»Der Termin steht in den Sternen. Sobald werden wir nicht unter ein Dach ziehen können. Oder wir …« Norma sprach den spontanen Gedanken nicht aus. Noch einen Moment überlegen.

»Oder?«

»Wir suchen uns eine gemeinsame Wohnung!«

»Könntest du dein Biebricher Nest einfach so aufgeben?«, fragte Timon zweifelnd.

»Einfach so sicher nicht. Aber wenn ich mit dir zusammenleben will, und das will ich, würde ich dieses Opfer bringen.« Sie boxte ihn zärtlich in die Seite.

»Abgemacht! Wir suchen uns eine Wohnung. Unter einer Bedingung …«

»Raus mit der Sprache«, verlangte sie.

»Wir nehmen Poldi mit. Glaubst du, Eva würde sich darauf einlassen?«

»Wenn du sie darum bittest. Eva hat eine Schwäche für dich.«

Timon fing ihre Hände ein und zog sie zu sich. »Worauf warten wir noch?«

ENDE

NACHWORT

Zu Norma Tanns neuntem Fall im Kloster Eberbach habe ich mich von zwei geschichtlichen Hintergründen inspirieren lassen.

1815 wurde im säkularisierten Kloster Eberbach das »Irrenhaus Eberbach« gegründet, das in den kommenden Jahrzehnten als Heil- und Pflegeanstalt fortgeführt wurde. Der Jurist Philipp Lindpaintner (1794 bis 1848) wirkte dort von 1817 bis zu seinem Tod als Direktor. Unterstützt wurde seine Tätigkeit durch Dr. Wilhelm Ferdinand Windt (geb. 1780) als Anstaltsarzt. Tatsächlich lebte eine adlige Dame unter dem Decknamen Sophia von Roth über viele Jahre in der Anstalt. Die Patientin (1796 bis 1855), eine geborene Prinzessin Sophie Auguste zu Solms-Braunfels und verheiratet mit Fürst Johann August Carl zu Wied, wurde rund um die Uhr von einer gebildeten Dame namens Fräulein Wilhelmine Schmidt betreut.

Eine kurze, dennoch nachhaltige Episode erlebte Kloster Eberbach von November bis Weihnachten 1985 mit der Verfilmung von Umberto Ecos Roman »Der Name der Rose«. Unter der Regie von Jean-Jacques Annaud agierten Weltstars. Sean Connery brillierte als mittelalterlicher Meisterdetektiv William von Baskerville. Sämtliche Innenaufnahmen entstanden in Eberbach. Für die Außenaufnahmen hatte man in der Nähe von Rom Kulissen errichtet. Wie das Buch so wurde auch der Film ein Welterfolg. Auf diesen realen Geschehnissen beruhen die Ideen für Normas Ermittlungen. Alles andere ist Fiktion.

Vor allem aber war es das Kloster Eberbach selbst, das mich dank seiner wechselvollen Historie, der ehrwürdigen Gebäude und der eindrucksvollen Basilika zu diesem Kriminalroman anregte. Mein herzlicher Dank gilt der Stiftung Kloster Eberbach für ihre Unterstützung.

Privatdetektivin Norma Tann ermittelt:

1. Fall: Weinrache
ISBN 978-3-89977-726-0

2. Fall: Rheingrund
ISBN 978-3-89977-801-4

3. Fall: Kunstgriff
ISBN 978-3-8392-1048-2

4. Fall: Edelsüß
ISBN 978-3-8392-1323-0

5. Fall: Totengruft
ISBN 978-3-8392-1527-2

6. Fall: Hundswut
ISBN 978-3-8392-2134-1

7. Fall: Rosentot
ISBN 978-3-8392-2250-8

8. Fall: Tod am Bauhaus
ISBN 978-3-8392-2399-4

9. Fall: Mord im Kloster Eberbach
ISBN 978-3-8392-2843-2

weitere:

Pferdemörder
ISBN 978-3-89977-625-6

Flammenpferd
ISBN 978-3-89977-655-3

Kultopfer
ISBN 978-3-89977-695-9

DIE NEUEN Lieblings-plätze

ISBN 978-3-8392-2628-5

ISBN 978-3-8392-2615-5

ISBN 978-3-8392-2620-9

ISBN 978-3-8392-2635-3

ISBN 978-3-8392-2618-6

ISBN 978-3-8392-2623-0

ISBN 978-3-8392-2630-8

ISBN 978-3-8392-2631-5

ISBN 978-3-8392-2632-2

ISBN 978-3-8392-2405-2

ISBN 978-3-8392-2622-3

ISBN 978-3-8392-2545-5

ISBN 978-3-8392-2629-2

ISBN 978-3-8392-2634-6

GMEINER KULTUR

WWW.GMEINER-VERLAG.DE

Mensch, Kultur, Region